JANET EVANOVICH
Kuss Hawaii

Buch

Bevor Stephanie Plum auch nur einen Fuß aus dem Flieger von Hawaii nach New Jersey setzen kann, steht sie schon wieder knietief im Morast. Nicht nur, dass sich der erhoffte Traum- zu einem wahren Albtraumurlaub entwickelt hat, auf dem Heimflug musste sie auch noch stundenlang neben einem äußerst müffelnden Schnarcher ausharren. Der ist mittlerweile tot. Ermordet. Die Leiche steckte in einer Mülltonne, und Stephanie steckt in der Klemme. Denn plötzlich sind das FBI sowie eine Menge zwielichtiger Gestalten hinter einem verschwundenen Foto her, das das Opfer bei sich trug. Und es gibt nur eine, die weiß, wo das Bild abgeblieben ist: Stephanie Plum. Und während sie mal wieder zwischen ihren zwei Männern hin und her und von einer Katastrophe in die nächste stolpert, wird die Kopfgeldjägerin mit einem Mal selbst zur Gejagten. Da können bloß noch Lula, Morelli und Ranger helfen – und natürlich Hamster Rex.

Weiter Informationen zu Janet Evanovich
sowie zu lieferbaren Titeln der Autorin
finden Sie am Ende des Buches.

Janet Evanovich

Kuss Hawaii

Ein Stephanie-Plum-Roman

Aus dem Amerikanischen
von Thomas Stegers

GOLDMANN

Die Originalausgabe erschien 2011
unter dem Titel »Explosive Eighteen« bei Bantam Books,
an imprint of the Random House Publishing Group,
a division of Random House, Inc., New York

Dieses Buch ist auch als E-Book erhältlich.

Verlagsgruppe Random House FSC® N001967
Das FSC®-zertifizierte Papier *Pamo House* für dieses Buch
liefert Arctic Paper Mochenwangen GmbH.

1. Auflage
Taschenbuchausgabe Juni 2015
Copyright © der Originalausgabe
2011 by Janet Evanovich, Inc. All rights reserved.
Copyright © der deutschsprachigen Ausgabe 2014
by Wilhelm Goldmann Verlag, München,
in der Verlagsgruppe Random House GmbH
Umschlaggestaltung: UNO Werbeagentur, München
Unter Verwendung der Umschlaggestaltung
der Agentur buxdesign, München
Umschlagmotiv: © Shutterstock.com: Azyliya; AXL /
Getty Images: alohaspirit
Redaktion: Martina Klüver
LT · Herstellung: Str.
Druck und Bindung: GGP Media GmbH, Pößneck
Printed in Germany
ISBN 978-3-442-48256-6
www.goldmann-verlag.de

Besuchen Sie den Goldmann Verlag im Netz

1

Tief unter mir New Jersey. Über mir Himmel. Dazwischen dünne Flugzeughaut. Vier Reihen hinter mir: die Hölle.

Hölle ist vielleicht ein bisschen übertrieben, Fegefeuer reicht auch schon.

Ich bin Stephanie Plum, Kautionsagentin bei Vincent Plum Bail Bonds in Trenton, New Jersey. Vor Kurzem habe ich von einem verstorbenen Bekannten mehrere Airline-Gutscheine geerbt, die ich für einen echten Traumurlaub auf Hawaii benutzen wollte. Leider lief das Ganze nicht wie geplant, weshalb ich mich genötigt sah, meine Ferien vorzeitig abzubrechen und mich wie ein Dieb in der Nacht davonzuschleichen. Ich ließ zwei Männer in Honolulu sitzen, die stinksauer waren. Dann rief ich Lula an und bat sie, mich am Newark Airport abzuholen.

Als hätte ich nicht schon genug Stress am Hals, saß jetzt auf dem Rückflug vier Reihen hinter mir auch noch dieser müffelnde Waldschrat, der wie ein Bär schnarchte. Wäre er mein direkter Sitznachbar, ich hätte ihn längst im Schlaf erwürgt. Die Kopfhörer der Airline, auf volle Pulle, nützten herzlich wenig. Über Denver hatte es angefangen mit dem Schnarchen, über Kansas City alle erlaubten Dezibel-Grenzwerte hinter sich gelassen. Einige Reisende beschwerten sich lautstark, man möge den Kerl endlich ruhigstellen, woraufhin die Stewardessen alle Kissen und sonstigen Mordinstrumente konfisziert und kostenlose alkoholische Getränke ausgeschenkt hatten. Drei Viertel der Passagiere waren jetzt ziemlich betrunken, das restliche Viertel entweder minderjährig, oder es stand unter anderen Drogen. Ein Kind schrie, ein anderes weinte, und der Kleine hinter mir hatte sich eingeschissen.

Ich war unter den Betrunkenen, und schon jetzt fragte ich mich, wie ich es nachher bloß schaffen sollte aufzustehen, heil aus dem Flugzeug zu steigen und das Terminal anzusteuern. Hoffentlich wartete wenigstens Lula auf mich.

Unser Waldschrat schnarchte sich noch einmal zu Höhenflügen auf, ich biss die Zähne zusammen. Bringt endlich die Scheißkiste runter, dachte ich. Auf dem nächsten Feld. Auf einer Autobahn. Auf dem Meer. Ich will nur noch raus hier!

Lula fuhr auf den Parkplatz hinter meinem Haus, und ich bedankte mich fürs Abholen.

»No problemo.« Sie setzte mich vorm Eingang zum Treppenhaus ab. »Im Fernsehen kam gerade nichts Brauchbares, und ich musste die Zeit zwischen zwei Dates überbrücken. Ich habe also nichts Tolles verpasst.«

Ich winkte ihr zum Abschied und nahm den Aufzug in den ersten Stock, schleppte mein Gepäck durch den Hausflur, dann rein in die Wohnung und gleich ab ins Schlafzimmer.

Schon nach Mitternacht, ich war hundemüde. Der Urlaub auf Hawaii war einmalig gewesen, der Rückflug die reine

Hölle: Turbulenzen über dem Pazifik, Zwischenlandung in L.A., und zu guter Letzt die Schnarchorgie. Ich schloss zur Entspannung die Augen. Die Arbeit ging erst morgen wieder los, im Moment stand nur eine, allerdings wichtige Entscheidung an. Ich hatte kein einziges sauberes Kleidungsstück mehr! Das hieß: Entweder das Flittchen spielen und nackt schlafen, oder die Schlampe und angezogen schlafen.

Eigentlich fühle ich mich unwohl, so ganz nackt im Bett. Zugegeben, manchmal schlafe ich tatsächlich unbekleidet, aber ich habe immer Angst, der liebe Gott könnte zugucken oder meine Mutter es zufällig erfahren. Und ganz bestimmt sind beide der Meinung, brave Mädchen tragen im Bett Schlafanzug.

Die Schlunze in mir entschied das Rennen für sich.

Leider steckte ich am nächsten Morgen, als ich mich aus dem Bett quälte, in demselben Dilemma, also leerte ich den Kofferinhalt in einen Wäschekorb, schnappte mir meine Umhängetasche und fuhr zu meinen Eltern. Dort konnte ich die Waschmaschine und den Trockner benutzen, und Ersatzkleidung fand sich zur Not im Gästezimmer. Während meiner Abwesenheit hatten sie sich um meinen Hamster Rex gekümmert, den würde ich bei der Gelegenheit gleich abholen.

Ich habe eine kleine Zweizimmer-Wohnung mit Bad in einem älteren dreigeschossigen Miethaus am Stadtrand. Bei wenig Verkehr, also gegen vier Uhr morgens, braucht man mit dem Auto zu meinen Eltern oder der Kautionsagentur zehn Minuten. Sonst ist es reine Glückssache.

Grandma Mazur stand bereits in der Haustür, als ich am

Straßenrand einparkte. Seit Grandpa ins himmlische Feinschmeckerparadies aufgestiegen ist, wohnt sie bei meinen Eltern. Insgeheim wünschte mein Vater ihr ebenfalls eine baldige Himmelfahrt, aber dazu würde es so schnell nicht kommen. Grandmas graumeliertes Haar war kurz und leicht gelockt. Die Fingernägel passend zum hellroten Lippenstift. Der zartblaue Jogging-Anzug hing schlaff von den knochigen Schultern.

»So eine schöne Überraschung«, sagte sie und hielt mir die Tür auf. »Herzlich willkommen. Wie war der Urlaub mit deinem heißen Feger? Wir sind gespannt.«

Meine Eltern wohnen in einer bescheidenen Doppelhaushälfte, die von der spiegelbildlichen Nachbarwohnung durch eine gemeinsame Brandwand getrennt ist. Auf der anderen Seite wohnt Mrs Ciak, deren Mann verstorben war. Sie verbringt den Tag mit Kuchenbacken und Fernsehen. Ihre Haushälfte ist lindgrün gestrichen, die Fassade meiner Eltern senfgelb und braun. Keine gelungene Farbkombination. Ich kann ihr trotzdem was abgewinnen, aus dem einfachen Grund, weil es schon immer so war, seit ich denken kann. Jede Haushälfte hat einen winzigen Vorgarten, eine überdachte Miniveranda, hinten eine Terrasse, die zu einem schmalen Garten führt, und eine freistehende Einzelgarage.

Ich trug den Wäschekorb durch Wohn- und Esszimmer in die Küche, wo meine Mutter Gemüse schnippelte.

»Kochst du Suppe?«

»Eine Minestrone. Bleibst du zum Essen?«

»Ich kann nicht. Ich habe noch was vor.«

Der Blick meiner Mutter fiel auf den Korb. »Ich habe gerade einen Haufen Laken in der Maschine. Wenn du dein Zeug hierlässt, wasche ich es später für dich. Wie war es in Hawaii? Wir haben dich erst morgen zurückerwartet.«

»Hawaii war wunderbar, nur der Flug zu lang. Zum Glück ist mein Sitznachbar in L. A. ausgestiegen. Danach hatte ich mehr Platz.«

»Ja, ja. Aber saß auf deiner anderen Seite nicht Mister Goodlooking? Groß, dunkel, hübsch«, sagte Grandma.

»Nicht unbedingt.«

Sie stutzten.

»Wie kommt's?«, fragte Grandma.

»Kompliziert zu erklären. Er ist nicht mit mir zurückgeflogen.«

Grandma starrte auf meine linke Hand. »Du bist braun geworden, nur am Ringfinger ist eine weiße Stelle. Es sieht aus, als hättest du einen Ring getragen. Und jetzt trägst du ihn nicht mehr.«

Ich sah meine Hand an. Mist. Als ich den Ring abnahm, war mir der weiße Streifen gar nicht aufgefallen.

»Jetzt weiß ich auch, warum du nach Hawaii geflogen bist. Ihr seid durchgebrannt! Ihr habt heimlich geheiratet! Muss aber ein kurzes Vergnügen gewesen sein, wenn du den Ring jetzt nicht mehr trägst.«

Ich stöhnte, goss mir Kaffee ein, da klingelte mein Handy. Ich wühlte in meiner Tasche, konnte es aber in dem Kram, den ich für den Urlaub hineingestopft hatte, nicht finden. Schließlich stülpte ich die Tasche auf dem Küchentisch um: Granola-Riegel, Haarbürste, Lippenbalsam, Haargummis,

Notizblock, Portemonnaie, Strümpfe, zwei Zeitschriften, großer Versandumschlag, Zahnseide, Minitaschenlampe, Papiertaschentücher, drei Stifte und – das Handy.

»Du bist hoffentlich auf dem Weg ins Büro«, sagte Connie Rosolli, die Büroleiterin der Kautionsagentur. »Hier ist nämlich die Kacke am Dampfen.«

»Schlimm?«

»Sie kocht!«

»Gibst du mir noch zwanzig Minuten?«

»Nein!«

Ich stand auf. »Ich muss los.«

»Du bist doch gerade erst gekommen«, beschwerte sich meine Oma. »Du hast uns noch gar nichts von der heimlichen Hochzeit erzählt.«

»Ich habe nicht geheiratet!«

Ich verstaute wieder alles in meiner Tasche, dann sah ich mir den Umschlag an. Unbeschriftet. Zugeklebt. Keine Ahnung, wie der in meinen Besitz geraten war. Ich riss ihn auf, und darin befand sich ein knapp DIN-A4-großes Hochglanzfoto. Es zeigte einen Mann an einer Straßenecke. Sein Blick ging haarscharf an der Kameralinse vorbei, als hätte er nicht gemerkt, dass er fotografiert wurde, als hätte jemand das Bild zufällig mit dem Handy aufgenommen. Der Mann war etwa Mitte dreißig, Anfang vierzig, sah gut aus, angestelltenmäßig. Kurze braune Haare, helle Haut, dunkler Anzug. Irgendwann während der Rückfahrt musste ich den Umschlag versehentlich aufgegriffen haben, vielleicht am Zeitungsstand im Flughafen.

»Wer ist das?«, fragte Grandma.

»Weiß ich nicht. Wahrscheinlich habe ich das Foto zusammen mit einer Zeitschrift eingesteckt.«

»Heißer Typ. Steht ein Name auf der Rückseite?«

»Nein. Gar nichts.«

»Schade«, sagte Grandma. »Ein schöner Mann. Ich stehe doch auf Jüngere.«

Meine Mutter schielte zum Küchenregal, wo sie ihren Whiskey aufbewahrte. Dann sah sie zur Uhr an der Wand und seufzte leise. Zu früh!

Ich warf das Foto samt Umschlag in den Müll, kippte den letzten Schluck Kaffee hinunter, griff mir einen Bagel aus der Tüte auf dem Küchentisch und lief nach oben, mich umziehen.

Zwanzig Minuten später fand ich mich im Kautionsbüro ein. *Büro* ist charmant übertrieben. Unsere Basis bildete ein altes Wohnmobil, das in der Hamilton Avenue direkt vor der Baustelle unserer zukünftigen regulären Geschäftsstelle dauerparkte. Den Neubau nötig gemacht hatte ein mysteriöses Feuer, bei dem das alte Gebäude vollständig niedergebrannt war.

Mein Cousin Vinnie hatte den Bus einem Bekannten von mir abgekauft. Keine perfekte Lösung, aber besser, als seinen Schreibtisch zwischen den Lebensmittelständen in der Mall aufzustellen. Hinter dem Bus stand Connies Auto, dahinter Vinnies Kutsche.

Vinnie ist ein guter Kautionsagent, doch für meine Familie die reinste Plage: Ehemaliger Spieler, notorischer Frauenaufreißer, gerissener Trickbetrüger; und aus sicherer Quelle weiß ich, dass er es mal mit einer Ente getrieben hat. Er sieht aus wie ein Wiesel in spitzen Schuhen und hautenger Hose. Besitzer der Agentur ist eigentlich sein Schwiegervater, Harry, der Hammer; und Vinnie selbst steht aufgrund einiger Skandale in jüngster Zeit – Geldunterschlagung, illegales Glücksspiel, Prostitution – unter der Fuchtel seiner Frau Lucille.

Ich stellte mich mit meinem schrottigen Toyota RAV4 hinter Vinnies Cadillac, stieg aus und sah mir den Schauplatz an. Der Rohbau war fertig, das Dach gesetzt, der Innenausbau in vollem Gang. Handwerker schlugen Nägel ein, man hörte Bohrmaschinen. Mein Blick ging von der Baustelle zu unserem Bürobus, hinter den zugezogenen Sonnenblenden sickerte Licht durch. Eigentlich war alles wie immer.

Ich riss die Tür auf, stieg die drei Stufen zur Fahrerkabine hoch und ging nach hinten durch. In der Essecke saß Connie, ihre Tasche neben sich auf der Sitzbank, Laptop zugeklappt.

Connie ist ein paar Jahre älter als ich und eine Meisterschützin. Ihr violetter Sweater mit tiefem V-Ausschnitt zeigte mehr Busen, als ich je haben würde. Das Haar hatte sie sich kürzlich glätten lassen, und es war jetzt zu einem ausgefransten Knoten zusammengebunden. Dazu üppige goldene Ohrreifen und eine passende Halskette.

Sie stand auf, als sie mich sah. »Ich muss in die Stadt, zum Gericht, Vinnie raushauen. Er wurde verhaftet, aber er darf sich keine Kaution ausstellen.«

Ach, du Scheiße! »Und was jetzt?«

»Vinnie und DeAngelo haben sich gezofft. Unser Chef ist mit einem Reifenheber auf DeAngelos Mercedes losgegangen, der hat dafür seinem Cadillac ein paar Schüsse verpasst. Als Vinnie ihn gerade mit einem Elektroschocker angreifen wollte, kam die Polizei und hat beide in Gewahrsam genommen.«

Salvatore DeAngelo war von Harry als Bauunternehmer für die Errichtung der neuen Kautionsagentur engagiert worden. DeAngelo ist landesweit als Chaosunternehmer verschrien, weil er alles auf seine spezielle Art erledigt: Ohne Bestechung läuft gar nichts, und gearbeitet wird nach DeAngelo-Zeit, die mit der üblichen Arbeitswoche nichts zu tun hat.

»Wenigstens nichts Ernstes«, sagte ich.

»Es sei denn, DeAngelo kommt eher frei als Vinnie und fackelt aus Rache unseren Bus ab.«

»Das glaubst du doch nicht im Ernst?«

»Bei DeAngelo weiß man nie. Ich wollte nicht gehen, bevor du da bist, um Wache zu halten.« Connie übergab mir den Schlüssel zum Waffenschrank. »Besser, du suchst dir gleich eine aus und legst sie griffbereit.«

»Soll ich auf ihn schießen?«

»Nur, wenn es sein muss.« Connie stakste auf ihren zehn Zentimeter hohen Korkabsätzen die paar Stufen zur Bustür hinunter. »Es dauert nicht lange. Die Akten auf dem Tisch sind für dich. Es sind die Kunden, die während deines Urlaubs den vereinbarten Gerichtstermin nicht eingehalten haben.«

Na, toll! Sollte ich hier allen Ernstes auf einen Bus aufpassen, der jeden Moment in Flammen aufgehen konnte? Andererseits, Vinnie war mein Cousin und Arbeitgeber. Ohne den

Bus wären wir gezwungen, Räume über dem Sexshop zu mieten oder unsere Geschäfte von Connies Hyundai aus zu betreiben. Trotzdem, ich hatte keine Lust, die Brandwache für Vinnies Behelfsbüro zu spielen.

Ich nahm die NVG-Akten – NVG war unser Kürzel für »nicht vor Gericht erschienen« – mit nach draußen, holte aus dem Gepäckraum unter dem Bus einen Gartenstuhl und suchte mir ein schattiges Plätzchen auf dem Bürgersteig. So konnte ich gegebenenfalls einem Molotow-Cocktail ausweichen und wäre nicht im Flammeninferno gefangen.

Ich setzte mich hin und studierte die Akten. Handtaschendiebstahl, bewaffneter Raubüberfall, häusliche Gewalt, Einbruch, Kreditkartenbetrug, Körperverletzung, und noch ein bewaffneter Raubüberfall. Ach, wie schön war es doch auf Hawaii! Ich schloss die Augen und atmete tief ein, um die Meeresbrise zu schnuppern, stattdessen stiegen mir die Auspuffgase von der Straße und der pikante Geruch aus dem Müllcontainer auf der Baustelle in die Nase.

Ein Auto hielt hinter meinem RAV4, zwei Männer stiegen aus. Einer von ihnen war Salvatore DeAngelo, ein untersetztes, breitbrüstiges Kerlchen mit schwarzer, allmählich ergrauender Lockenmähne. Er trug Anzughose mit Bügelfalte, ein kurzärmeliges, schwarzes Seidenhemd, und in den leicht angesengten Brusthaaren verfing sich eine fette goldene Halskette. Der Strombeschuss aus Vinnies Taser hatte ganze Arbeit geleistet.

DeAngelo, Hände in den Taschen, mit einem Haufen Münzen klimpernd, kam angeschlendert. »Hallo, Süße. Was geht? Gibt's einen Grund, warum du hier draußen sitzt?

Hast du dein Geschäft auf die Straße verlegt? Ich mache dir ein gutes Angebot, wenn du verstehst.«

Vinnie hatte recht daran getan, DeAngelo ein bisschen zu quälen.

»Ich mache nur meinen Job«, sagte ich. »Ich soll dich erschießen, wenn du eine Brandbombe auf den Bus wirfst.«

»Du hast ja nicht mal eine Pistole.«

»Ich trage sie verdeckt.«

»Ach, ja? Mein Angebot steht. Sag Bescheid, wenn du es dir anders überlegt hast. Kannst mir ruhig vertrauen. Ich werfe am helllichten Tag keine Brandbomben auf Busse. So was mache ich lieber nachts, wenn man ungestört ist.«

DeAngelo wandte sich ab, ging in den halbfertigen Neubau, und ich widmete mich wieder meinen Akten.

Die letzte Akte in dem Stapel bot eine kleine Überraschung. Joyce Barnhardt. Angeblich hatte sie in einem örtlichen Schmuckgeschäft eine Halskette gestohlen und den Inhaber tätlich angegriffen, als der versuchte, sie ihr abzunehmen. Vinnie hatte die Kaution gestellt, Joyce war aus dem Gefängnis entlassen worden, doch zum vereinbarten Gerichtstermin drei Tage später nicht erschienen.

Ich bin mit Joyce zusammen zur Schule gegangen, sie hat mir das Leben zur Hölle gemacht. Früher ein fieses hinterhältiges gemeines Miststück, heute eine egoistische, männerverschlingende Zicke. Gelegentlich hatte sie sich in verschiedenen Funktionen Vinnie angedient, doch war nichts Dauerhaftes daraus geworden. In Wahrheit verdient Joyce ihren Lebensunterhalt mit Eheverhältnissen, die sie nach einiger Zeit wieder löst; im Moment hat sie es mal wieder gut getroffen, soweit ich unterrichtet bin. Unwahrscheinlich, dass sie eine Halskette gestohlen, sehr wahrscheinlich dagegen, dass sie den Geschäftsinhaber angegriffen hat.

2

Lulas roter Firebird schnurrte heran, hielt vor dem Bus. Lula schwang sich vom Fahrersitz und kam auf mich zu. Ihr minimalistisches Röckchen und das weiße Tanktop ließen viel freie Haut übrig. Das pink gefärbte, aufgeplusterte Haar stand ihrem dunklen Teint erstaunlich gut. Lula ist eine ehemalige Prostituierte, die ihre Straßenecke aufgegeben hat und als Bürokraft bei Vinnie die Ablage macht.

»Sonnst du dich hier draußen?«, fragte sie. »Noch nicht genug abbekommen in Hawaii?«

Ich erzählte ihr von dem Streit zwischen Vinnie und DeAngelo und dass ich den Bus bewachte.

»Ein Schrotthaufen auf vier Rädern«, sagte sie.

»Was liegt an heute?«, fragte ich sie. »Akten sortieren?«

»Niemals. Der Bus ist eine Todesfalle. Da setze ich mich nicht freiwillig rein. Lieber jage ich Verbrecher mit dir.« Sie sah zu den Akten auf meinem Schoß. »Wen greifen wir uns als Ersten? Was Lustiges dabei?«

»Joyce Barnhardt.«

»Wie bitte?«

»Sie hat in einem Schmuckgeschäft eine Kette mitgehen lassen und den Inhaber tätlich angegriffen.«

»Joyce Barnhardt kann ich nicht ab«, sagte Lula. »Ein mieses Stück. Sie hat gesagt, ich sei dick. Stell dir vor!«

Lula ist nicht dick, eher zu klein für ihr Gewicht. Mit anderen Worten, für das Übermaß an Lula gibt es nie genug Textil.

»Joyce heben wir uns lieber bis zum Schluss auf«, sagte ich. »Es macht wenig Laune, bei ihr zu klingeln.«

Connies Hyundai gondelte die Straße entlang, machte eine Kehrtwende und parkte hinter dem Bus. Connie und Vinnie stiegen aus und kamen zu uns.

»Ist DeAngelo da?«, wollte Vinnie wissen.

»Drüben auf der Baustelle.«

Vinnie fauchte affektiert wie ein in die Enge getriebener Dachs mit ausgefahrenen Krallen.

»Mann, eye!«, sagte Lula.

»Du kannst ruhig in den Bus reingehen«, sagte ich. »DeAngelo wirft seine Brandbomben nur nachts.«

Wir schauten auf den Bus und fragten uns, ob man DeAngelo trauen konnte.

»Was soll's«, sagte Vinnie schließlich. »Mein Leben ist sowieso am Arsch.«

Er verschwand in den Bus.

»Was ist nun mit Joyce?«, fragte ich Connie. »Hat sie die Kette wirklich gestohlen?«

Connie zuckte mit den Schultern. »Ich weiß nicht. Irgendwas ist faul an der Sache. Der Inhaber, der sie angezeigt hat, wird vermisst.«

»Seit wann?«

»Seit demselben Tag. Die Frau vom Nagelstudio gegenüber erinnert sich, um vier Uhr hätte das *Geschlossen*-Schild an der Tür gehangen. Und seine Ehefrau sagt aus, er sei nicht nach Hause gekommen.«

»Und Joyce?«

»Vinnie hat Joyce gleich nach ihrer Verhaftung gegen Kaution freigekauft. Drei Tage später war die Gerichtsverhandlung angesetzt, aber Joyce ist nicht erschienen.«

»Joyce hat ihn entführt, wetten?«, sagte Lula. »Sähe ihr ähnlich. Sie hält ihn in Ketten in ihrem Kellerverlies gefangen.«

»Es wäre nicht das erste Mal, dass sie einen Mann in Ketten legt«, sagte Connie. »Aber nicht in ihrem Keller. Ich habe angerufen, sie geht nicht ans Telefon. Und gestern Abend bin ich bei ihr vorbeigefahren. Alles dunkel.«

»Was sehe ich denn da?« Lula starrte auf meine linke Hand. »Du hast ja einen weißen Streifen an deinem Finger. Ist mir gestern Abend auf der Fahrt vom Flughafen gar nicht aufgefallen. Was hast du bloß auf Hawaii getrieben? Und was ist mit dem Ring passiert?«

Ich gab mir Mühe, nicht gleich wieder genervt zu blicken. »Das ist eine komplizierte Geschichte.«

»Ich weiß«, entgegnete Lula. »Das hast du gestern Abend schon gesagt. Immer dasselbe: Es sei eine komplizierte Geschichte.«

Jetzt sah sich auch Connie meine linke Hand an. »Hast du auf Hawaii geheiratet?«

»Kann man so nicht sagen.«

»Was soll das heißen?«, wollte Lula wissen. »Bist du nun verheiratet oder nicht?«

Ich schlackerte mit den Armen und kniff die Augen zusammen. »Ich will nicht darüber sprechen. Die Geschichte ist vertrackt genug.«

»Entschuldigung!«, sagte Lula. »Ich mein ja nur. Wenn du nicht darüber sprechen willst – gut, dann eben nicht. Wir sind ja nur beste Freundinnen. Das hat natürlich gar nichts zu sagen. Wir sind wie Schwestern. Aber bitte, dann behellige mich in Zukunft auch nicht, wenn du mal wirklich meinen geschätzten Rat brauchst.«

»Schön«, sagte ich. »Ich will nämlich nicht darüber sprechen.«

»Hunh!«

»Das Telefon klingelt!«, rief Vinnie aus dem Bus. »Geh endlich ran, Connie!«

»Geh du doch ran!«, rief Connie zurück.

»Ich bin keine Telefonistin«, sagte Vinnie.

Connie machte eine italienische Geste mit der Hand in Richtung Bus. »Idiot!«

»Besser, wir machen uns an die Arbeit«, sagte Lula, nachdem Connie reingegangen war, um den Hörer abzuheben. »Was hast du denn noch so im Angebot?«

Ich kramte in dem Aktenstapel. »Zwei bewaffnete Raubüberfälle.«

»Abgelehnt. Die Leute schießen immer auf uns.«

»Häusliche Gewalt.«

»Zieht einen immer runter«, sagte Lula. »Was noch?«

»Handtaschenraub und Kreditkartenbetrug.«

»Kreditkartenbetrug, damit könnte ich mich anfreunden. Die Leute wehren sich nicht, sind eher hinterhältig wie kleine Wiesel. Sitzen den ganzen Tag zu Hause und shoppen im Internet. Wie heißt der Trottel?«

»Lahonka Goudge.«

»Was ist denn das für ein Name? Lahonka Goudge. Kein Irrtum? Grauenhaft.«

»So steht es hier. Adresse in der Sozialsiedlung.«

Vierzig Minuten später kurvten wir auf der Suche nach Lahonkas Apartment mit Lulas Firebird durch die Siedlung. Später Vormittag, kaum Verkehr. Die Kinder waren in der Schule oder Tagesstätte, die Nutten schliefen noch, und die Drogenhändler versammelten sich in den Parks und auf den Spielplätzen.

»Da wären wir«, sagte ich. »3145A. Die Erdgeschosswohnung mit dem Kinderspielzeug vorne auf dem Rasen.«

Lula stellte das Auto ab, und wir bahnten uns einen Weg zwischen Fahrrädern, großen Plastik-Spielzeuglastern, Puppen und Fußbällen zum Hauseingang. Ich wollte gerade mit der Faust anklopfen, da ging die Tür auf, und eine Frau musterte uns. So groß wie ich, birnenförmige Statur, fleischfarbene Spandex-Hose, giftgrünes Tanktop. Ihre Haare, wie mit Festiger geformt, standen senkrecht ab. An den Ohrläppchen baumelten armreifengroße Ringe.

»Was wollen Sie?«, sagte sie. »Ich kaufe nichts. Sehe ich so aus? Ich glaube nämlich nicht. Und wehe, Sie rühren die Kindersachen draußen an, dann hetze ich die Hunde auf Sie.«

Sie knallte uns die Tür vor der Nase zu.

»Ein Charakter, wie es sich für eine Lahonka gehört«, stellte Lula fest. »Und aussehen wie eine tut sie auch.«

Ich hämmerte gegen die Tür, und sie wurde aufgerissen.

»Was ist?«, sagte die Frau. »Ich habe Ihnen schon gesagt, dass ich nichts will. Ich habe zu tun. Ich bin berufstätig. Ich kaufe nichts an der Tür. Keine Cookies, keine Feuchtigkeitscremes, keine Waschmittel, keinen Schmuck. Wenn Sie sauberes, erstklassiges Gras hätten, dann vielleicht, aber Sie schauen nicht aus wie ein Dealer.«

Sie wollte die Tür wieder zuknallen, doch ich hatte einen Fuß dazwischen. »Lahonka Goudge?«

»Yeah. Und?«

»Kautionsagentur Vinnie Plum. Sie haben Ihren Gerichtstermin versäumt. Wir müssen einen neuen vereinbaren.«

»Glaube ich nicht«, sagte sie. »Sie haben die falsche Lahonka erwischt. Selbst wenn ich die richtige wäre, würde ich nicht mitkommen, ich habe zu tun. Ich habe einen Haufen Kinder, die brauchen neue Schuhe. Sie stören mich in meiner besten Arbeitszeit. Ich biete bei eBay-Auktionen mit und bin noch auf anderen Portalen unterwegs.«

Lula stemmte sich mit ihrem Gewicht gegen die Tür und drückte sie auf. »Wir haben auch nicht den ganzen Tag Zeit«, sagte sie. »Es warten noch eine Menge andere Idioten darauf, dass wir sie dem Haftrichter vorführen. Außerdem bin ich mit einem Mr Clucky Burger Deluxe zum Lunch verabredet.«

»Na dann«, sagte Lahonka. »Viel Spaß mit Ihrem Clucky Burger!«

Sie stieß Lula mit beiden Händen von sich, Lula taumelte rückwärts gegen mich, ich verlor das Gleichgewicht, und wir beide landeten mit dem Hintern zuerst auf dem Boden. Die

Tür fiel krachend ins Schloss, die Sicherheitsriegel rasteten ein, und das Rollo vor dem Fenster vorne wurde runtergezogen.

»Ein drittes Mal macht sie dir bestimmt nicht auf«, sagte Lula.

Recht hatte sie. Das war sehr unwahrscheinlich.

Lula rappelte sich wieder hoch und justierte ihre Brüste. »Noch zu früh für Lunch?«

Ich sah auf die Uhr. »In Grönland ist es schon fast ein Uhr.«

»Die Lahonka hat mich überrumpelt.« Lula hatte soeben ihren zweiten Clucky Burger verputzt. »Ich hab gepennt.«

Wir aßen im Auto, denn bei Cluck-in-a-Bucket ist die kritische Aufenthaltsdauer schnell erreicht. Winzige Tröpfchen Bratfett schwirren in der Luft, und setzt man sich diesem Feenstaub länger als sechs Minuten aus, riecht man den ganzen Tag wie ein Clucky Extra Crispy. Kein ekliger Geruch eigentlich, aber er lockt unweigerlich Horden hungriger Köter und beleibter Männer an, auf die ich im Moment gut verzichten kann.

Ich zog eine Akte aus meiner Kuriertasche. »Nehmen wir uns als Nächsten den Handtaschenräuber vor?«

»Ohne mich«, sagte Lula. »Handtaschenräuber sind gute Läufer. Deswegen sind sie ja Handtaschenräuber geworden. Ich habe zwei Clucky Burger im Magen. Jetzt hinter so einem schlaksigen Schlabberhosen-Idioten herlaufen, und ich kriege Krämpfe. Hast du nicht einen NVGler in der Nähe der Mall? In Macy's Schuhabteilung ist gerade Schlussverkauf.«

Ich durchsuchte die Adressen auf den anderen Akten. Keine in der Nähe der Mall.

»Eigentlich brauche ich nach dem vielen Fleisch ein Schläfchen«, sagte Lula.

Gute Idee. Ich hatte auf dem Rückflug kaum ein Auge zugetan. Das heißt, so gesehen hatte ich während der ganzen Zeit auf Hawaii nicht viel geschlafen, war eher nachtaktiv gewesen. Und heute Abend wollte ich Morelli besuchen, wir mussten uns endlich aussprechen. Also war an Schlaf nicht zu denken.

Morelli und ich haben eine gemeinsame Vergangenheit. Als ich sechs Jahre alt war, haben wir Puff-Puff-Eisenbahn zusammen gespielt. Mit sechzehn hat er mich entjungfert. Mit neunzehn habe ich ihn mit einem Buick überfahren. Und jetzt, als Erwachsene, mehr oder weniger, haben wir eine Beziehung, auch wenn ich momentan in Verlegenheit käme, die Beziehung genauer zu definieren. Morelli arbeitet bei der Polizei von Trenton, als Zivilbeamter, Dezernat Verbrechen gegen Menschen. Er ist gut 1,80 m groß, hat welliges schwarzes Haar, einen schlanken, trainierten Körper und eine übersteigerte Libido. In Jeans und T-Shirt sieht er aus wie ein Filmstar, in Anzug und Krawatte ist er DER Hit.

»Nur ein Nickerchen oder einen richtigen Mittagsschlaf?«, fragte ich Lula.

»Lieber einen ausgedehnten Mittagsschlaf. Ich habe ja heute Abend ein Date. Nicht der Traummann, aber ich könnte mich mit ihm zufriedengeben. Mal sehen. Jedenfalls brauche ich auch noch Zeit zum Auswählen der richtigen Garderobe.«

»Mit anderen Worten: Bis morgen.«

»Genau. Ich stehe morgen um acht Uhr pünktlich auf der Matte.«

»Du kommst doch sonst nie so früh.«

»Ich bin eben motiviert. Ich will eine gute Kautions-Assistentin werden. Ich hab's im Blut. Und ich bin bereit, gleich morgen früh anzufangen – nach einer befriedigenden Nacht mit... na, du weißt schon. Großes Ehrenwort!«

3

Lula brachte mich zurück zu meinem Auto, und ich scannte rasch die Umgebung ab. Auf der Baustelle wurde gearbeitet. Der Bus stand nicht in Flammen. DeAngelos Mercedes war weg. Vinnies Cadillac noch da. Also alles gut.

Ich überlegte, ob ich mich kurz bei Connie melden sollte, ließ es aber bleiben. Ich hatte keine Festnahme vorzuweisen, und Vinnie würde mir nur wegen Joyce Barnhardt in den Ohren liegen. Früher oder später würde ich sie kriegen, jetzt sah ich mich dieser Person noch nicht gewachsen. Ich sprang in meinen RAV und fuhr zu meinen Eltern.

Eine Stunde später schleppte ich den Korb sauberer Wäsche und den Hamsterkäfig durch den Hausflur zu meiner Wohnung. Ich schloss die Tür auf, stieß mit der Hüfte dagegen, torkelte vollbeladen in die Küche, stellte den Korb auf den Boden, den Käfig auf die Theke.

»Da wären wir«, sagte ich zu Rex. »Hat es dir bei Oma gefallen?«

Rex kauerte vor seiner Suppendose und sah mich an, als wartete er auf einen Leckerbissen. Ich nahm einen Cracker aus der Dose im Regal und teilte ihn mir mit ihm.

Es klopfte an der Tür. Ich öffnete einen Spalt, ließ die

Sicherheitskette angelegt. Zwei Männer in Bürograu spähten mir entgegen. Die Anzughemden waren nicht mehr die frischesten, die gestreiften Krawatten saßen locker. Stirnglatze, Ende vierzig, 1,80 m groß der eine, der andere zehn Zentimeter kleiner. Gewichtsmäßig würde ich sagen, zu viel Double-Bacon-Cheeseburger.

»FBI«, sagte der größere der beiden, zückte kurz seinen Ausweis und steckte ihn wieder ein. »Dürfen wir reinkommen?«

»Nein«, sagte ich.

»Aber wir sind vom FBI.«

»Kann ja sein«, sagte ich. »Vielleicht auch nicht. Wie war Ihr Name doch gleich?«

»Lance Lancer.« Er deutete auf seinen Partner. »Das ist Agent Sly Slasher.«

»Lance Lancer und Sly Slasher? Wollen Sie mich auf den Arm nehmen? Das sind doch keine echten Namen.«

»So steht es in unseren Ausweisen«, sagte Lancer. »Wir suchen einen Umschlag, den Sie möglicherweise versehentlich eingesteckt haben.«

»Was für einen Umschlag?«

»Groß, braun. Er enthielt ein Foto von einem Mann. Wir fahnden nach ihm im Zusammenhang mit einem Mord.«

»Eine Fahndung wäre Aufgabe der örtlichen Polizei.«

»Es war ein internationaler Mordfall. Steht in Verbindung mit einer Entführung. Haben Sie den Umschlag?«

»Nein.« Es war die Wahrheit. Wahrscheinlich meinten sie den Umschlag, den ich bei meinen Eltern in den Müll geworfen hatte.

»Ich glaube, Sie lügen«, sagte Lancer. »Wir wissen aus zuverlässiger Quelle, dass Ihnen der Umschlag übergeben wurde.«

»Wenn ich ihn finde, melde ich es dem FBI«, sagte ich.

Ich machte die Tür zu, schloss ab und guckte durch den Spion. Lancer und Slasher standen ziemlich angepisst im Flur, Fäuste in die Seiten gestemmt, und wussten nicht wie weiter.

Ich ging in die Küche und rief Morelli auf seinem Handy an. »Wo bist du?«

»Zu Hause. Gerade reingekommen.«

»Kannst du mal zwei angebliche FBI-Agenten für mich überprüfen? Lance Lancer und Sly Slasher.«

»Ich mache mich lächerlich, wenn ich die Namen ins System eingebe. Das ist ein Scherz, oder?«

»So haben sie sich vorgestellt. Sie haben mir ihre Ausweise gezeigt.«

»Wie dringend ist es?«

»Mehr als.«

Morelli stöhnte und legte auf.

Ich stellte mir vor, wie Morelli jetzt kopfschüttelnd auf seine Füße schaute und sich wünschte, er wäre nicht ans Telefon gegangen.

Ich rief bei meinen Eltern an, meine Mutter war dran.

»Kannst du mir einen Gefallen tun?«, bat ich sie. »Ich brauche das Foto und den Umschlag, die ich heute Morgen bei euch in den Küchenabfall geworfen habe.«

»Deine Oma hat den Eimer gleich rausgebracht, nachdem du gegangen bist. Heute kommt die Müllabfuhr. Ich kann noch mal nachgucken hinten, aber ich glaube, es ist alles weg.«

Damit war der Vorwurf, ich würde dem FBI ein Beweisstück unterschlagen, vom Tisch.

Schön. Ich hatte Wichtigeres zu tun, zum Beispiel endlich mal Schlaf nachholen. Ich kickte die Schuhe von den Füßen und ließ mich auf die Matratze plumpsen. Kaum hatte ich die Augen zugetan, dröhnte die Türklingel. Ich quälte mich aus dem Bett, schlich zur Tür und guckte durch den Spion. Schon wieder zwei Männer in grauen Anzügen.

Ich öffnete einen Spalt, ließ die Kette vor und sah hinaus. »Was denn jetzt schon wieder?«

Der Mann, der vorne an der Tür stand, zeigte seinen Ausweis. »FBI. Wir müssen mit Ihnen reden.«

»Und Sie heißen?«

»Bill Berger. Das hier ist mein Partner Chuck Gooley.«

Bill Berger war schlank, durchschnittlich groß, Anfang fünfzig. Braune, blutunterlaufene Augen, wahrscheinlich von seinen mörderischen Kontaktlinsen. Chuck war eher mein Alter, ein paar Zentimeter kleiner als Berger. Seine Anzughose hatte jede Menge Falten im Schritt, und er trug ausgelatschte Laufschuhe.

»Worüber möchten Sie mit mir reden?«

»Dürfen wir reinkommen?«

»Nein.«

Berger schob dezent seinen Jackettschoß nach hinten und präsentierte sein Pistolenhalfter. Schwer zu sagen, ob das eine unbewusste Geste war oder ob er mich einschüchtern wollte. Egal, ich würde die Tür deswegen nicht weiter aufmachen.

»Wir haben Grund zu der Annahme, dass Sie im Besitz eines Fotos sind, das Gegenstand von Ermittlungen ist.«

Mein Handy klingelte, ich entschuldigte mich.

»Du bist keine halbe Stunde zu Hause, schon steckst du wieder in der Scheiße«, sagte Morelli. »Willst du mehr wissen?«

»Klar. Ich habe nur gerade Gäste. Noch mal zwei Männer vom FBI.«

»Sind sie in deiner Wohnung?«

»Nein. Im Hausflur.«

»Lass sie schön draußen warten. Soweit ich in Erfahrung bringen konnte, sind die beiden ersten nicht vom FBI. Der Dienst beschäftigt niemanden unter den Namen Lance Lancer oder Sly Slasher. Wundert mich nicht. Und wer steht jetzt bei dir vor der Tür?«

»Bill Berger und Chuck Gooley.«

Ein Takt Stille, dann: »Berger ist Anfang fünfzig, hat schwarzes, ergrauendes Haar, und Gooley sieht aus, als wäre er zwei Wochen nicht aus seinem Anzug gekommen, habe ich recht?«

»Ja. Soll ich sie reinlassen?«

»Nein. Gooley klaubt sich das Essen aus der Mülltonne und treibt's mit streunenden Katzen. Gib mir mal Berger.«

Ich reichte das Handy weiter an Berger, der es mir zwei Minuten später zurückgab.

»Kennen Sie unsere Dienststelle in der Stadt?«

»Ja. Ich weiß, wo sie ist.«

»Kommen Sie morgen um zehn Uhr vorbei. Und bringen Sie das Foto mit.«

»Ich habe das Foto nicht.«

»Dann bringen Sie Ihren Anwalt mit.«

Ich rollte mit den Augen. »Sie sollten Ihre soziale Kompetenz verbessern.«

Berger kniff die Lippen zusammen. »Das kriege ich oft zu hören. Vor allem von meiner Ex.«

Ich machte die Tür zu und setzte mein Gespräch mit Morelli fort. »Berger ist wohl tatsächlich vom FBI.«

»Mehr oder weniger. Ich muss dich sprechen.«

»Habe ich mir schon gedacht. Ich wollte heute Abend bei dir vorbeischauen.«

»Könnte spät werden.«

»Das heißt?«

»Schwer abzuschätzen. In der Sozialsiedlung haben sie einen mit sechzehn Kopfschüssen gefunden.«

»Sechzehn Schüsse in den Kopf? Scheint mir ein bisschen übertrieben.«

»Murray hat ihn sich angeguckt. Sieht aus wie ein Schweizer Käse, sagt er. Überall ausgelaufene Gehirnmasse.«

»Erspar mir die Einzelheiten.«

»Gehört nun mal zu meinem Leben«, sagte Morelli und legte auf.

Ich ging wieder ins Bett, hatte jedoch die ganze Zeit die hervorquellende Gehirnmasse vor Augen. Morelli ist der einzige Bekannte, dessen Job noch heftiger ist als meiner. Na gut, Bestatter kämen noch in Frage, die müssen Körperflüssigkeiten aus ihren Leichen absaugen. Aber trotz aller

Widrigkeiten liebt Morelli seinen Beruf. Als Jugendlicher, Produkt eines prügelnden Vaters, war er nicht zu bändigen gewesen. Heute ist er ein guter Polizist, verantwortungsbewusster Hauseigentümer, und um seinen Hund Bob kümmert er sich liebevoll. Er besitzt herausragende Qualitäten, ist ein potentieller Lebenspartner, vielleicht sogar Ehemann, doch ständig kommt uns seine häufig grauenvolle Arbeit in die Quere, und das würde sich so bald nicht ändern. Und jetzt noch die Hawaii-Geschichte.

Der andere Mann in meinem Leben, Ranger, ist definitiv kein potentieller Lebenspartner oder gar Ehemann. Ranger hat eher Suchtpotential. Ein Körper wie Batman, dunkle, geheimnisvolle Vergangenheit, animalischer Magnetismus, der mich ködert, sobald ich in sein Kraftfeld gerate. Ranger trägt ausschließlich Schwarz, fährt ausschließlich schwarze Autos, und wenn wir zusammen schlafen, weiten sich seine braunen Augen zu großen schwarzen Löchern.

All das ging mir im Kopf herum: Morelli, Ranger, die austretende Gehirnmasse. Dann dachte ich wieder an die FBI-Typen, die echten und die falschen, und den Mann auf dem Foto. Nicht gerade schlaffördernd. Hinzu kommt, ich beziehe kein regelmäßiges Gehalt. Wenn ich keine Kautionsflüchtlinge fange, verdiene ich kein Geld. Wenn ich kein Geld verdiene, kann ich meine Miete nicht bezahlen. Wenn ich meine Miete nicht bezahle, muss ich im Auto übernachten. Und so toll ist mein Auto nun auch wieder nicht.

Ich ging in die Küche und beugte mich wieder über die Akten. Bei dem Handtaschenräuber hätte ich sicher meine größten Chancen. Es stimmt, sie sind gute Läufer, doch der

Mann auf dem Foto sah dick aus, und einen Dicken, wenn nicht gerade in super Form, könnte ich schon noch zur Strecke bringen. Lewis Bugkowski, Spitzname Big Buggy, 23, hatte die friedlich auf einer Parkbank sitzende 83jährige Betty Bloomberg ausgeraubt. Eine Dreiviertelstunde später wurde er bei dem Versuch, sechs Buckets frittierte Hähnchen mit ihrer Kreditkarte zu bezahlen, verhaftet. Der Angestellte hatte keine große Ähnlichkeit zwischen Buggy und dem Foto auf der Kreditkarte entdecken können. Buggy war also nicht nur übergewichtig, sondern scheinbar auch geistig unterbelichtet.

Soll ich meine Pistole einstecken, überlegte ich. Lieber nicht. Schwere Handtaschen machen nur Nackenkrämpfe. In Wahrheit brauche ich die Pistole sowieso nie, benutze stattdessen Pfeffer- und Haarspray. Mein Handy klemmte im Hosenbund, die Handschellen in der Gesäßtasche. Ich war startbereit.

Buggy wohnte ganz in der Nähe von Chambersburg, dem Viertel von Trenton, wo ich aufgewachsen bin. Und er lebte noch bei seinen Eltern. Immer eine blöde Situation, weil ich meine Kunden ungern vor ihren Eltern oder Kindern abgreife. Ein Arbeitsplatz war in der Akte nicht angegeben, sonst hätte ich ihn dort aufgesucht. Ich fuhr zur Broad, schlug einen Linkshaken, vorbei am Haus der Bugkowskis, einem kleinen Häuschen im Cape-Cod-Stil. Sauber, gepflegt, winziger Vorgarten, Einzelgarage. Auf der Straße vorm Haus parkte kein weiteres Auto.

Ich gab Buggys Nummer ein, er ging beim zweiten Klingeln ran.

»Lewis Bugkowski?«

»Ja.«

»Sind Sie der Hausbesitzer?«

»Nein, das Haus gehört meinem Dad.«

»Ist er zu Hause?«

»Nein.«

»Und Ihre Mutter?«

»Sie ist arbeiten. Was wollen Sie?«

»Ich mache eine Umfrage über Müllentsorgung.«

Click.

Super. Ich hatte erfahren, was ich wissen wollte. Buggy war allein. Ich stellte mein Auto ein Haus weiter ab, ging zurück und schellte.

Ein Riese kam an die Tür. Knapp zwei Meter, knapp drei Zentner. Er trug Sweatpants und ein T-Shirt, unter dem eine achtköpfige vietnamesische Familie Obdach gefunden hätte.

»Hä?«, sagte er.

»Lewis Bugkowski?«

Er sah mich an. »Sind Sie das mit der Müllumfrage? Ihre Stimme klingt wie die Frau am Telefon.«

»Kautionsagentur Plum.«

Ich zückte die Handfesseln und versuchte, sein Handgelenk zu erwischen. Fehlanzeige. Die Schelle wollte sich nicht schließen. Das Handgelenk war zu dick! Der Kerl, ein Koloss.

Kokett lächelte ich ihn an. »Könnte ich Sie dazu überreden, mit mir zum Gericht zu fahren, um einen neuen Termin zu vereinbaren?«

Sein Blick heftete sich an meine Kuriertasche. »Soll das eine Handtasche sein?«

Achtung!

»Nein«, sagte ich. »Die ist nur für Unterlagen. Langweiliges Zeug. Wollen Sie mal sehen?«

Er packte den Riemen und riss mir die Tasche von der Schulter, bevor ich mein Pfefferspray finden konnte.

»He!«, rief ich. »Geben Sie mir meine Tasche zurück!«

Er sah auf mich herab. »Verpiss dich, oder ich hau dir eine rein.«

»Ich kann nicht weg. Die Autoschlüssel sind in der Tasche.«

Seine Augen leuchteten. »Ein Auto könnte ich gut gebrauchen. Ich habe Hunger und nichts mehr zu essen im Haus.«

Ich stürzte mich auf ihn, aber er wehrte mich ab.

»Ich fahre Sie auch zu Cluck-in-a-Bucket«, sagte ich.

Er schloss die Haustür und trat von der Veranda. »Nicht nötig. Ich habe jetzt ein eigenes Auto.«

Ich lief hinter ihm her und hielt mich an seinem T-Shirt fest. »Hilfe!«, rief ich. »Polizei!«

Er stieß mich beiseite und klemmte sich hinters Steuerrad. Mein Autochen ächzte unter seinem Gewicht. Er warf den Motor an und gab Gas.

»Das ist Autodiebstahl, Mister!«, rief ich hinter ihm her. »Das kann Sie in den Knast bringen.«

Buggy verschwand um die nächste Straßenecke. Unschlüssig blieb ich stehen, dann rief ich Ranger an.

»Wo bist du?«

»Bei Rangeman.«

Ranger war Teilhaber von Rangeman-Security. Das Unternehmen residierte in einem unscheinbaren, mit Hightech vollgestopften Haus in der Innenstadt von Trenton. Durchtrainierte Männer in schwarzen Rangeman-Uniformen schoben hier Dienst. Im sechsten Stock lagen Rangers Privaträume.

»Ein blöder Fettsack hat gerade mein Auto geklaut«, sagte ich. »Und meine Tasche. Und NVGler ist er auch noch!«

»Kein Problem. Wir haben deinen Wagen auf dem Schirm.«

Ranger montiert gern heimlich Peilsender an meine Autos. Zuerst fand ich diesen Eingriff in die Privatsphäre unverschämt, doch im Laufe der Zeit habe ich mich daran gewöhnt, und manchmal ist es ja auch ganz praktisch, so wie jetzt.

»Ich schicke jemanden, der dir das Auto wiederbeschafft«, sagte Ranger. »Was sollen wir mit dem blöden Fettsack machen?«

»Handschellen anlegen, auf den Rücksitz verfrachten und zur Kautionsagentur bringen. Dann übernehme ich ihn.«

»Und du?«

»Alles klar. Lula kommt mich abholen.«

»Babe«, sagte Ranger und legte auf.

Zugegeben, das mit Lula war gelogen. In Wahrheit konnte ich Ranger noch nicht wieder unter die Augen treten. Missmutig sah ich auf die kahle Stelle an meinem Ringfinger und rief Lula an.

4

»Wo bleibt dein Kampfgeist?«, sagte Lula. »Dich haben sie in Hawaii weichgeklopft. Das kommt dabei raus, wenn man sich im Urlaub auf so eine Geschichte einlässt wie du. Aber glaub ja nicht, das würde mich interessieren. Nicht die Bohne!«

Lula hatte mich vor Buggys Haus abgeholt, wir waren unterwegs zum Kautionsbüro.

»Ich habe meinen Kampfgeist nicht verloren«, sagte ich. »Ich hatte nie welchen.«

»Kann schon sein. Aber warum lässt du dich dann gleich zweimal hintereinander so anschmieren? Lässt zwei Kautionsflüchtlinge laufen. Wo bist du nur mit deinen Gedanken? Immer noch bei dieser Geschichte in Hawaii? Dabei weiß ich nichts darüber. Geht mich ja nichts an. Ich bin ja nur deine allerbeste Freundin. Und obwohl du mir nicht vertraust, habe ich extra meinen Mittagsschlaf unterbrochen, um dich zu retten.«

»Ich bin nicht abgelenkt. Die beiden vergeigten Festnahmen kannst du getrost meiner Inkompetenz zuschreiben.«

»Mach dich nicht schlechter, als du bist. Ich kenne da ein gutes Rezept. Donuts.«

»Donuts reichen da nicht.«

»Was dann? Hähnchen? Pommes? Ein Riesendoppelwhopperburger?«

»Ich rede nicht von Essen. Essen löst das Problem nicht.«

»Seit wann?«

»Ich überlege, ob ich nicht einen Selbstverteidigungskurs machen soll. Kickboxen oder so.«

»So 'n Selbstverteidigungskurs ist für 'n Arsch«, sagte Lula. »Wenn mir einer blöd kommt, verlasse ich mich lieber auf meine animalischen Instinkte.«

Das gilt nicht für mich. Meine animalischen Instinkte sind verkümmert. Wenn mir einer blöd kommt, setzt eher mein Fluchtinstinkt ein.

»Mein Mittagsschlaf ist eh dahin. Ich hätte glatt Lust, auf Großwildjagd zu gehen«, sagte Lula. »Die blöde Joyce einsacken. Wo wohnt sie? Noch in der fetten Kolonialvilla von Vinnie?«

»Nein. Laut Kautionsagentur ist ihre Adresse jetzt Stiller Street, Hamilton Township.«

Soweit ich weiß, ist Joyce momentan ohne Mann, aber diese Information könnte schon veraltet sein. Nicht so einfach, mit Jocye Schritt zu halten. Sie ist Seriengeschiedene, arbeitet sich auf dem Heiratsmarkt durch die gesellschaftlichen Schichten immer höher hinauf, entledigt sich der verbrauchten Ehemänner, um mit anderen Kandidaten über lukrativere Eheverträge zu verhandeln. Reingewinn ihrer letzten Ehe: Ein Mercedes der E-Klasse und ein halbes 1,5-Millionen-Dollar-Haus. Der Mann, wird gemunkelt, soll das Meerschweinchen bekommen haben.

Kann nicht schaden, mal bei ihr vorbeizufahren, dachte

ich. Eine Spritztour nach Hamilton Township, und wenn ich zurückkam, hatte der Typ von Rangeman mein Auto vielleicht schon wiederbeschafft.

Zwanzig Minuten später segelten wir die Stiller Street entlang.

»Dieser Häuserblock ist neu«, sagte Lula. »Den kenne ich gar nicht. Vor zwei Wochen war hier noch ein Maisfeld.«

Der Block aus Reihen-Townhäusern nannte sich Mercado Mews, und die Anlage war nicht nur neu, sie sah auch protzig aus. Joyce wohnte in einem Endhaus mit Doppelgarage. Alles frisch und schick. Totenstille. Keine Autos am Straßenrand. Kein Verkehr. Keine Menschen. Niemand, der die Azaleensträucher stutzte, der mit seinem Hund Gassi ging oder einen Kinderwagen schob.

»Wahrscheinlich sind noch nicht alle Häuser verkauft«, sagte Lula. »Viele stehen leer. Und Joyce' Haus sieht auch nicht gerade bewohnt aus.«

Laut Akte hatte Connie seit Joyce' Verschwinden mindestens einmal täglich bei ihr angerufen, Handy und Festnetz, aber nie war jemand drangegangen.

Lula parkte am Straßenrand, wir gingen zur Haustür und klingelten. Keine Reaktion. Sie betrat das Blumenbeet und schaute durchs Vorderfenster.

»Möbel sind drin, aber von Joyce keine Spur«, sagte sie. »Alles picobello. Keine Leichen auf dem Boden.«

»Gehen wir mal hinten schnüffeln.«

Wir gingen ums Haus herum, doch der Garten auf der Rückseite war leider von einem zwei Meter hohen Sichtschutzzaun aus Holz umgeben, das Zauntor verschlossen.

»Du musst das Tor eintreten«, sagte Lula. »Ich würde es ja machen, aber nicht mit meinen Via Spigas.«

Wie oft hatten wir dieses Spiel schon durchexerziert. Lula trägt immer die falschen Schuhe, und ich bin immer unfähig zu solchen Brachialaktionen.

»Mach schon«, spornte sie mich an. »Tritt die Tür ein.«

Halbherzig kickte ich gegen das Holz.

»Nicht so schüchtern. Mehr Power!«

Ich trat fester zu.

»Hunh«, sagte Lula. »Du hast keine Ahnung, wie man Türen eintritt.«

Sag bloß! Mindestens einmal die Woche ziehen wir diese Nummer durch, und langsam wird es langweilig. Vielleicht sollte ich kein Kickboxen lernen, sondern mir lieber gleich einen neuen Job suchen.

»Dann muss wohl einer von uns über den Zaun klettern«, sagte Lula.

Ich sah an dem Zaun hoch. Über zwei Meter. Ich bin nicht Spider-Man, und Lula schon gar nicht.

»Mit Räuberleiter könnte es klappen«, sagte ich. »Wer macht den Räuber, und wer die Leiter?«

»Ich würde mich ja als Leiter opfern, aber ich war gerade bei der Maniküre. Wogegen deine Hände nicht maniküriert sind, wie ich sehe. Nur der helle Streifen am Ringfinger fällt auf, aber das soll mir ja egal sein.«

»Na, toll. Dann mache ich die Leiter. Die Via Spigas zieh bitte aus. Ich will nicht von Stilettos durchbohrt werden.«

Lula entledigte sich ihrer Schuhe und warf sie über den Zaun. »Okay, ich bin so weit. Heb mich hoch.«

Ich versuchte sie anzuheben, aber sie rührte sich nicht vom Fleck.

»Du musst auf meine Schultern klettern«, sagte ich.

Lula stellte den rechten Fuß auf meinen Oberschenkel, stemmte sich mit einem Ruck hoch und schwang das linke Bein über meine Schulter. Ihr Spandex-Kleid rutschte bis zur Taille, und ihr Tigerfelltanga verlor sich in den tiefen, dunklen Weiten ihrer Fleischmasse.

»Oh, Mann!«, sagte sie.

»Oh, Mann? Was soll das heißen?«

»Ich sitze fest. Du musst mich am Hintern hochdrücken.«

»Ich mach mir doch nicht die Hände schmutzig!«

Um nicht abzurutschen, schlang sie ihre Arme um meinen Kopf, was zur Folge hatte, dass wir beide zu Boden gingen. RUMMS!

»Hast du dir was gebrochen?«, fragte ich sie.

»Schwer zu sagen, solange du auf mir draufliegst.«

Wir standen auf und sammelten uns erst mal.

»Meine Via Spigas sind auf der anderen Seite des Zauns«, sagte Lula an ihrem Rock zupfend. »Meine Via Spigas gebe ich auf keinen Fall auf.« Sie fischte ihre Glock aus der Handtasche und feuerte fünfmal auf das Torschloss.

»Bist du wahnsinnig!«, sagte ich. »Das hört man doch! Bestimmt rufen jetzt alle hier die Polizei.«

»Wer soll die Polizei rufen?«, sagte Lula. »Hier wohnt kein Mensch. Das ist eine Geisterstadt.« Sie versuchte, das Zauntor zu öffnen, es war noch immer verschlossen. »Hunh«, grunzte sie. »Sollen wir unter dem Zaun hindurchkriechen?«

»Hast du eine Schaufel?«

»Nein.«

»Dann musst du dich zwischen deiner Maniküre und deinen Schuhen entscheiden.«

»Los. Kletter du rüber.«

Sie hob mich bis an die Zaunkante, wo ich für einen Moment verharrte, dann erst das eine, schließlich auch das andere Bein hinüberschwang und mich fallen ließ, ohne mir was zu brechen. Ich machte das Tor auf, ließ Lula herein, und wir schauten durch die Fenster ins Haus. Das Gleiche wie vorne. Niemand da. Keine Joyce. Die hintere Tür war ebenfalls abgeschlossen.

»Ich könnte zufällig in eins von den Fenstern stürzen, und wir wären im Haus.«

»Keine Fenster demolieren! Und auf keine Türschlösser mehr schießen. Ich bitte Ranger, mich irgendwie ins Haus zu schleusen.«

»Alles klar«, sagte Lula. »Geht mich ja nichts an, was zwischen dir und Mister Mysterious läuft. Aber wenn du dich mal aussprechen willst, soll ich dir zuhören, ja!?«

»Ich will nur eins. Nichts wie weg hier.«

Wir öffneten das Tor von innen, stiegen wieder in Lulas Firebird, und sie brachte mich zurück zum Kautionsbüro.

»Ranger hat dir wohl den Wagen gewaschen«, sagte Lula, die meinen RAV4 hinter dem Büromobil stehen sah. »Ich kann mich nicht erinnern, dass er jemals so blitzblank war. Ranger, der Mann für den Rundum-Sorglos-Service. Er beschafft dir dein geklautes Auto wieder und bringt es dir auch noch generalüberholt zurück. Du musst ihn ja ziemlich happy gemacht haben in Hawaii. Wie gesagt, geht mich nichts an. Aber man ist ja nicht blind.«

Es war eher so, dass ich ihn erst glücklich gemacht hatte. Dann nicht mehr. Dann wieder. Hin und her, und zum Schluss war die Hölle los.

»Er liefert eben gern saubere Arbeit ab«, sagte ich.

»Wie man sieht.«

Lula fuhr weiter, und ich ging zu meinem Auto. Die Fahrertür war nicht verschlossen, der Schlüssel steckte unter der Fußmatte, kein Big Buggy auf der Rückbank.

Ich rief Ranger an. »Danke«, sagte ich. »Hast du mein Auto generalüberholt?«

»Auf dem rechten Kotflügel waren Blutspritzer, deswegen ist Hal in die Waschanlage gefahren.«

»Ach, herrje!«

»Nichts Schlimmes. Bugkowski hat sich widersetzt, dabei hat er sich das Gesicht an deinem Auto aufgeschlagen.«

»Wo ist er jetzt?«

»Bugkowski hat gekreischt wie ein kleines Mädchen und Publikum angezogen. Hal hatte keine Dokumente, um die Festnahme zu rechtfertigen. Er musste ihn laufen lassen.«

»Hat Hal meine Kuriertasche wiedergekriegt?«

»Ja. Sie ist hier bei Rangeman. Er wollte sie nicht in einem unverschlossenen Auto liegen lassen.«

»Könntest du sie mir per Post schicken?«, bat ich ihn.

Ich war einfach noch immer nicht bereit, ihm unter die Augen zu treten.

»Du kannst vor mir weglaufen, aber entkommen tust du mir nicht«, sagte Ranger.

Wohl wahr. Ich legte auf und fuhr Richtung Heimat. Unterwegs hielt ich am Supermarkt und hatte den Einkaufswagen schon halb voll mit Lebensmitteln bepackt, als mir einfiel, dass ich ja überhaupt kein Geld dabeihatte. Keine Kreditkarte, keinen Ausweis, nichts. Alles in der Kuriertasche. Und die war bei Ranger. Ich räumte die Lebensmittel wieder in die Regale und rief Morelli an.

»Wegen heute Abend«, sagte ich. »Ist ein Essen mit dabei?«

»Ich bin frühestens um Mitternacht zu Hause. Wenn du dann noch Hunger hast, gerne.«

»Gehst du mir aus dem Weg?«

»So klug bin ich nicht«, sagte Morelli.

Nachdem er aufgelegt hatte, blieb ich im Auto sitzen und überlegte lange, was mir für Möglichkeiten blieben. Ich konnte zu Rangeman fahren und mir die Tasche abholen, nach Hause und mir mit Rex einen Cracker teilen oder zu meiner Mutter, Essen schnorren.

Zwanzig Minuten später trudelte ich bei meinen Eltern ein, und Grandma beeilte sich, noch einen zusätzlichen Teller auf den Tisch zu stellen. Meine Mutter hatte eine Minestrone gekocht, es würde also auch Antipasto geben, frisches Brot aus der Bäckerei und Reispudding mit italienischen Cookies.

»Es ist für vier gedeckt«, sagte ich zu Grandma. »Haben wir noch einen Gast?«

»Ja, eine sehr interessante Frau, die ich letzte Woche kennengelernt habe. Ich bin einem Bowling-Verein beigetreten, und sie spielt in meinem Team. Sie ist so was wie eine Paarberaterin. Vielleicht kann sie dir ja einen Tipp geben.«

»Ich wusste gar nicht, dass du bowlst.«

»Ist ganz einfach. Man wirft nur den Ball, über die Bahn rollt er von ganz alleine. Ich habe sogar dieses T-Shirt bekommen. Wir nennen uns die Bahnsirenen.«

Mein Vater saß im Wohnzimmer vor der Glotze und las Zeitung. Sein Gemurmel über Frauen, die das Bowlingspiel versauen, ging in lautem Papierrascheln unter. In den Nachrichten kam gerade das Foto eines Mannes, der auf dem Flughafen von Los Angeles tot aufgefunden worden war, mit einem stumpfen Gegenstand erschlagen, die Kehle aufgeschlitzt und die Leiche in einem Mülleimer entsorgt.

Boah! Eklig! Aber es kam noch dicker. Dieser Mann hatte während der ersten Etappe des Rückflugs von Hawaii neben mir gesessen. Zu Beginn hatte ich mich kurz mit ihm unterhalten, aber den Rest des Fluges verschlafen. Nach der Zwischenlandung war sein Platz neben mir leer geblieben. Er wollte nach Newark weiterfliegen, wie ich mich vage erinnerte.

Es klingelte. Grandma lief zur Tür und bat eine brünette, angenehm füllige, lächelnde, etwas über vierzigjährige Frau in ihrem Bahnsirenen-Shirt ins Wohnzimmer.

»Darf ich vorstellen? Annie Hart. Unsere beste Bowlerin. Und im Mogeln ist sie auch Meisterin.«

Ich kannte Annie Hart. Von irgendeinem Valentinstag, der gründlich in die Hose gegangen war. Schon ein Weilchen her. Seitdem hatte ich sie nicht mehr gesehen. Die absolut reizende Annie Hart lebte in einer Parallelwelt. Sie hielt sich für die Wiedergeburt Amors. Ich kann mir kein Urteil erlauben, aber ein bisschen weit hergeholt erschien mir das doch.

»Wie schön, dass ich Sie mal wiedersehe, meine Teure«, begrüßte sie mich. »Immer, wenn ich an Sie denke, frage ich mich, ob Sie Ihre Liebesprobleme wohl gelöst haben.«

»Ja, ja«, sagte ich. »Hat sich alles geklärt.«

»Sie hat in Hawaii geheiratet«, verriet Grandma.

Mein Vater schoss aus seinem Sessel hoch. »Wie bitte!?«

»Mit Ring und allem drum und dran«, sagte Grandma.

Meinem Vater gingen die Augen über. »Stimmt das? Warum weiß ich davon nichts? Nie sagt mir einer was!«

»Schau her.« Ich hielt meine Hand hoch. »Kein Ring. Wenn ich verheiratet wäre, würde ich einen tragen, oder?«

»Aber du hast einen weißen Streifen an deinem Ringfinger«, sagte Grandma. »Natürlich gäbe es dafür tausend Erklärungen. Du könntest zum Beispiel die Weißfleckenkrankheit haben, so wie Michael Jackson. Der wurde auch Stück für Stück weißer.«

Meine Mutter stellte zwei Schüsseln auf den Esstisch. »Es gibt Antipasto«, sagte sie. »Und ich habe einen Roten aufgemacht.«

Mein Vater trat an den Tisch. »Weißfleckenkrankheit«, sagte er kopfschüttelnd. »Was kommt als Nächstes?«

Grandma gabelte sich eine Scheibe Käse und Prosciutto auf den Teller. »Annie hat Lorraine Farnsworth bei ihren Liebesproblemen geholfen.«

Meine Mutter sah Annie verwundert an. »Lorraine ist einundneunzig!«

»Ja«, sagte Annie. »Die soll sich mal entscheiden. Seit dreiundfünfzig Jahren geht sie mit Arnie Milhauser. Wird Zeit, dass sie sich nach einem neuen Mann umsieht.«

Mein Vater beugte sich tief über seinen Teller Antipasto. »Da bleibt nur noch der Knochenmann.«

»Eigentlich ist sie ziemlich fit für ihr Alter«, sagte Grandma. »Gut, sie hat jede Menge Fehlwürfe beim Bowlen, aber wer hat die nicht.«

»Seit wir ihr einen längeren Schlauch für das Sauerstoffgerät besorgt haben, hat sie sich verbessert«, sagte Annie.

Grandma nickte. »Ja, das hat geholfen. Vorher war sie an der kurzen Leine.«

Das Handy an meinem Hosenbund machte sich bemerkbar, eine SMS. *Wir müssen Sie dringend sprechen. Kommen Sie nach draußen.* Sogar unterschrieben. *FBI.*

Ich schrieb zurück: *Nein.*

Die nächste SMS lautete: *Kommen Sie raus, sonst kommen wir rein.*

»Bin gleich wieder da«, sagte ich. »Ich muss nur eben an die frische Luft.«

»Wahrscheinlich sitzt nur ein Furz quer«, sagte Grandma zu Annie. »Deswegen muss ich jedenfalls immer an die frische Luft.«

Meine Mutter leerte ihr Glas in einem Zug und goss sich nach.

Von der Haustür aus sah ich die beiden falschen FBI-Typen vor einem schwarzen Lincoln am Straßenrand stehen. Der größere, Lance Lancer, bedeutete mir herzukommen. Ich schüttelte den Kopf. Er zückte seine Plakette, hielt sie hoch, damit ich sie sah, und winkte mich mit dem Zeigefinger her. Erneutes Kopfschütteln.

»Was wollen Sie?«, rief ich.

»Mit Ihnen reden.«

»Treten Sie von dem Auto zurück. Ich komme Ihnen auf halbem Weg entgegen.«

»Wir sind vom FBI. Sie müssen schon herkommen«, sagte Lancer.

»Sie sind nicht vom FBI. Das habe ich nachgeprüft. Außerdem fährt das FBI keine großen schwarzen Lincoln Town Cars.«

»Unser Auto wurde beschlagnahmt. Deswegen fahren wir den Lincoln.«

»Was wollen Sie?«

»Habe ich Ihnen schon gesagt. Mit Ihnen reden. Aber ich möchte nicht schreien. Es ist vertraulich.«

Ich trat auf den Bürgersteig. »Kommen Sie mir entgegen«, wiederholte ich.

Lancer murmelte irgendetwas, und gemeinsam kamen sie auf mich zu.

»Wir wollen das Foto, das Sie im Flugzeug an sich genommen haben«, sagte Lancer. »Geben Sie es uns, sonst passiert noch was Schlimmes.«

»Wie gesagt: Ich habe kein Foto.«

»Sie lügen«, sagte Lancer.

Du lieber Himmel. Ich war schon wieder in irgendeine Scheiße geraten. Als hätte der Stress im Urlaub nicht gereicht.

»Ich lüge nicht. Ich habe Ihr Foto nicht. Verschwinden Sie, und belästigen Sie mich nicht weiter.«

Lancer riss die Augen auf. »Wir schnappen sie uns!«, sagte er.

Ich wirbelte herum und sprintete los, doch einem der beiden gelang es, sich an meinem Shirt festzukrallen. Es riss mich nach hinten, ich schlug und trat um mich wie eine Furie. Flüche und Ohrfeigen, die ins Leere gingen, doch dann fand mein Fuß seinen Weg zu Slashers bestem Stück. Slasher lief knallrot an, dann wurde er kreidebleich. Er krümmte sich, Hände am Schritt, fiel zu Boden und blieb in Embryonalstellung liegen. Ich rannte ins Haus, schloss die Tür ab und sah aus dem Fenster. Lancer schleppte seinen Kollegen in das Lincoln Town Car.

Ich strich mein Shirt glatt und kehrte zurück an den Esstisch.

»Geht es besser?«, fragte Grandma.

»Ja«, sagte ich. »Alles gut.«

»Wenn wir erst mal Ihre Liebesprobleme gelöst haben, flutscht auch wieder Ihre Verdauung«, sagte Annie.

Bei mir schrillten die Alarmglocken, meine Kopfhaut juckte. *Wir?* Hatte sie *wir* gesagt? Die Männer in meinem Leben machten mir schon genug Ärger, auch ohne Annie. Annie war ein lieber Mensch, aber mindestens so irre wie Morellis Grandma Bella.

»Ehrlich, ich habe keine Liebesprobleme. Ist alles super.«

»Ja, ja«, sagte Annie augenzwinkernd.

»Ich dränge nur ungern, aber wir müssen los«, sagte Grandma. »Das Bowling fängt um sieben Uhr an, und wer nicht pünktlich kommt, kriegt nur noch die versifften Schuhe ab. Mit der nächsten Rente kaufe ich mir eigene Schuhe.«

Gehetzte Abendessen sind bei uns fast der Normalzustand. Für alle Körperfunktionen verschwendet mein Vater keine Minute länger als eben nötig. Er schlürft die noch kochend heiße Suppe, nimmt sich nach, wischt die Schale mit einem Stück Brot aus und erwartet, dass man umgehend zum Dessert übergeht. Diese nüchterne Einstellung zum Essen bringt ihn in Rekordzeit zurück vor den Fernseher und reduziert die gemeinsam mit Grandma verbrachte Zeit auf ein Minimum.

»Ich habe heute beim Bäcker mit Mrs Kulicki gesprochen. Sie hat mir erzählt, Joyce Barnhardt soll in irgendeine fiese Sache verwickelt gewesen sein. Liegt jetzt zusammengefaltet in der Autopresse auf dem Schrottplatz«, sagte Grandma und bediente sich bei den Mandelkeksen.

»Wie grässlich«, sagte meine Mutter. »Woher will die Kulicki das wissen? Ich habe nichts gehört.«

Grandma tunkte das Plätzchen in ihren Kaffee. »Ihr Sohn Andy arbeitet auf dem Schrottplatz.«

Es wäre ein echter Flop, wenn das stimmte. Das Geld für einen toten NVGler wiederzubeschaffen war immer schwierig, besonders wenn man die Leiche aus der Stoßstange eines SUV puhlen musste. Und so pervers das klingt, aber irgendwie würde mir Joyce sogar fehlen.

Nachdem Grandma und Annie abgezogen waren, half ich meiner Mutter beim Abwasch und setzte mich für ein paar Minuten zu meinem Vater vor den Fernseher. Von Heirat und Eheringen war keine Rede mehr. Meine Familie löst Probleme durch Schweigen und Schweinebraten. Unsere Philosophie: Wenn man nicht darüber spricht, gehen sie von alleine weg. Gehen sie nicht von alleine weg, gibt es immer noch Schweinebraten, Mac & Cheese, Hähnchen, gestürzten Ananaskuchen, Pasta, Kartoffeln oder Fleischwurst auf frischem Weißbrot.

Zum Schluss schickte mich meine Mutter mit einem Beutel Cookies, einem halben Pfund Schinken, einem Stück Provolone und Brot aus unserer Bäckerei nach Hause. Wer zu uns zum Essen kommt, geht immer mit einem Fresspaket nach Hause.

Vor der Einfahrt zum Mieterparkplatz hinter meinem Haus hielt ich an und ließ meinen Blick schweifen. Kein schwarzes Lincoln Town Car in Sicht, und verfolgt hatte mich auch niemand. Es drohte also keine Gefahr. Ich nahm die Treppe in den ersten Stock, schlich den Hausflur ab und lauschte vor meiner Tür. Stille. Ich stieß die Tür auf und spähte in die Wohnung. Leer. Auch in der Küche lauerten keine falschen FBI-Typen. Wahrscheinlich krümmte sich Slasher irgendwo auf einem Hocker und hielt sich einen Eisbeutel ans Gemächte. Ich hatte einen Treffer gelandet. Man stelle sich vor, welchen Schaden ich anrichten könnte, wenn ich solche Tritte nicht instinktiv, sondern gezielt verteilen würde.

Ich gab Rex einen Cookiekrümel ab und stöberte ein bisschen im Internet, bis ich einen Artikel über das Mordopfer am Flughafen Los Angeles fand. Richard Crick, 56, Chirurg, mit Praxis in Princeton. In Hawaii hatte er an einem Fachkongress teilgenommen. Die Polizei ging von einem zufälligen Raubüberfall aus, der in Mord umgeschlagen war.

Mein Verdacht geht eher so: Crick besaß etwas von großem Wert... die Fotografie von einem Mann. Aus irgendeinem Grund hatte er sie, während ich schlief, in meine

Tasche gesteckt. Entweder hat er mich verpfiffen, bevor er starb, oder andere sind auf mich aufmerksam geworden. Keine Ahnung, was das Foto für eine Bedeutung hatte, und eigentlich wollte ich es auch nicht so genau wissen.

Ich gab den Namen Crick in eins der Profi-Suchprogramme des Kautionsbüros ein und schaute zu, wie die Hintergrundinfos über den Schirm liefen: Zehn Jahre Militärarzt, drei davon in Afghanistan, drei in Deutschland, den Rest in den Staaten. Nach dem Militärdienst als Arzt niedergelassen. Geschieden, zwei erwachsene Söhne. Einer lebte in Michigan, der andere in North Carolina. Makellose Biografie, bis er vor anderthalb Jahren, ungerechtfertigt, wegen eines Kunstfehlers mit Todesfolge verklagt worden war. Offenbar war der Rechtsstreit noch anhängig. Er besaß ein Haus in Mill Town, letzte Wertschätzung belief sich auf 350.000 $, davon 175.000 $ Eigenkapitalbeteiligung. Er fuhr einen zwei Jahre alten Accord. Sonst keine weiteren Strafsachen. Keine Pfandverschreibungen. Keine faulen Kredite. Unterm Strich ein ziemlich langweiliger Kerl.

Es wäre sinnlos, sich bei ihm zu Hause oder in der Praxis umzusehen. Dazu war ich zu spät eingestiegen in diesen Fall. Die falschen FBI-Typen, das echte FBI, die Polizei vor Ort, Angestellte und Angehörige hatten sicher schon alles gründlich durchsucht.

Ich schaltete den Fernseher an und zappte mich durch die Kanäle, bis ich bei einem Food Channel hängen blieb. Während einer Doku über Lebensmitteltrucks schlief ich ein und wachte erst um halb zwölf wieder auf. Ich überprüfte meinen AB, fand keine Nachrichten und ging zu Bett.

5

Ich wachte auf, orientierungslos. Es war dunkel. Irgendwo im Zimmer klingelte es. Ich lag neben einem warmen Körper. Morelli. Er griff über mich hinweg und stellte das Klingeln ab. Es war sein Handy-Wecker.

»Was ist los?«, fragte ich. »Wie spät ist es?«

»Fünf Uhr. Ich muss los. Frühbesprechung. Vorher noch zu Hause vorbei, Bob füttern.«

»Wann bist du gestern Abend gekommen?«

»Gegen Mitternacht. Du hast schon geschlafen.«

»Und du bist einfach so unter die Decke gekrochen? Ich dachte, wir hätten Streit.«

Er schlüpfte aus dem Bett. »Ich war müde. So war es einfacher.«

Ich stützte mich auf die Ellenbogen. »Einfacher?«

»Ja. Ich musste nicht mit dir reden.« Er wanderte in der Dunkelheit umher, sammelte Kleidungsstücke vom Boden auf. »Die Boxershorts sind von mir, oder?«

»Von wem denn sonst?«

»Könnten wer weiß wem gehören«, sagte Morelli.

Ich verdrehte die Augen und schaltete die Nachttischlampe ein. »Besser so?«

Morelli stieg in seine Jeans. »Danke.«

Im Dämmerlicht sah ich das Pflaster auf seiner Nase und das blaue Auge. Die Schlägerei in Hawaii war kurz und heftig gewesen, entsetzlich mit anzuschauen, und rückblickend immer noch super peinlich. Sieben Stiche waren nötig gewesen, um die Wunde unter Rangers Auge zu nähen, und als Ranger Morellis Gesicht demolierte, hatte er sich einen Handknochen gebrochen.

»Was macht deine Nase?«

»Der geht es besser. Die Schwellung klingt ab.«

»Der Kampf war schrecklich!«

»Ich habe schon schlimmere erlebt.«

Das stimmte. Morelli hatte schwere Zeiten durchgemacht.

Ich richtete mich auf und schlang die Arme um die Steppdecke. »Ich hatte Angst, ihr würdet euch gegenseitig umbringen.«

»Ich war drauf und dran«, sagte Morelli und setzte sich zum Strümpfeanziehen auf meinen Stuhl. »Vergiss nicht, du hast heute Morgen einen Termin bei Berger. Dem kannst du nichts vormachen. Er kann ganz schön fies werden, wenn er einen nicht mag.« Morelli trat an die Bettkante und gab mir einen flüchtigen Kuss. »Ich will versuchen, heute Abend eher loszukommen.«

»Ich will vielleicht noch was mit Lula unternehmen.«

Er nahm die Pistole vom Nachttisch und schnallte sie sich an seinen Gürtel. »Mir kannst du auch nichts vormachen. Für irgendwelche Spielchen bin ich nicht zu haben.«

Meine Fresse. Was war denn bloß los?

Ich blieb noch eine ganze Weile liegen, warf mich hin

und her, versuchte wieder einzuschlafen, erfolglos. Gegen acht wälzte ich mich schließlich aus dem Bett, verließ gegen neun die Wohnung. Ich wollte erst im Kautionsbüro vorbeischauen, bevor ich dem FBI gegenübertrat.

Der Verkehr auf der Hamilton floss zäh dahin, und ein paar hundert Meter vor unserem Büromobil sah ich den Grund für den Stau. Der Bus war weg! Eine Reihe orangefarbener Absperrkegel markierte den Schauplatz der Zerstörung: Wo sich früher unser Kautionsbüro befunden hatte, stand jetzt nur noch ein schmauchendes, rußgeschwärztes Gerippe aus verbogenen Metallteilen und verschmorten schwelenden Polstern. Es stank fürchterlich. Ich parkte gegenüber, auf der anderen Straßenseite, hinter Vinnies Cadillac, Lulas Firebird und Connies Hyundai. DeAngelos Mercedes fehlte, das war auffällig. Vinnie, Lula und Connie standen auf dem Bürgersteig und stierten mit glasigem Blick auf das Chaos.

»Sieht mir ganz nach einer Naturkatastrophe aus«, sagte Lula. »Vermutlich Blitzeinschlag. Zuerst in den Ventilator auf dem Scheißhaus, dann hat er sich durch den Bus geschlängelt, bis er die Mikrowelle gefunden hat, und dann *Peng!*«

»Gestern Abend hat es nicht geblitzt«, sagte Connie. »Es hat seit Tagen nicht geregnet.«

»Dann würde ich auf Terroristen tippen«, sagte Lula. »Selbstmordattentäter.«

»Warum sollte ein Selbstmordattentäter unseren Bus in die Luft sprengen?«, fragte Connie.

»Die brauchen keinen Grund«, sagte Lula. »Die spazieren

mit Bomben im Arsch rum, und wenn sie Lust haben, die Bombe zu zünden – *Rumms!* – überall Terroristengedärm. Vielleicht ist einer vorbeigekommen, hat Donuts gerochen, ist reingegangen, hat sich einen Donut genehmigt und sich dann in die Luft gejagt.«

Das war nicht das Werk von Terroristen, da war ich mir absolut sicher. Vielmehr steckte DeAngelo dahinter, und Connie dachte bestimmt genauso. Keiner von uns sagte etwas, Vinnie hätte sonst einen Tobsuchtsanfall gekriegt. Obwohl, eher unwahrscheinlich, Vinnie stand vielmehr kurz vor einem Ohnmachtsanfall.

»Ja, Terroristen«, sagte er. »Das leuchtet ein.«

»Lucille muss ihm heute Morgen Valium in seinen Smoothie gegeben haben«, sagte ich zu Connie.

Connie sah zu Vinnie. »Er steht seit drei Uhr früh hier. Burnout. Wie der Bus.«

»Können wir den Betrieb aufrechterhalten?«, fragte ich sie.

»Ja. Unser Bus ist zwar weg, aber sonst haben wir nicht viel verloren. Ich arbeite schon seit einiger Zeit von meinem Laptop aus, der reist immer mit. Als das erste Kautionsbüro abgebrannt ist, sind haufenweise Akten bei draufgegangen, aber diesmal ist der Verlust nicht so groß. Ist ja alles elektronisch heute.«

Ich sah zu Lula, heute ganz in Schwarz gekleidet. Schwarze Cowboy-Stiefel aus künstlichem Echsenleder, schwarze Jeans, die wie auf ihren Körper gemalt aussahen, schwarzes Tanktop, aus dem ein gequetschter Busen hervorquoll, die Haare pink.

»Warum Schwarz?« Meine Neugier war geweckt. »Du trägst doch sonst nie Schwarz.«

»Ich habe dir gestern schon gesagt, dass ich es ernst meine und die Arbeit nicht mehr auf die leichte Schulter nehmen will. Von nun an soll mich der Ranger in mir leiten, deswegen trage ich Schwarz, so wie er. Mit dem Schwarz verfolgt er irgendeinen Zweck.«

»Er trägt schwarz, weil er morgens nicht erst lange passende Klamotten zusammensuchen will.«

»Sag ich doch. Es geht um Effizienz. Den Job erledigen. *Zack!* Das ist mein neues Motto. *Zack! Zack!* Und in diesen Klamotten, ganz in Schwarz, könnte ich glatt Joyce Barnhardt kaltstellen. Null problemo.«

»Das wird eine Puzzlearbeit«, sagte ich. »Man munkelt, Barnhardt gäbe es nur noch komprimiert.«

»Mist«, sagte Lula. »Dann entgeht uns ja der ganze Spaß.«

»Ich habe auch so etwas munkeln hören«, sagte Connie.

»Wirklich schade«, sagte Lula. »Ich hätte mir die Barnhardt zu gerne abgegriffen. *Zack! Zack!*«

»Ich habe heute Morgen noch einen Termin mit ein paar Leuten in der Stadt. Es dauert nicht lange. Ich hole dich nachher ab, und wir fahren zum Schrottplatz.«

»Jetzt, wo wir kein Büromobil mehr haben, erklären wir den Coffeeshop wieder zu unserer Zentrale«, sagte Lula. »Ich brauche sowieso dringend eine von diesen tollen Zimtschnecken, die sie da haben. Was würde Ranger sich bestellen?«

»Einen halben Bagel mit einem Teelöffel Cottagekäse und etwas Lachs.«

»Dieser Mann mag ja vielleicht attraktiv sein aber er versteht definitiv nichts von Essen«, sagte Lula kopfschüttelnd.

6

Ich verließ die Brandstätte, fuhr die Hamilton entlang und entdeckte beim Einbiegen in die Broad Street meine Verfolger. Ein schwarzer Lincoln, zwei Wagen hinter mir. Sehr wahrscheinlich beschatteten sie mich schon, seit ich aus dem Haus gegangen war, ich hatte einfach nicht aufgepasst. Die FBI-Räume waren in einem Bürokomplex in der Stadt untergebracht. Die Tiefgarage ließ ich links liegen; in Parkhäusern, egal, ob videoüberwacht oder nicht, fühle ich mich immer angreifbar. Einen halben Block weiter fand ich einen freien Parkplatz auf der Straße, schloss den Wagen ab und ging rüber zu dem FBI-Gebäude. Ich winkte dem vorbeirollenden Lincoln zu, aber es winkte niemand zurück oder hupte. Lancer und Slasher hatten genug zu tun, sich eine neue Tarnung auszudenken, das FBI-Cover war endgültig tot.

Bergers Büro im fünften Stock war eine Zelle mit Schreibtisch und zwei Stühlen. Kollege Gooley hatte seinen Arbeitsplatz wahrscheinlich auch hier in dem riesigen, mit hunderten identischen Zellen unterteilten Großraum.

»Haben Sie das Foto mitgebracht?«, fragte Berger.

Ich setzte mich auf den freien Stuhl. »Ich habe das Foto nicht.«

Berger seufzte. »Gibt es das Foto überhaupt?«

»Ja. Aber ich habe es erst zu Hause entdeckt. Keine Ahnung, wie es in meine Tasche gelangt ist oder was es damit auf sich hat. Es stand nichts drauf, kein Name, keine Adresse. Ich dachte mir, dass ich es versehentlich mit aufgegriffen haben muss, als ich mir Zeitschriften für den Rückflug kaufte. Deswegen habe ich es weggeworfen.«

»Können Sie es wiederbeschaffen?«

»Nein. Ich hab's versucht. Die Müllabfuhr war schon da.«

»War es ein Mann oder eine Frau?«, fragte Berger.

»Das wissen Sie nicht?«

Er verneinte. »Meines Wissens kannte nur ein einziger Mensch die Identität der Person auf dem Foto, und dieser Mensch ist tot.«

»Ist der Tote vielleicht zufällig Richard Crick, der Arzt, der auf dem Flughafen Los Angeles in einer Mülltonne gefunden wurde?«

»Genau.«

»Das Foto zeigte einen Mann an einer Straßenkreuzung«, sagte ich. »Zwanglos, nicht gestellt. Es war absolut nichts Ungewöhnliches an ihm. Keine Piercings, keine Tattoos. Typ Schwiegersohn. Um die vierzig. Kurzes brünettes Haar. Helle Haut. Dunkler Anzug.«

»Kennen Sie die Kreuzung?«

»Nein. Das kann überall gewesen sein. Hawaii, Oregon oder auch New York. Es war keinerlei Pflanzenbewuchs zu sehen. Das Haus im Hintergrund könnte ein Bürogebäude gewesen sein.«

»Würden Sie den Mann wiedererkennen?«

»Kann ich schwer einschätzen. So genau habe ich mir das Foto nicht angesehen.«

»Ich würde Sie gerne mit einem Zeichner zusammenbringen«, sagte Berger. »Dann hätten wir was in der Hand. Besser als gar nichts.«

»Darf ich erfahren, warum das Foto so wichtig ist?«

»Nein. Ich weiß es selbst nicht. Und will es auch gar nicht wissen. Angeblich steht die nationale Sicherheit auf dem Spiel.«

»Ich werde von zwei Männern belästigt, die sich als FBI-Agenten ausgeben. Morelli hat die Namen überprüft, aber sie sind nicht von der Bundespolizei.«

»Amerikaner?«

»Ja.«

»Möglich, dass noch andere Sicherheitsdienste mitmischen«, sagte Berger.

»Na, toll. Und was soll ich mit diesen Leuten machen?«

»Auf Distanz halten. Manche können ganz schön aufdringlich werden.«

»Wie sieht es denn mit Personenschutz aus?«

»Der Posten wurde im Etat gekürzt. Kommen Sie morgen um die gleiche Zeit wieder. Dann wird ein Phantombildzeichner hier sein. Vielleicht können Sie uns ja mit einigen nützlichen Details weiterhelfen.«

Als ich aus dem Bürogebäude trat, sah ich Ranger lässig an mein Auto gelehnt, die Arme vor der Brust verschränkt, die Miene undurchdringlich, die Haltung entspannt. Um die Schulter hatte er meine Kuriertasche gehängt. Ein Pflaster bedeckte die Naht unter seinem Auge. Es war eine

Idee heller als seine Haut. Ranger war kubanischer Abstammung, sah aber aus wie ein Latino. Er war mehrsprachig, geschickt mit den Händen, gerissen, früher bei den Special Forces. Mein Alter. Eher große Wildkatze als Golden Retriever.

»Du fährst ohne Führerschein, und wahrscheinlich hast du auch kein Geld und keine Kreditkarte dabei«, sagte Ranger.

»Es erschien mir als das kleinere Übel.«

Seine Mundwinkel zuckten, die Andeutung eines Lächelns. »Bin ich das größere Übel?«

Ranger spielte mit mir. Schwer zu sagen, ob das ein gutes oder schlechtes Zeichen war.

»Nie weiß man, woran man bei dir ist.«

»Ich könnte dir ein paar Vorschläge machen.«

»Nein! Du hast mir in Hawaii schon genug Vorschläge gemacht.«

»Du aber auch«, sagte er. Sein Blick fiel auf meine Hand. »An deinem Finger ist immer noch der Abdruck von meinem Ring. Kein offizieller Ehering, aber ein Anrecht auf jede Menge Spaß.«

»Der Ringabdruck hat dir eine Platzwunde, sieben Stiche und einen gebrochenen Handknochen eingebracht.«

»Wenigstens kämpft Morelli sauber.«

»Was soll das denn heißen?«

»Du hast mir mit deinem Elektroschocker einen Genickschuss verpasst.«

»Ja, und das war gar nicht so einfach. Ihr habt euch auf dem Boden gewälzt und aufeinander eingeprügelt.«

Tatsächlich hatte ich beide mit dem Elektroschocker schachmatt gesetzt, ihnen Handschellen angelegt, während sie gelähmt auf dem Boden lagen, und sie zur Notaufnahme ins nächste Krankenhaus gefahren. Dann hatte ich meinen Flug umgebucht, Lula angerufen und die Biege gemacht, bevor die beiden verarztet waren. Ich wollte nicht nur Abstand gewinnen, ich hielt es auch für klüger, die Insel zu verlassen, bevor mich die Polizei noch wegen Besitzes eines illegalen Elektroschockers drangekriegt hätte. Manchmal ist die Trennlinie zwischen einem feigen Akt und einer genialen Entscheidung haarscharf, und es war eine geniale Entscheidung gewesen, aus Honolulu abzureisen und den Elektroschocker dazulassen.

Ranger nahm meine Kuriertasche von der Schulter und hängte sie mir um, zog mich an sich und küsste mich, als meinte er es ernst. »Sag Bescheid, wenn die Typen in dem Lincoln zu aufdringlich werden«, sagte er und hielt mir die Tür zu meinem Wagen auf.

Sinnlos zu fragen, woher er das mit den falschen FBI-Typen in dem Lincoln wusste. Ranger ist allwissend.

Ich glitt hinters Steuer meines RAV, ließ den Motor an und fuhr zum Coffeeshop. Lula und Connie saßen an einem Tisch in Schaufensternähe. Connie arbeitete an ihrem Laptop, Lula blätterte kaffeetrinkend in einer Illustrierten.

»Ist das unser neues Büro?«, fragte ich Connie.

»Bis ich was Besseres gefunden habe. DeAngelo meint, in drei Wochen sei unser Haus in der Hamilton bezugsfertig. Ich glaub's ja nicht.«

»Hat er das vor oder nach seinem Brandbombenanschlag auf das Wohnmobil gesagt?«

»Danach. Ich habe gerade mit ihm gesprochen.«

Lula hob neugierig den Blick. »Glaubst du, dass De-Angelo das Mobil abgefackelt hat?«

»Nur so eine Theorie.«

Ich bestellte einen Frappuccino und einen großen Cookie und schlug Lula vor, zum Schrottplatz zu fahren und zu überprüfen, ob an dem Gerücht über Joyce was dran war.

»Kaum zu glauben, dass sie tot sein soll«, sagte sie. »Die ist viel zu geizig zum Sterben. Das ist, als würde man den Teufel töten. Versteht ihr, was ich meine? Den Teufel zu töten dürfte verdammt schwierig sein.«

Wir quetschten uns in den Firebird, und Lula nahm die Abkürzung durch die Stadt, raste die Stark Street entlang, vorbei an illegalen Autowerkstätten, in denen geklaute Autos ausgeschlachtet wurden, an Lebensmittelgeschäften, Bars und Leihhäusern. Die Lebensmittelläden und Leihhäuser wichen allmählich Crack-Häusern und Drogenhöhlen mit hohläugigen, lungernden Gestalten in den Eingängen. Die Crack-Häuser wiederum wichen den ausgebrannten, rattenverseuchten Slums im Niemandsland, wo nur die ganz Verrückten und Verzweifelten vegetierten. Hinter dem Niemandsland schließlich erhob sich festungsartig und trotzig ein Berg aus ausrangiertem Metall und Kunststoff, der Schrottplatz.

Lula stellte sich auf den Parkplatz und taxierte die Entfernung zu dem riesigen Elektromagneten, der die Autos in die Kompresse hievte.

»Nicht, dass die Arbeiter das missverstehen mit meinem Firebird«, sagte sie skeptisch.

»Es passiert schon nichts. Die Leute sind ja nicht blöd«, beruhigte ich sie. »Du stehst hier auf dem Kunden-Parkplatz.«

»Na gut, aber klug können sie auch nicht sein, sonst würden sie nicht auf einem Schrottplatz am Arsch der Welt arbeiten.«

Da hatte sie recht. Mich störte nicht der Schrottplatz an sich als vielmehr die Nähe zur Hölle. Der Platz gehörte Connies Cousin Manny Rosolli. Ich kannte ihn, aber nur oberflächlich, netter Kerl. Und da schätzungsweise 80 % von Connies Familie der Mafia angehören, konnte sich Manny trotz der nicht ungefährlichen Lage des Platzes einigermaßen sicher fühlen.

In dem Trailer, der als Büro diente, fragte ich nach Andy, dem Sohn von Grandmas Freundin Mrs Kulicki. Er räume gerade Autos ins Regal, hieß es, und man schickte mich zu einer Stelle auf dem Gelände, wo die Fahrzeuge nach der Schrottpresse gelagert wurden. Zum Glück war die Maschine nicht in Betrieb, was mir das grässliche Geräusch von Blechkarossen, die zerknüllt werden, ersparte.

Andy war nicht zu übersehen, der Einzige, der arbeitete, außerdem trug er einen knallorangefarbenen Overall mit seinem in Schwarz aufgestickten Namen. Ein Kerl mit Gang-Tattoo und mehreren Piercings, etwa neunzehn, zwanzig Jahre alt.

»Haben Sie auch eine Fußfessel?«, fragte Lula ihn.

»Das ist keine Gefängniskleidung«, sagte Andy. »Ich trage

sie, damit der Mann an der Schrottpresse mich sieht und mir so ein schweres Blechpaket nicht auf den Kopf fällt.«

»Ich suche Joyce Barnhardt«, sagte ich.

»Schwierig«, sagte er. »Kann sein, dass sie mit verpresst wurde. Ich habe beim Saubermachen ihren Führerschein auf dem Boden gefunden und dann noch einen plattgedrückten High Heel und einen Lippenstift. Sie wären erstaunt, was die Presse so aus den Autos schüttelt. Lauter Zeug fällt da raus, wenn sie hochgehoben und ins Regal geräumt werden.«

»Wo befindet sich das Fahrzeug jetzt?«

»Weiß nicht. Ich kann nicht sagen, aus welchem Auto die Sachen stammen.«

»Haben Sie die Polizei benachrichtigt?«

»Nein. Ich habe im Büro Bescheid gesagt. Aber die meinten, bei Toten im Kofferraum gelte der gleiche Spruch wie bei den Schwulen in der Army: Frag nicht, sag nichts.«

»Und der Führerschein und der Schuh?«

»Weggeworfen. Der Führerschein war zerrissen und der Schuh eine einzige Matsche, und eklig gestunken hat er auch. Die im Büro meinten, Sachen, die aus Autos herausfallen, würden sowieso nie abgeholt.«

»Seit auf der Müllkippe Videokameras installiert wurden, blüht auf dem Schrottplatz das Entsorgungsgeschäft«, sagte Lula. »Leichenspürhunde wüssten hier gar nicht, wo sie mit Suchen anfangen sollten.«

7

»Ich habe Hunger«, sagte Lula, als sie vom Schrottplatz fuhr. »Was würde Ranger essen? Ich wette, er hätte Lust auf einen Bucket Hähnchenteile.«

»Meistens grapscht er sich nur ein Sandwich bei Rangeman. Roastbeef auf Mehrkornbrot. Oder ein Truthahn-Clubsandwich.«

»Wäre ich auch mit zufrieden. Was isst er denn sonst noch so?«

»Manchmal dazu einen Apfel. Und er trinkt viel Wasser.«

»Was? Echt? Davon ernährt er sich? Was ist mit Chips? Root Beer mit Vanillegeschmack? Und wie viele Roastbeef-Sandwichs verdrückt er denn so mittags?«

»Eins. Ohne Chips.«

»Das ist unamerikanisch. So kommt unsere Wirtschaft nie in Schwung. Für mich sind Chips eine patriotische Pflicht.«

Wir fuhren an einem schmierigen Imbiss vorbei. »Der ist mir zu billig«, sagte ich. »Die Fenster sind dreckig, und aus dem Eingang habe ich gerade eine Ratte laufen sehen.«

»Ich war schon mal hier«, sagte Lula. »Die packen dir ein halbes Pfund Fleisch in dein Sandwich, und Pickles gibt es umsonst. Wenn ich nur ein Sandwich essen darf, mehr nicht, dann reicht mir das hier.«

Auf mich machte der Laden eher den Eindruck, als könnte man sich hier eine Fettleber umsonst holen. »Ich passe.«

»Dir fehlt der Mut zu kulinarischen Abenteuern. Nimm dir ein Beispiel an dem sarkastischen Typen vom Reisekanal. Der fährt in der Weltgeschichte rum und isst Känguruarschbacken und Schlangenkotze. Der würde alles essen, egal, ob ihm schlecht davon wird oder nicht. Er gehört auch zu meinen Vorbildern.« Sie holte ihre silberne Glock aus der Handtasche und übergab sie mir. »Warte hier und pass auf, dass keiner mein Auto klaut.«

Ich hievte die Glock ins heruntergekurbelte Fenster und zielte auf eine menschenleere Straßenkreuzung. Meine eigene Pistole ist kleiner, ein Smith-&-Wesson-Revolver, Kaliber 45. Ranger hatte sie mir am Anfang meiner Karriere als Kopfgeldjägerin überlassen, er weihte mich im Auftrag von Connie in die Kniffe unseres Berufs ein. Damals konnte er einem Angst machen, ein harter Typ, geheimnisvoll. Im Grunde ist er immer noch derselbe. Den Tarnanzug der Special Forces hat er gegen das Rangeman-Schwarz getauscht, den Ghetto-Slang abgelegt und, da sich sein Geschäft verändert hat, auch den Pferdeschwanz gekappt. Geblieben ist der taffe Kerl voller Geheimnisse.

Lula kam aus dem Laden gehetzt, in der einen Hand eine große Plastikbox, in der anderen ein in Wachspapier eingewickeltes Sandwich und untern Arm geklemmt eine Zweiliterflasche Limo.

»Er hat meine ganze Gratisportion Pickles in das Sandwich gesteckt«, sagte sie. »Und statt der Chips habe ich mir hausgemachten Kartoffelsalat bestellt. 50% Preisnachlass.«

Mann, oh, Mann. Schnäppchen-Kartoffelsalat aus dem Rattennest. »Der Salat war vielleicht keine so tolle Idee«, sagte ich.

Lula hob den Deckel der Box an und schnupperte daran. »Scheint in Ordnung zu sein.« Sie fuhr mit der Plastikgabel hinein. »Schmecken tut er auch gut. Bisschen scharf.« Sie wickelte das Sandwich aus, aß die Hälfte und spülte es mit der Limo hinunter.

Ich wandte mich angewidert ab. Es lag mir fern, ihr das einmalige Kartoffelsalaterlebnis zu vermiesen, doch bei den ausströmenden Fleisch- und Majonnaise-Schwaden wurde mir übel. Ich hing halb aus dem Fenster der Beifahrertür, als der Lincoln neben uns heranrollte.

Lancer zielte mit ausgestrecktem Zeigefinger auf mich. »Peng!«

Ich hatte noch die Glock auf dem Schoß, nahm sie, zielte damit auf Lancer, und er brauste davon.

»Was sollte das denn gerade?«, fragte Lula.

»Kompliziert zu erklären.«

»*Kompliziert, kompliziert* – langsam kann ich es nicht mehr hören. Würdest du das auch zu Ranger sagen? Ganz bestimmt nicht! Er braucht nur *Babe* zu hauchen, und du erzählst ihm alles, was er hören will.«

Überhaupt nichts erzähle ich Ranger. Ranger ist kein großer Redner. Ranger gibt wenig preis und ermuntert andere nicht zu verbalem Gesülze.

»Auf der Rückfahrt von Hawaii habe ich am Zeitungsstand versehentlich ein Foto von einem Mann mitgenommen«, erklärte ich. »Ich weiß nicht, wer der Mann ist oder wie das Foto zu mir gekommen ist, deswegen habe ich es weggeworfen. Jetzt hat sich herausgestellt, es ist das einzige Bild von ihm, angeblich steht die nationale Sicherheit auf dem Spiel. Außer mir weiß keiner, wie der Mann aussieht. Das FBI sucht nach ihm, die beiden Irren, die eben vorbeigefahren sind, suchen nach ihm, und gut möglich, dass auch noch andere Leute scharf auf ihn sind.«

»Und nur du allein weißt, wie der Mann aussieht?«

»Ja.«

»Weißt du, wo er wohnt?«

»Ich weiß sonst gar nichts über ihn.«

»Das macht dich zu einer ganz besonderen Person«, sagte Lula. »Du bist deine eigene Reality-Show! Du ganz allein!«

Lula aß ihr Sandwich auf, schlang den letzten Happen Kartoffelsalat hinunter, dann gingen wir meine Liste mit Kautionsflüchtlingen durch.

»Nichts Spannendes dabei«, sagte Lula. »Jetzt, auf Ranger-Niveau, brauche ich mehr Herausforderung. Wo bleiben die Killer und Serien-Vergewaltiger? Wieso kriegen wir die nicht mehr? Joyce ist noch die Beste von allen, und die zu fassen dürfte nicht sonderlich schwierig sein. Falls sie nicht tot ist, läuft sie nur mit einem Schuh rum und fährt ohne Führerschein.«

Joyce lastete schwer auf mir. Sie war nicht gerade meine beste Freundin, aber der Gedanke, dass man sie in die Autopresse gesteckt und entsorgt hatte, gefiel mir auch nicht. Das hat kein Mensch verdient. Ich rief Morelli an.

Er meldete sich mit einem Stöhnen.

»Bist du's?«, fragte ich ihn.

»Jau.«

»Stör ich?«

»Ich stecke bis zum Hals in Blut und Papierkram. Ich weiß nicht mehr, was schlimmer ist. Was gibt's?«

»Schon gehört, dass Joyce Barnhardt in die Autopresse gekommen sein soll?«

Kurzes Schweigen. »Nein.«

»Ist nur ein Gerücht. Es stammt von Andy Kulicki, er arbeitet auf dem Schrottplatz. Ich war eben da. Er hat mir gesagt, die Presse hätte nur noch einen Stöckelschuh, einen Lippenstift und ihren Führerschein ausgespuckt. Fahr mal hin, und nimm einen Leichenspürhund mit.«

»Da kommt Freude auf. Wir hatten ja auch schon so lange keinen Mordfall mehr.«

»Ich hielt es für meine staatsbürgerliche Pflicht, es dir zu sagen.«

»Ich kriege noch mal Sodbrennen von dir«, sagte Morelli und legte auf.

»Und?«, fragte Lula neugierig.

»Er sagt, er kriegt Sodbrennen von mir.«

»Ist ja nicht gerade feinfühlig.«

»Er hat einen harten Job.«

»Ich auch«, sagte Lula. »Ich habe auch Sodbrennen.«

»Das kommt, weil du gerade in dem Rattennest gegessen hast.«

»Du könntest recht haben. Es hat gut geschmeckt, liegt aber schwer im Magen. Vielleicht brauche ich mehr Limo.« Lula trank einen Schluck aus der Flasche und stieß auf. »Oh«, sagte sie. »Da geht es mir gleich besser.«

»Ich versuche es noch mal bei Lewis Bugkowski«, sagte ich. »Heute gleich mit Elektroschocker und Plastikhandschellen.«

Elektroschocker sind in New Jersey offiziell verboten, nicht nur in Hawaii, aber ähnlich wie bei verdeckt getragenen Waffen gilt Trenton inoffiziell als Ausnahme.

»*Zack*!«, sagte Lula. »Also los! Wo wohnt er?«

»Pulling Street.«

Lula bog in die Broad und fuhr einmal quer durch die Stadt. Sie fing an zu schwitzen.

»Ist irgendwas?«, fragte ich sie. »Du schwitzt, und dein Gesicht hat so eine komische Farbe.«

»Was denn für eine Farbe?«

»Wie grüner Spargel.«

»Vielleicht habe ich mir eine Grippe eingefangen.«

»Ich tippe eher auf eine Lebensmittelvergiftung.«

»Mein Magen ist wie aufgebläht«, sagte Lula. »Er gibt seltsame Geräusche von sich. Die Hose wird mir zu eng. Ich muss aufs Klo.«

»Hältst du noch bis zum Coffeeshop durch?«

»Ja. Ich muss einfach einen Zacken schneller fahren. Mach lieber die Augen zu.«

Drei Minuten später hielt sie mit quietschenden Reifen vor dem Coffeeshop.

»Ich sprinte los«, sagte Lula. »Geh mir bloß aus dem Weg.

Könnte sein, dass alle Dämme brechen, wenn ich jetzt aufstehe.«

Sie trat die Tür auf und lief los.

»Weg da! Lasst mich durch!«, schrie sie.

Sie verschwand auf der Toilette im hinteren Teil des Coffeeshops. Sekunden später kamen zwei Frauen herausgestürmt.

Ich kaufte ein Käse-Schinken-Sandwich und setzte mich zu Connie ans Fenster.

»Lula hat ein verschimmeltes Roastbeef und einen grottigen Kartoffelsalat gegessen«, sagte ich.

»Geiz ist geil. Das hat man davon. Wie ist es auf dem Schrottplatz gelaufen?«

»Andy hat einen Schuh und Joyce' Führerschein unter der Autopresse gefunden.«

»Ließ sich feststellen, aus welchem Wagen die Sachen stammen?«

»Nein. Dein Cousin Manny nimmt es mit den Fundstücken aus der Presse nicht so genau.«

»Das ist gute alte Schrottplatz-Sitte: Niemals in den Kofferraum gucken«, sagte Connie.

Die Tür zur Toilette wurde aufgestoßen, Lula torkelte heraus. »Ich sterbe«, sagte sie. »Sehe ich nicht wie eine Totgeweihte aus?«

»Du hast schon mal besser ausgesehen«, sagte ich. »Soll ich dich zur Notaufnahme bringen? Ist gleich um die Ecke.«

»Danke für dein Angebot. Aber ich fahre lieber nach Hause. Nie wieder Kartoffelsalat. Kartoffelsalat sollte man gesetzlich verbieten.«

Ich aß den letzten Bissen meines Sandwichs und stand auf. »Ich muss los. Leute festnehmen.«

»Wenn ich später nicht mehr hier sein sollte – ich habe mein Handy dabei«, sagte Connie. »Ich will mir ein paar Räume ansehen, die wir vorübergehend als Büro nutzen können.«

Ich verließ den Coffeeshop und fuhr zu Buggy. Diesmal war ich besser vorbereitet: Plastikhandschellen in der Gesäßtasche, Elektroschocker griffbereit.

»Das trifft sich gut«, begrüßte er mich. »Ich muss mir noch mal Ihr Auto leihen. Ich brauche eine Packung Pflaster aus der Apotheke.«

An der Stirn klaffte eine Platzwunde, in beiden Nasenöffnungen steckten Baumwollpfropfen. Wahrscheinlich Folgeschäden des Zusammenstoßes mit meinem RAV gestern.

»Ich habe eine bessere Idee«, sagte ich. »Ich fahre Sie hin.«

»Ne, ne. Ich fahre lieber selbst.«

Ich setzte ihm den Elektroschocker an die Brust und drückte ab. Nichts passierte. Die Batterie war leer.

Buggy riss mir die Tasche von der Schulter. »Sind Ihre Schlüssel hier drin?«

»Nein! Geben Sie mir die Tasche wieder!«

Er kramte darin herum, fand die Schlüssel und ließ die Tasche fallen.

»Vielen Dank. Ich habe schon hin und her überlegt, wie ich bloß an Pflaster kommen kann.« Er stieß mich beiseite, kämpfte sich bis zum Auto und zwängte sich hinters Steuer.

Ich sah Buggy hinterher und rief Ranger an. »Du glaubst nicht, was gerade passiert ist.«

»Babe, allmählich glaube ich alles.«

»Der Saftsack hat mir schon wieder mein Auto geklaut.«

Schweigen. »Vielleicht sollte ich ihm ein Auto schenken. Das würde es für uns alle einfacher machen«, sagte Ranger schließlich. »Hat er deine Tasche auch?«

»Nein.«

»Hal wird dir dein Auto wiederbeschaffen. Und du? Rettet Lula dich wieder aus deiner Notlage?«

»Nein.«

Wieder Schweigen. »Soll ich?«

»Möchtest du?«

8

Der schwarze Porsche Turbo 911 hielt vor Buggys Haus, und ich stieg ein. Ranger trug Rangeman-Uniform, schwarzes T-Shirt, schwarze Cargopants. Er war bewaffnet, wie üblich. Und wie üblich umgab ihn der dezent schwelende, verführerische Duft von Bulgari-Duschgel.

»Wo wir schon so nett beieinandersitzen«, sagte ich. »Könntest du mich in ein verschlossenes Haus in Hamilton Township einschleusen?«

»Ich habe erst um vier Uhr wieder einen Termin. Bis dahin gehöre ich dir.«

Ich nannte ihm Joyce' Adresse und erzählte ihm die dazugehörige Geschichte. Zwanzig Minuten später parkten wir vor dem Musterhaus der Mercado-Mews-Wohnanlage, neben dem Kastenwagen einer Elektrofirma. Die restlichen paar hundert Meter zu Joyce' Townhaus gingen wir zu Fuß. Sein Auto sollte man niemals vor der Hütte abstellen, in die man einbrechen will. Wir klingelten und klopften an die Tür. Niemand öffnete. Wir gingen ums Haus herum, und als Ranger die Einschusslöcher in dem Tor des Sichtschutzzauns sah, stutzte er.

»Das war abgeschlossen«, erklärte ich.

»Und deswegen hast du darauf geschossen?«

»Ich nicht. Lula.«

Ranger öffnete das Zauntor, und wir standen in Joyce' Garten. Ich machte das Tor wieder zu, und Ranger ging zum Hintereingang des Hauses. Ebenfalls abgeschlossen. Aus einer der vielen Taschen an seiner Hose zog er einen schmalen Kasten, wählte ein Werkzeug aus, öffnete damit die Tür, und die Alarmanlage schrillte los. Er zog mich ins Haus und machte die Tür wieder zu.

»Du suchst systematisch die Räume ab, ich stehe so lange Wache«, sagte Ranger. »Wir haben etwa zehn bis fünfzehn Minuten Zeit, bis die Polizei da ist.«

»Was dann?«

»Dann verstecken wir uns und warten. Es gibt keine Anzeichen für ein gewaltsames Eindringen. Die Polizei wird einmal ums Haus spazieren, in die Fenster gucken, überprüfen, ob die Türen verschlossen sind, und wieder abziehen.«

Ich fing mit der Küche an, schaute in alle Regale und Schubläden, spähte in den Kühlschrank und versuchte, den Alarm einfach zu ignorieren. Ich war gerade fertig, da signalisierte mir Ranger, die Polizei sei eingetroffen. Er zerrte mich in eine Besenkammer und zog die Tür zu.

Es war zappenduster in dem Kämmerchen. Die Alarmanlage schaltete sich aus, und es wurde still.

»Woher sollen wir jetzt wissen, ob die Polizei wieder abgezogen ist oder nicht?«, fragte ich.

»Ein Rangeman-Wagen ist in der Nähe. Der Fahrer hat die Straße im Visier. Er meldet sich.«

Ranger hielt mich eng umschlungen. Sein Körper war warm, er atmete gleichmäßig. Ich eher flatterhaft.

»Irgendetwas Hartes drückt gegen meinen Schenkel«, sagte ich.

Ranger rührte sich leicht. »Das ist meine Pistole.«

»Wirklich?«

»Kannst ja mal gucken.«

Verlockend. Aber lieber nichts provozieren, was noch zu Entblößung und kompromittierenden Stellungen führen könnte. Was, wenn die Polizei auf die Idee kam, das Haus doch zu durchsuchen, und dabei die Besenkammer öffnete? Obwohl, je länger Ranger mich so eng umschlungen hielt, desto gestohlener konnten mir die Bullen bleiben.

Mit Ranger ist es so: Er lebt gefährlich. Die Vergangenheit hat Spuren in ihm hinterlassen, und er schlägt sich mit schweren Problemen herum. Keine Ahnung, was für Probleme das sind, darüber schweigt er sich aus. Wahrscheinlich wird kein Mensch je dahinterkommen, was Ranger antreibt. Eins weiß ich allerdings sicher: Er schiebt ganz gerne eine Nummer mit mir. Mehr aber auch nicht. Er kümmert sich zwar um mich, so gut er kann, doch würde ich bei ihm nie an oberster Stelle stehen. Ich glaube, Priorität bei ihm hat der Wunsch, sein Karma in Ordnung zu bringen. Das respektiere ich. Es ist ein edles Anliegen. Das Problem ist nur: Während er sein Karma in Ordnung bringt, lechze ich nach seinem Körper. Morelli ist ein wunderbarer Lover. Es macht Spaß mit ihm. Er befriedigt mich. Er ist supersexy. Ranger – ist ein Zauberkünstler.

Rangers Telefon klingelte. Alles klar, die Luft war rein. Ich wollte die Besenkammertür öffnen, doch Ranger hielt mich zurück. Er fuhr mit den Lippen über meinen Hals. Seine Hand glitt unter mein T-Shirt zu meinen Brüsten. Dann küsste er mich.

»Das ist gar nicht deine Pistole, oder?«, fragte ich ihn.

»Nein«, sagte er. »Das ist nicht meine Pistole.«

Als ich endlich aus der engen Kammer torkelte, fehlten einige wichtige Kleidungsstücke, dafür fühlte ich mich wesentlich entspannter.

»Setz deine Suche ruhig fort«, sagte Ranger. »Rangeman meldet sich, falls die Polizei zurückkehrt.«

Gemeinsam gingen wir die restlichen Räume ab. Bevor wir das Haus verließen, warf ich kurz einen Blick in die Garage. Leer.

»Was hat das zu bedeuten?«, fragte ich Ranger.

»Woher sollen wir das wissen? Der Schrottplatz muss doch Protokoll über die angelieferten Autos führen. Connie soll ihren Cousin mal anspitzen, die Liste durchzugehen. Hast du die Polizei unterrichtet, dass ein Führerschein gefunden wurde?«

»Ich habe es Morelli gesagt.«

»Dann ist er sicher schon mit einem Leichenspürhund hingefahren. Morelli ist ein Idiot, aber ein guter Polizist.«

»Warum Idiot?«

»Er lässt mich an dich ran.« Ranger sah auf die Uhr. »Ich muss gehen.«

Als wir die Tür öffneten, schaltete sich die Alarmanlage wieder ein. Kein Problem. Bis die Polizei eintraf, waren wir längst weg.

Vor dem Coffeeshop, an dem Ranger mich absetzte, wartete Hal mit meinem Auto.

»Es stand an der Quaker Bridge Mall«, sagte Hal. »Der Typ war im Einkaufszentrum. Wir haben unten im Food Court nach ihm gesucht, aber nicht gefunden. Deswegen haben wir das Auto gleich hergebracht. Leider ohne Schlüssel.«

»Ich habe zu Hause einen Ersatzschlüssel.«

»Gut«, sagte Hal. »Eine Sekunde, und ich habe den Motor wieder zum Starten gebracht. Dann kannst du die Karre übernehmen.«

Connie war nicht im Coffeeshop, daher wartete ich, bis Hal den Wagen startklar gemacht hatte, und fuhr nach Hause. Auf der Hamilton klingelte mein Handy.

»Hi«, sagte Buggy. »Tut mir echt leid, aber Ihr Auto wurde gestohlen. Ich hatte es an einem sicheren Platz geparkt, wo es keinen Kratzer abbekommen hätte. Jetzt ist es weg. Nur noch ein leerer Parkplatz. Melden Sie es besser gleich der Polizei.«

»Ich habe das Auto. Ein Freund hat es vor der Shopping-Mall entdeckt und mir gebracht. Wo sind Sie jetzt gerade?«

»Ich bin noch in der Mall.«

»Wollten Sie nicht zur Apotheke?«

»Ich habe es mir anders überlegt«, sagte er. »Ich brauchte neue Schuhe.«

»Bleiben Sie, wo Sie sind. Ich hole Sie ab und bringe Sie nach Hause.«

»Okay. Ich stehe am Eingang zum Food Court.«

Ich raste nach Hause, holte den Ersatzschlüssel aus der

Wohnung, dann ging es weiter Richtung Mall. Ich glitt auf die Route 1 und überlegte: Der Elektroschocker würde bei ihm nichts nützen, und ihm einfach Handschellen anzulegen, konnte ich auch vergessen. Irgendwie müsste ich ihn ins Auto kriegen. Dann würde ich ihn zur Wache bringen und hinten am Lieferanteneingang abladen. Sollte die Polizei ihn aus dem Auto puhlen. Wenn er unterwegs Zicken machte, würde ich zum nächsten Drive-thru fahren und ihn mit einer Tüte Hamburger abfüllen.

Ich nahm die Ausfahrt zur Mall, kurvte einmal über den Parkplatz und blieb mit laufendem Motor vor dem Eingang zum Food Court stehen. Kein Buggy. Fünf Minuten später immer noch kein Buggy. Hatte wahrscheinlich die Geduld verloren. Ich stellte den Wagen ordentlich ab und lief ins Foyer. Vielleicht war er ja an einem der Food-Court-Stände. Auch hier hatte ich kein Glück. Ich gönnte mir ein Softeis, einen gedrechselten Zipfel aus Schokovanille, und ging zurück zum Parkplatz.

Das Auto war weg. Nicht schon wieder! Ich rief sofort Buggy an.

»Jau!«

»Haben Sie sich schon wieder mein Auto genommen?«

»Ja, vielen Dank auch.«

»Bringen Sie es zurück. Wie soll ich sonst nach Hause kommen?«

»Ich will noch ins Kino.«

»Sie Schuft!«, sagte ich. »Ich biete Ihnen aus lauter Gutmütigkeit an, Sie abzuholen, und zum Dank klauen Sie mir mein Auto.«

»Ich habe es nicht geklaut. Nur geliehen.«

»Bringen Sie das Auto zurück!«

»Was haben Sie gesagt? Ich kann Sie nicht verstehen. Schlechter Empfang.«

Aufgelegt.

»So eine Scheiße!«, rief ich. »Wie kann man nur so blöd sein?« Ich schlug mir mit der Hand an die Stirn, so hart, dass mir beinahe die Eiswaffel runtergefallen wäre. »Ich hasse den Kerl«, sagte ich. »Er soll vor die Hunde gehen!«

Eine ältere Frau kam aus der Shopping-Mall, machte einen weiten Bogen um mich und murmelte irgendwas über junge Leute und Drogen.

»Entschuldigung«, rief ich hinter ihr her. »Man hat mir mein Auto gestohlen.«

Reiß dich zusammen, sagte ich mir. Ist doch nur ein Auto. Nicht mal ein gutes Auto. Aber darum ging es ja nicht. Ein Schwachkopf hatte mich ausgetrickst! Was für eine Blamage.

Ich setzte mich auf eine Bank neben dem Eingang zur Mall und aß mein Eis. Ranger anzurufen kam nicht in Frage. Zu peinlich. Lula konnte ich ebenfalls nicht bitten, sie war krank. Connie wollte ich bei ihrer intensiven Suche nach Büroräumen nicht stören. Blieb noch meine Mutter, aber von der bekäme ich nur den üblichen Sermon zu hören: *Warum suchst du dir nicht einen anständigen Job bei der Bank.* Zu Fuß gehen wäre eine Alternative, doch dazu hätte ich den ganzen Tag gebraucht, und zum Schluss hätte mich auf dem Highway womöglich noch ein Truck überfahren. Ein Taxi wäre zu teuer.

Ich saß da, wägte alle Möglichkeiten ab, da spazierten plötzlich Grandma und Annie vorbei.

»Du liebe Güte!«, sagte Grandma bei meinem Anblick. »Wartest du hier etwa auf einen Verbrecher?«

»Könnte man so sagen. Aber was macht ihr denn hier?«

»Annie war mit mir shoppen, Bowlingschuhe. Meine Rente ist gekommen.«

Grandma war verschrien als Raserin, und nachdem sie reihenweise Strafzettel eingeheimst hatte, war ihr der Führerschein entzogen worden. Jetzt war sie auf andere, bedächtigere Autofahrer angewiesen.

»Ich habe ein Problem mit meinem Auto«, sagte ich. »Könnt ihr mich mitnehmen?«

»Aber natürlich«, sagte Annie. »Ich wollte Sie sowieso sprechen.«

»Was ist es diesmal?«, wollte Grandma wissen. »Ist dein Auto explodiert, von einem Müllwagen überrollt worden oder einfach nur geklaut?«

Ich trottete hinter ihnen her zum Parkplatz. »Geklaut. Aber nicht meiner Mutter weitersagen!«

Annie machte große Augen. »Haben Sie es bei der Polizei angezeigt?«

»Nein. Ich wollte noch warten. Vielleicht bringt der Dieb es ja zurück.«

»Das passiert ihr oft«, sagte Grandma. »Nicht so schlimm. Sie kann immer den alten Buick benutzen, der noch in unserer Garage steht.«

Wir stiegen in Annies roten Jetta, und Annie fuhr uns sicher vom Parkplatz auf die Route 1.

Grandma machte den Karton auf und besah sich ihre neuen Schuhe. »Ich sage euch, in den Treterchen laufe ich allen davon. Und mit der nächsten Rente kaufe ich mir meinen eigenen Bowlingball.«

»Eine gute Ausrüstung ist wichtig«, sagte Annie.

»Willst du nicht auch mit Bowlen anfangen?«, sagte Grandma zu mir. »Auf der Bowlingbahn laufen einige heiße Typen rum. Genau was eine junge Geschiedene wie du braucht.«

»Es gibt genug heiße Typen in meinem Leben«, sagte ich. »Sogar einen zu viel.«

»Sie sollten sich entscheiden«, sagte Annie. »Im Grund wissen Sie sicher längst, wer Ihre wahre Liebe ist. Folgen Sie der Stimme Ihres Herzens.«

Wenn es doch so einfach wäre. Mein Herz war verwirrt. Mein Kopf sagte Nein zu beiden Männern in meinem Leben. Und mein Bauch schrie: Ja!

»Ich könnte Ihnen einen Zauberliebestrank mixen, der alles erleichtern würde«, sagte Annie.

»Danke für das Angebot«, sagte ich, »aber auf Zauberei will ich mich lieber nicht verlassen.«

»Der Trank ist absolut ungefährlich«, sagte Annie. »Wir sind auf dem neuesten Stand der Liebestrankforschung. Hightech. Ich gehöre sogar dem VLTM an, dem Verein für Liebestrankmixer.«

»Vielleicht sollte ich es auch mal mit Liebestrankmixen probieren«, sagte Grandma. »Ich denke schon seit Langem darüber nach, meinen Ruhestand aufzugeben. Liebestrankmixen könnte ein gutes Geschäftsmodell sein. Wie wird man Mitglied beim VLTM?«

»Man schreibt sich online ein«, sagte Annie. »Klick einfach unsere Website an.«

»Geht es nur um Liebestrank?«, fragte Grandma weiter. »Oder lernt man auch, andere Zaubergetränke zu mischen?«

»Ich habe mich auf Liebestrank spezialisiert«, sagte Annie. »Aber Zaubergetränke können bei vielerlei Problemen helfen.«

»Ich werde es mir überlegen«, sagte Grandma. »Ich brauche etwas, das möglichst viel Abnehmer findet.«

Es war schon nach fünf Uhr, als Grandma und ich vor dem Haus meiner Eltern aus Annies Auto stiegen. Genüsslich zog ich den Geruch von gebratenem Hähnchen ein, der aus der Küche bis nach draußen auf die Straße strömte. Ursprünglich hatte ich vorgehabt, nur eben ins Haus zu sprinten, mir die Schlüssel für den Buick zu holen und dann Buggy zu suchen. Aber bei dem Duft von Moms Brathähnchen kann man schwach werden. Ich würde zum Abendessen bleiben, Buggy musste ich auf später verschieben. Ach, egal, für heute hatte ich genug von ihm. Lieber morgen, mit einem aufgeladenen Elektroschocker, die Verfolgung aufnehmen.

Grandma eilte ins Haus und ging gleich durch zur Küche. »Wir haben Stephanie in der Mall getroffen«, sagte sie zu meiner Mutter. »Sie bleibt zum Abendessen.«

Meine Mutter stand am Herd, wendete Hähnchenteile in einer großen Bratpfanne. »Ich probiere ein neues Rezept. Dazu gibt es Kartoffelbrei und grüne Bohnen. Ehe ich es vergesse, zwei Männer haben nach dir gefragt. Sie sagten, sie seien vom FBI.«

Mein Herz setzte aus. »Haben sie ihre Namen genannt?«

»Lancer und Slasher«, sagte meine Mutter. »Nette Herren. Sehr freundlich. Ich habe gesagt, ich wüsste nicht, wo du steckst. Das hat ihnen gereicht. Sie sind wieder gegangen.«

»Bist du einem berühmten Verbrecher auf der Spur?«, fragte Grandma. »Bestimmt einer von den zehn Meistgesuchten.«

»Nur ein Missverständnis«, sagte ich. »Wenn einer aus unserer Gegend auf der Liste der zehn meistgesuchten Verbrecher stünde, dann würde Ranger den Auftrag kriegen, nicht ich. Ich treffe mich morgen mit den Herren.«

Ich deckte den Tisch und schlenderte ins Wohnzimmer, Dad begrüßen.

»Guck mal.« Dad deutete auf den Fernsehschirm. »Neues über den Toten aus der Mülltonne. Er soll betäubt gewesen sein, bevor man ihn getötet und in die Mülltonne gestopft hat. Ist noch nicht offiziell, aber das behauptet jedenfalls die Flughafen-Security. Angeblich ist auch eine Frau in den Fall verwickelt.«

»Eine Frau?«

»Die Polizei interessiert sich für sie, heißt es. Du weißt, was das bedeutet. Den Todeskuss. Die Person, für die sich die Polizei interessiert, ist immer der Killer.«

Kein schöner Gedanke; immerhin konnte es durchaus sein, das ich diese Person war.

Grandma gesellte sich zu uns. »Sprecht ihr gerade über den Mülltonnenkiller? Der soll Militärarzt gewesen sein und in Afghanistan spioniert haben.« Sie zog zischend Luft zwischen ihre künstlichen Zähne ein. »Spionieren schlägt irgendwann immer auf einen selbst zurück. Eben hast du noch spioniert, in der nächsten Minute hängst du tot übern Zaun. Es sei denn, du heißt James Bond. Den kann gar nichts aufhalten. Der hat ein eingebautes Gaspedal im Arsch.«

Mein Vater rutschte noch tiefer in den Polstersessel und drehte die Lautstärke auf.

»Mach den Fernseher aus!«, rief meine Mutter aus dem Esszimmer. »Es ist zu laut. Und das Essen ist fertig.«

Ich setzte mich an meinen Platz am Tisch, da klingelte mein Handy.

»Ich bin gerade auf dem Schrottplatz«, sagte Morelli. »Der Hund hat angeschlagen. Vermutlich eine Leiche. Gesehen haben wir sie bis jetzt noch nicht. Unser Dosenöffner ist zu klein.«

»Nur eine Leiche? Nicht zwei?«

»Bis jetzt nur eine. Der Hund schnüffelt noch. Wo bist du?«

»Abendessen bei meinen Eltern. Meine Mutter hat Brathähnchen gemacht.«

»Das ist echt hart. Wo ich doch die Brathähnchen von deiner Mutter so gerne esse.«

»Wenn ich nach Hause fahre, nehme ich mit, was übrig geblieben ist.«

»Es könnte spät werden.«

»Macht nichts.«

Ich legte auf. »War das Ranger?«, wollte Grandma wissen.

»Nein. Morelli.«

»Gar nicht so einfach, bei dir hinterherzukommen«, sagte Grandma. »Wie schaffst du das bloß? Erst bist du verheiratet, dann nicht, und jetzt bringst du Morelli Brathähnchen mit.«

Ich kam ja nicht mal selbst hinterher. Ich hatte keinen blassen Schimmer, was ich tat.

»Lass dir von Annie helfen«, sagte Grandma.

»Wirklich, sie ist sehr klug. Sie findet für jeden den Richtigen beim Bowling. Sie hat sogar schon einen Mann für mich ausgeguckt, aber der ist mir zu alt. Ich will keinen schlaffen Tattergreis versorgen müssen. Ich brauche einen jungen Stecher mit Knackarsch.«

Meine Mutter goss sich hastig Wein nach, mein Vater legte die Gabel beiseite und schlug mit dem Kopf auf die Tischplatte. *Peng. Peng. Peng. Peng.*

»Halt dich ran«, sagte ich zu Grandma.

»*So* alt bin ich gar nicht«, sagte Grandma. »Ist nicht mehr alles so stramm und fest wie früher, aber wenn es drauf ankommt, habe ich noch was zu bieten.«

Mein Vater tat so, als würde er sich mit der Gabel die Augen ausstechen.

Ich gebe zu, meine Familie ist ein bisschen gestört, aber nicht gefährlich oder so. Immerhin sitzen wir alle zusammen an einem Tisch und essen. Für die Verhältnisse hier in New Jersey sind wir sogar ziemlich normal.

9

Später hatte sich mein Vater wieder beruhigt und sah sich alte TV-Serien an. Mom und Grandma saßen in der kleinen Küche und feierten die Wiederkehr von Ordnung und Sauberkeit in der Küche mit einem rituellen Glas Port. Und ich entschwebte in dem himmelblauen 53er Buick, den wir für Notfälle in der Garage stehen hatten. Auf dem Beifahrersitz lag eine Restetüte: Brathähnchen, weiche kleine Brötchen aus der Bäckerei gleich um die Ecke, ein Glas eingemachte rote Beete, ein halber selbstgebackener Apfelkuchen und eine Flasche Rotwein. Den Wein hatte meine Mutter in der Hoffnung dazugelegt, ich würde mir mit Morelli einen romantischen Abend machen und ein Enkelkindchen produzieren. Noch besser, wenn ich erst heiratete.

Aus purer Neugier fuhr ich bei Bugkowski vorbei, mal schauen, ob mein Auto vor der Tür stand. Mein Auto war nicht da, aber es brannte auch kein Licht im Haus. Alles dunkel. Wahrscheinlich machte Buggy gerade mit seinen Eltern eine Spritztour in seinem neuen RAV4.

Zwanzig Minuten später rollte ich auf den Parkplatz hinter meinem Haus und überflog auch hier erst mal rasch die Autoreihen. Kein RAV4. Kein schwarzes Town Car.

Kein grüner Morelli-SUV. Keine superteure schimmernde schwarze Ranger-Karre. Ich fand einen freien Platz unweit des Hintereingangs, stieg aus und schloss den Buick ab. Rasch stieg ich in den Aufzug und fuhr in den ersten Stock, blieb vor meiner Wohnungstür stehen und lauschte. Alles ruhig. Ich schloss auf, trat die Tür zu, da sprang mir aus der Küche plötzlich ein dunkelhäutiger Typ mit einer dichten schwarzen Lockenmähne entgegen. Er bedrohte mich mit einem riesigen Messer, und seine finsteren Augen blickten gefährlich.

»Das Foto«, sagte er. »Gib her, sonst mache ich dich alle. Fix und.«

Ich packte die Weinflasche aus der Restetüte und haute sie dem Kerl mit voller Wucht in die Fresse. Die Augen gen Himmel gerichtet sank er zu Boden. Ich hatte rein instinktiv gehandelt und war über den K.o.-Schlag mindestens so verblüfft wie er. Ich stützte mich an der Wand ab, um mich wieder zu fangen, und atmete tief durch. Der Anblick des Mannes in meiner Wohnung war mir zuwider. Ich fesselte den Ohnmächtigen mit Handschellen und schleifte ihn in den Hausflur, kehrte zurück in meine Wohnung und verschloss die Tür, für den Fall, dass noch irgendwo ein Komplize lauerte.

Dann holte ich meine Smith & Wesson aus der Plätzchendose, suchte die Wohnung ab, sah in allen Schränken und unterm Bett nach, fand aber nur Wollmäuse, keine fremden Männer. Ich ging in die Küche und rief Bill Berger an.

»Ich bin eben zu Hause von einem widerlichen Typen mit einem Krummdolch überfallen worden. Er hat gesagt, er würde mich töten, wenn ich ihm nicht das Foto gebe.«

»Und?«, fragte Berger.

»Ich habe ihn mit einer Weinflasche k.o. geschlagen.«

»Wo ist er jetzt?«

»Im Hausflur.«

Schweigen. »Und was soll er da?«

»Ich wollte ihn nicht in meiner Wohnung behalten, deswegen habe ich ihn rausgeschafft.«

Noch mehr Schweigen. Wahrscheinlich glaubte mir Berger kein Wort.

»Haben Sie seine Personalien festgestellt?«, fragte er schließlich.

Mist! »Nein. Aber warten Sie, ich gucke mal nach.«

Ich öffnete die Wohnungstür, der Flur war leer. Kein Mensch zu sehen.

»Er ist weg«, sagte ich zu Berger.

»Dann wäre das Problem ja gelöst.« Berger legte auf.

Ich schloss die Wohnungstür wieder ab, stöpselte meinen Elektroschocker zum Aufladen in eine Steckdose, legte die Smith & Wesson zurück in die Plätzchendose und köpfte die Rotweinflasche; zum Glück war sie nicht zerbrochen. Ich brauchte nämlich dringend was zu trinken. Ein Cosmopolitan, eine Margarita oder ein Glas Whiskey wären mir lieber gewesen, aber was soll's. Ich verzog mich mit der Flasche ins Wohnzimmer, hängte mich vor den Fernseher, schaltete den Food-Channel ein und versuchte, mein Herzrasen unter Kontrolle zu bringen.

Eine Frau backte Cupcakes. Cupcakes sind gut, dachte ich. Sie haben was Unschuldiges. Die reine Freude. Ich goss mir ein zweites Glas ein und sah der Frau beim Glasieren der Cupcakes zu.

Die Flasche war halb leer, ich schaltete um auf den Reisekanal. Danach kann ich mich an kaum noch was erinnern.

Die Sonne weckte mich. Ich lag nackt unter der Decke – in meinem Schlafzimmer. Schwach erinnerte ich mich, dass ich irgendwann nachts von Morelli aufgewacht war, als er sagte, das Hähnchen sei ganz nach seinem Geschmack.

Ich wälzte mich aus dem Bett, schlang mir den Bademantel um und tapste in die Küche. Kein Morelli. Kein Hähnchen. Keine Brötchen. Kein Apfelkuchen. Auf der Arbeitsplatte neben Rex' Käfig lag ein Zettel.

Du bist auf dem Sofa eingeschlafen. Ich habe dich ins Bett gebracht und das Hähnchen gegessen.

Ich rief ihn an. »Und warum bin ich nackt aufgewacht?«

»Ich schwöre dir, so habe ich dich vorgefunden. Du hast vor dich hin gemurmelt, du seist geil oder so, und der liebe Gott müsste das eben akzeptieren.«

Ach, du liebe Güte. »Wie ist es auf dem Schrottplatz gelaufen?«

»Joyce' Leiche haben wir nicht gefunden, aber Frank Korda, den Juwelier, bei dem sie angeblich die Kette geklaut hat. Joyce' anderer Schuh ist auch aufgetaucht.«

»War Korda tot?«

»Aber so was von ...«

»Glaubst du, dass Joyce ihn getötet hat?«

»Wenn du mich als Privatmann fragst, nein, aber als Polizist muss ich dem Verdacht nachgehen.«

»Irgendwelche Hinweise?«

»Freunde und Verwandte, das Übliche«, sagte Morelli.

»Offenbar hat jemand versucht, in Joyce' Wohnung einzubrechen. Du weißt nicht zufällig was darüber, oder?«

»Wer? Ich?«

»Jeder Einbrecher sollte wissen: Unterschlagung von Beweismitteln ist ein Verbrechen.«

»Meinem Gefühl nach ist die Wohnung clean. Und soll ich mal ins Blaue raten? Frank Korda lag in Joyce' Mercedes.«

»Richtig geraten. Ich muss los. Noch mal mit dem Hund zum Schrottplatz.«

»Nimm Bob mit. Schick ihn zusammen mit dem Spürhund los. Da kann er was lernen. Vielleicht entdeckt er ja sogar noch mehr Leichen.«

»Und wenn, dann würde er sie gleich verspeisen«, sagte Morelli.

Ich legte auf, duschte und warf mich in mein Girly-Outfit: T-Shirt, Jeans und Sneakers. Danach fütterte ich schnell noch Rex und gab ihm frisches Wasser. Er kam aus seinem Suppendosenheim geschossen, stopfte sich Hamster-Crunchies in die Backen und tauchte wieder ab. Vielleicht war er noch zu verängstigt von dem Messerstecher gestern Abend. Verständlich, dann wären wir schon zu zweit.

Ich warf den aufgeladenen Elektroschocker in meine Tasche und fuhr los. Erster Stopp: Coffeeshop. Connie, Lula und Vinnie saßen an ihrem Fensterplatz, ich bestellte einen Kaffee und eine Zimtschnecke und setzte mich zu ihnen.

»Man hat die Leiche von Frank Korda auf dem Schrottplatz entdeckt«, sagte Connie. »Ist eben über Polizeifunk reingekommen.«

Ich nickte. »Ich weiß. Von Morelli. Was macht die Suche nach Büroräumen?«

»Ich habe die Wahl jetzt eingeengt«, sagte Connie. »Entweder nehmen wir eine leerstehende Ladenwohnung ein paar Straßen von der Polizeiwache entfernt. Oder wir mieten uns wieder ein Winnebago-Wohnmobil. Es wäre kleiner als der Bus von Mooner, aber wir könnten es an unsere alte Adresse stellen.«

»Ein Büro neben der Polizeiwache würde das Geschäft beleben«, sagte Vinnie. »Ich bin für die Ladenwohnung.«

»Gut, dann unterschreibe ich noch heute den Mietvertrag. Morgen können wir einziehen«, sagte Connie. »Es ist nicht umwerfend, bietet aber genug Platz.«

»Solange die sanitären Einrichtungen funktionieren«, sagte Lula. »Mein Magen quält sich noch mit dem Kartoffelsalat.«

»Was macht eigentlich die Brandermittlung?«, wollte Vinnie wissen. »Weiß man schon, wer das Feuer gelegt hat?«

Connie klappte ihren Laptop zu und stand auf. »Die Polizei vermutet Brandstiftung, aber die Beamten untersuchen erst noch alle Details, die sie zusammengetragen haben.«

DeAngelo und sein Polier spazierten in den Coffeeshop.

»He, was machst du denn hier?«, begrüßte er Vinnie. »Wieso arbeitest du nicht in deinem Büro? Ach so, ja, richtig, jetzt fällt es mir wieder ein... ist ja in die Luft geflogen.«

Vinnie blickte finster, schimpfte auf Italienisch und zeigte ihm den Stinkefinger.

»Sieh dich vor«, sagte DeAngelo. »Als Nächstes könnte dein Haus dran sein.«

Vinnies Lippen spannten sich. »Willst du mir drohen?«

»Ich habe es nicht nötig zu drohen«, sagte DeAngelo. »Ich bin eher der Machertyp.«

»Große Klappe, nichts dahinter, so sehen Sie aus«, sagte Lula. »Wenn Sie der Machertyp wären, säßen wir längst in unserem neuen Büro.«

DeAngelo sah Vinnie an. »Wer ist denn das Fettschneckchen?«

Alle erstarrten.

»Wie bitte?«, fauchte Lula, beugte sich vor, stemmte die Arme in die Hüften und gab ihre Lieblingsnummer: Wilder Keiler im Angriffsmodus. »Habe ich recht gehört? Haben Sie das F-wort gesagt? Wenn ja, dann entschuldigen Sie sich lieber gleich. Ich bin ein geduldiger Mensch, aber Respektlosigkeit und Beschimpfungen dulde ich nicht. Ich bin eine große, starke Frau. Ich bin kein Fettschneckchen. Wenn Sie das nicht zurückziehen, zerquetsche ich Sie wie eine Fliege. Ich trample auf Ihnen rum, bis Sie nur noch ein Haufen Scheiße sind.«

»Hm«, sagte DeAngelo selig. »So was gefällt mir. Wollen Sie mich nicht spanken?«

»Nein. Ich will Sie nicht spanken«, sagte Lula. »Spanken ist ekelhaft. Selbst wenn ich wollte, dazu kenne ich Sie nicht gut genug.«

DeAngelo zwinkerte ihr zu und ging an die Theke, um seinen Kaffee abzuholen.

»Bei dem Kerl kriege ich Durchfall«, sagte Lula.

Ich stand auf. »Ich habe heute Morgen einen Termin beim FBI.«

»Und danach?«, fragte Lula. »Was liegt heute an?«

»Für den Anfang Big Buggy und mein RAV4. Ich melde mich, wenn ich damit fertig bin.«

10

Berger, der FBI-Zeichner und Chuck Gooley erwarteten mich im Konferenzraum im fünften Stock. Wir fingen mit der Gesichtsform an und gingen über zu spezifischeren Merkmalen wie Augen, Mund und Nase. Nach einer Stunde war ich vollkommen verwirrt und hatte keine Ahnung, ob der Dargestellte auch nur im Entferntesten dem Mann auf dem Foto glich.

»Und? Ist er das?«, fragte Berger und zeigte auf das Phantombild.

»Ja«, sagte ich. »Das heißt, vielleicht. Aber was ist mit dem Irren in meiner Küche, der mich umbringen wollte ...?«

»Wie sah er aus?«

»Der Hautfarbe nach aus dem Nahen Osten. Wirre schwarze Lockenmähne. Irrer Blick. 1,80 m groß. Schlank. Anfang vierzig. Ein Akzent, den ich nicht zuordnen kann. Tätowierte Rose auf der Hand, die das Messer hielt.«

»Ich gebe die Angaben in unsere Suchmaschinen ein und sage Ihnen Bescheid, wenn wir Übereinstimmungen finden.«

Kurze Zeit später verließ ich die Büroräume des FBI, fuhr mit dem Aufzug nach unten und trat auf die Straße. Auf dem Bürgersteig hielt ich inne: Einen halben Block weiter standen Lancer und Slasher neben meinem Buick. Was jetzt? Berger anrufen? Aber was wollte ich damit erreichen? Berger hatte mir deutlich zu verstehen gegeben, dass ihm meine Sicherheit kein vorrangiges Bedürfnis war. Morelli wollte ich von seinen Mordfällen nicht abziehen. Und wenn ich Ranger um Hilfe bat, stellte er mich sofort unter Dauerbewachung. Ranger neigte zu Überfürsorglichkeit.

Keine dieser Alternativen kam in Frage. Ich musste die Sache selbst erledigen. Also nahm ich den Elektroschocker aus der Umhängetasche, steckte ihn vorne in mein Sweatshirt und ging auf meine Verfolger zu.

Lancer lehnte an der Beifahrertür des Buicks. »Auf Schmusekurs mit dem FBI? Was wollten die von Ihnen?«

»Sie interessieren sich für das Foto.«

»Nicht möglich!«, sagte Lancer. »Und? Haben Sie ihnen das Foto gegeben?«

»Ich kann mich nur wiederholen: Ich habe das Foto nicht.«

»Schon gut. Aber Sie kennen es, oder?«

»Nein.«

»Sie lügen«, sagte Lancer. »Wie gedruckt.«

»Es ist noch jemand hinter dem Foto her«, sagte ich. »Groß, schwarze Locken, vermutlich aus dem Nahen Osten, Rosentattoo auf der Hand.«

Lancer und Slasher sahen sich erschrocken an.

»Remmi Demmi«, sagte Lancer.

»Und wer ist das, bitteschön?«, fragte ich.

»Seinen richtigen Namen kennt niemand«, sagte Lancer. »Bei uns heißt er nur Remmi Demmi. Lassen Sie sich bloß nicht mit dem ein. Der Typ ist absolut skrupellos.«

»Warum interessiert sich bloß die halbe Welt für dieses Foto?«, sagte ich. »Das verstehe ich nicht.«

»Ich auch nicht. Ist mir auch egal«, sagte Lancer. »Wir haben nur den Auftrag, das Foto zu beschaffen.«

»Wer hat Sie engagiert?«

»Das geht Sie gar nichts an. Wenn Sie das Foto schon nicht haben, werden Sie wenigstens wissen, wo es sich befindet. Wir haben unserer Methode, unartige Mädchen zum Sprechen zu bringen.«

Slasher grinste. »Yeah, sehr wirksame Methoden.«

»Werde ich mir merken«, erwiderte ich cool. »Aber zu dem Foto kann ich Ihnen immer noch nichts sagen. Und so gerne ich weiter mit Ihnen plaudern würde – ich muss leider los.«

»Das geht nicht. Leider«, sagte Slasher.

Er packte mich, doch ich war schneller, versetzte ihm mit dem Elektroschocker einen Stromstoß, und er ging in die Knie.

»He!«, sagte Lancer. »Diese Dinger sind verboten. Das dürfen Sie nicht.«

Ssssst. Lancer bekam den nächsten Schlag und ging ebenfalls zu Boden.

Ich schaute mich um, ob auch niemand was gesehen hatte. Aber es hielt kein Auto mit quietschenden Reifen, kein besorgter Fußgänger lief herbei. Gut gemacht. Ich erleichterte Lancer und Slasher von ihren Portemonnaies, klemmte mich hinter das Steuerrad des Buicks und fuhr los.

Am Coffeeshop angekommen hatte sich meine Atmung wieder beruhigt und mein Herz aufgehört zu hüpfen. Lula saß mit vier vollen Tassen Kaffee allein an unserem Fensterplatz und löste Kreuzworträtsel.

»Was soll denn der viele Kaffee?«

»Ich bin hier Dauergast, da muss ich wenigstens ab und zu auch mal was bestellen. Aber im Moment vertrage ich nur mein Durchfallmittel. Connie und Vinnie sind den Mietvertrag für unser neues Übergangsbüro unterschreiben. Danach müssen sie noch eine Kaution hinterlegen. Der Mann hat in der Zoohandlung in der Shopping-Mall alle Vögel freigelassen und dabei den alten Song *Born free* gesungen und mit einer doppelläufigen Flinte rumgefuchtelt. Die Leute in dem Geschäft haben eine Höllenangst ausgestanden.«

»Jemand verletzt?«

»Nein, nur die Kanarienvögel haben in dem Deckenventilator ein paar Federn verloren.«

Ich legte die beiden Portemonnaies auf den Tisch und durchsuchte sie. Das eine gehörte einem gewissen Mortimer Lancelot. Sehr putzig! Fast so schlimm wie Lance Lancer. Das andere enthielt einen Ausweis auf den Namen Sylvester Larder. Beide Personen waren in Long Branch, New Jersey, gemeldet. Ich schrieb mir die nötigen Informationen aus den beiden Führerscheinen ab und rief Berger an.

»Ich hätte da ein paar Namen für Sie. Die falschen FBI-Agenten heißen Mortimer Lancelot und Sylvester Larder. Und der Typ aus meiner Küche wird angeblich nur Remmi Demmi genannt. Sagt Ihnen das irgendwas?«

»Remmi Demmi ist krank im Hirn. Wenn der noch mal in Ihrer Küche aufkreuzt, erschießen Sie ihn am besten auf der Stelle. Verraten Sie nur keinem, dass der Tipp von mir kommt.«

Berger legte auf.

Ich ließ mich in einen Sessel fallen und schlürfte einen von Lulas Kaffees.

»Soll ich dir mal was sagen.« So leitete Lula ihre Predigten ein. »Du hast dir in Hawaii schlechtes Juju eingehandelt. Schau dir nur die Fakten an. Erstens: Du hast einen Ringabdruck an einem Finger, aber darüber reden willst du nicht. Daraus kann ich nur schließen, dass dein Liebesleben im Eimer ist. Zweitens: Du bist in irgendein blödes Mörderspiel verwickelt, und du tust so, als ginge dich das nichts an. Drittens: Seit deiner Rückkehr haben wir keinen einzigen Kautionsflüchtling geschnappt. Ich finde, du solltest was gegen dein schlechtes Juju unternehmen.«

»Und an was hättest du da gedacht?«

»An nichts Bestimmtes. Ich mein nur.«

Ich weiß nicht genau, was Juju bedeutet, habe nur eine vage Vorstellung. Aber Lula traf einen wunden Punkt. Mein Glück hatte mich in letzter Zeit im Stich gelassen. Bei meiner Ankunft in Hawaii war es mir noch gewogen, doch in der Mitte des Urlaubs hatte es sich von mir abgewandt.

In den Augenwinkeln blitzte etwas schwarz Schimmerndes auf. Ich sah aus dem großen Fenster. Draußen rollte der fette Lincoln heran und parkte in zweiter Reihe vor dem Coffeeshop. Lancer und Slasher kamen aus dem Wagen ins Cafe gestürzt und bauten sich vor meinem Sessel auf.

»Sie haben unsere Brieftaschen gestohlen!«, empörte sich Lancer.

Ich nahm die Portemonnaies vom Tisch und übergab sie ihm. »Nur die Personalien festgestellt.«

»Wehe, Sie haben was mit meiner Kreditkarte abgebucht«, sagte Slasher.

»Das ist eine Beleidigung«, sagte Lula. »Sieht sie vielleicht so aus? Sie ist eine erfolgreiche Geschäftsfrau. Die braucht Ihre blöde Kreditkarte nicht. Sie hat selbst eine. Lernen Sie erst mal Manieren. Wer sind Sie überhaupt?«

»Sylvester Larder, alias Sly Slasher, der schlaue Schlitzer«, stellte ich ihn vor.

Er nahm das Portemonnaie, das Lancer ihm hinhielt. »Mich nennen alle nur Slasher.«

»Hat der Spitzname was mit Ihrem Job zu tun?«, fragte Lula. »Wie ein Schlitzohr sehen Sie nämlich gar nicht aus. Eher wie ein Versicherungsvertreter. Oder wie einer, der die Obstpyramiden im Supermarkt baut.«

Lancer lachte bellend.

»Echt witzig«, sagte Slasher. »Frag sie doch mal, ob du aussiehst wie Lancelot.«

Ich stand auf. »Und tschüss dann«, sagte ich. »Tut mir leid, das mit Ihren Portemonnaies, und dass ich Ihre Neuronen so durcheinandergebracht habe.«

»Arbeiten Sie lieber mit uns zusammen, bevor wir zu härteren Mitteln greifen«, sagte Lancer. »Wir müssen Ergebnisse liefern. Unser Chef wird nicht gern enttäuscht.«

Lula und ich verließen den Coffeeshop, bestiegen unseren alten Buick und fuhren zu Buggy.

»Die beiden könnten noch Ärger mit ihrem enttäuschten

Chef bekommen. Sie glauben, dass du ihnen was vorlügst. Du hast das Foto doch wirklich nicht, oder?«

»Nein.«

»Wieso denken dann alle, dass du es hast?«

»Weil ich es mal *hatte*.«

»So wie du mal einen Ring an deinem Finger *hattest*?«

Ich spürte meinen Blutdruck rasant ansteigen. »Hör auf damit, Lula. Bitte.«

»Hunh.«

Ich bog in die Pulling Street und sah meinen RAV4 am Straßenrand vor Buggys Haus stehen.

»Da hat sich wohl jemand dein Auto geliehen«, sagte Lula.

»Wie recht du hast.«

»Und? Ziehen wir unsere Kopfgeldjägernummer ab?«

»Ja. Wir verpassen ihm einen Schlag mit dem Elektroschocker, und dann fesseln wir ihn mit Handschellen. Danach verfrachten wir ihn in den Buick. Der hat eine größere Rückbank.«

»Okay. Ich bin dabei«, sagte Lula. »Falls es dir noch nicht aufgefallen ist: Ich trage heute Schwarz. Ich bin im Ranger-Modus. *Zack, zack!*«

Lula im Ranger-Modus, das konnte ich nur begrüßen, mich plagten nämlich große Selbstzweifel. Ihr Outfit dagegen musste aus ihrer nuttigen SM-Kollektion stammen: Kniehohe Lederstiefel mit Zehn-Zentimeter-Absätzen, schwarzer Ledermini und hautenges Lederbustier.

Ich parkte, und wir gingen zur Haustür, die Plastikhandschellen hielt ich in der einen, den Elektroschocker in der anderen Hand.

»Du lenkst ihn ab«, sagte ich zu Lula. »Und wenn er dich anguckt, löse ich den Schocker aus.«

»Alles Klärchen«, sagte Lula. »Und wie ich ihn ablenke!«

Ich klingelte, Buggy öffnete.

»Hallöchen!«, sagte er und sah mich aufmunternd an. »Was gibt's?«

»Ich wollte mein Auto abholen.«

»Ich möchte es lieber behalten. Es gefällt mir gut.«

»Sie können nicht einfach fremde Autos behalten«, sagte Lula.

»Und ob ich das kann.« Buggy sah sie kurz an und wandte sich danach wieder mir zu.

»Sag ihm, warum das nicht geht!«, bat ich Lula.

»Das geht nicht, weil.«

»Wie, weil? Weil, was?«

»Weil ... weil es nicht richtig ist«, stotterte Lula. »Ein Auto muss man kaufen. Man nimmt sich nicht das Auto von anderen Leuten.«

Buggy beachtete Lula überhaupt nicht. Er sah nur mich an, die Augenbrauen zusammengezogen, Lippen gespannt. »Ich will es aber behalten«, sagte er.

»Er hört nicht auf dich«, sagte ich zu Lula.

»Ist mir auch schon aufgefallen. Hat der Junge ein Problem?« Lula beugte sich ein Stück vor und brüllte ihn an. »He, Sie!«

»Hm«, sagte Buggy.

Lula befreite einen ihrer Ballonbusen aus dem Bustier. »Was sagen Sie dazu?«

»Ziemlich groß.«

»Und ob die groß sind.«

Ich drückte Buggy den Elektroschocker in den Oberarm und löste aus.

»Oh!«

Buggy verdrehte nicht die Augen, ging nicht in die Knie und fiel auch nicht krachend zu Boden.

Ich drückte noch mal drauf.

»Aufhören!«, sagte er. »Das kneift.«

»Es ist sein Körpergewicht«, erklärte Lula. »Dafür braucht man einen XXL-Elefanten-Schocker.«

Buggy riss mir die Waffe aus der Hand und schleuderte sie in die Hecke, die das Haus umgab. »Haut ab«, sagte er. »Und wehe, Sie nehmen mir mein Auto weg. Dann wäre ich echt stinkig.«

Bloß nicht zum Trottel machen, dachte ich. Du steigst jetzt ganz ruhig in den RAV4, fährst nach Hause und überdenkst die Lage. Es muss eine Methode geben, diesen Kerl festzunehmen. Vielleicht ein Netz. Ein Betäubungspfeil für Dickhäuter. Eine Spur aus Cheeseburgern zur nächsten Polizeiwache.

Ich wühlte in der Hecke, fand den Schocker, gab Lula den Schlüssel für den Buick und lächelte Buggy freundlich an. Dann marschierte ich zu dem RAV, steckte den Schlüssel ins Schloss und öffnete die Fahrertür. In dem Moment packte mich Buggy von hinten und stieß mich auf die Straße.

»He! Idiot!«, sagte Lula. »Wie können Sie ihr das antun? So was Gemeines!«

»Ich tu, was ich will«, sagte Buggy. »Das Auto gehört jetzt mir.«

Lula zog die Glock aus ihrer Handtasche und zielte auf

Buggy. »Auch auf die Gefahr hin, allzu persönlich zu werden: Mein Darm reagiert heute besonders empfindlich, und Sie tragen nicht gerade zur Heilung bei. Ich habe schon versucht, Ihnen zu erklären, wie das bei uns mit dem Autobesitz funktioniert. Deswegen heben Sie jetzt gefälligst Ihren Fettarsch weg, sonst blase ich Ihnen noch ein Loch rein.«

»Sie machen mir keine Angst«, sagte Buggy. »Sie dürfen gar nicht auf unbewaffnete Personen schießen.«

»Wer behauptet das?«, sagte Lula. »Ich habe schon auf viele unbewaffnete Personen geschossen.«

Ich rappelte mich wieder hoch, trat hinter Buggy, drückte ihm die Zinken in den Nacken und löste aus. Buggy sackten die Knie weg, und er machte sich in die Hose.

»Aller guten Dinge sind drei«, sagte Lula.

Ich legte ihm die Plastikbänder um die Handgelenke und zurrte sie hinter seinem Rücken fest. Buggy war noch auf den Knien, seine Augen blickten glasig, und er sabberte.

Lula starrte ihn an. »Wie kriegen wir ihn bloß ins Auto? Der wiegt doch locker drei Zentner, und er hat sich eingeschifft. Mit einem Gabelstapler könnten wir es schaffen. Einem Transporthubschrauber oder so was.«

»Vielleicht haben ihn ja die Handschellen zur Vernunft gebracht«, sagte ich.

Buggys Blick fokussierte sich wieder. »Grrrr!«

Lula sah zu ihm hinunter. »Macht keinen vernünftigen Eindruck.«

Buggy kämpfte damit, die Hände freizubekommen. »GRRRR!« Er stellte erst das eine Bein auf, dann das andere, schüttelte den Kopf, als müsste er zu sich kommen, richtete sich ganz auf und schwankte etwas, bevor er das Gleichgewicht wiedererlangt hatte.

»Kennst du den Frankenstein-Film, in dem das Monster wieder zum Leben erweckt wird?«, sagte Lula. »Das war genau so. Und weißt du, was passiert, als Frankenstein aufwacht: Er ist stinksauer.«

»Wir müssen in die Stadt mit Ihnen, einen neuen Gerichtstermin vereinbaren«, sagte ich zu Buggy. »Es dauert nicht lang.«

Buggy stürzte sich auf mich. Die Hände auf dem Rücken gefesselt, dumpfen Schrittes. Er versuchte es ein zweites Mal, doch ich sprang zur Seite. Er strauchelte, stürzte zu Boden und wälzte sich auf den Rücken. So blieb er liegen, strampelte mit den Füßen in der Luft, unfähig sich aufzurichten.

»Sieht aus wie eine Riesenschildkröte«, sagte Lula. »Was machen wir mit ihm?«

Keine Ahnung. Tragen konnten wir ihn nicht. Wir würden es nicht mal schaffen, ihn über den Boden bis zum Auto zu schleifen. Buggy war knallrot im Gesicht, schwitzte wie ein Pferd, die Stirnadern sprangen hervor und schnürten ihm beinahe den Schädel zu.

»Beruhigen Sie sich«, sagte Lula. »Sonst kriegen Sie noch einen Herzinfarkt. Sie sind sowieso kein attraktiver Mann, die hervortretenden Adern machen es nur noch schlimmer. Das steht Ihnen nicht.«

Grunzend wälzte er sich hin und her. »*Ungh! Ungh! UNGH!*« Mit dem letzten *UNGH!* hatte er sich von den Plastikhandschellen befreit, kam auf alle viere, stand auf, breitete die Arme aus, riss den Mund auf. Ein Killergrizzly.

»Jau!« sagte Lula. »Rette sich, wer kann!«

Sie rannte zum Buick, ich zu meinem RAV4. Ich sprang hinein, knallte die Tür zu und gab Gas, Lula im Schlepptau.

Ich fuhr zu meinen Eltern, parkte am Straßenrand vorm Haus, blieb aber noch ein paar Takte lang sitzen, um mich zu sammeln. Lula klopfte ans Fenster, und ich stieg aus.

»Verstehst du jetzt, was ich eben mit dem schlechten Juju gemeint habe?«, sagte sie. »Du musst daran arbeiten. Weil: Hast du jemals erlebt, dass sich jemand aus Plastikhandschellen befreit hat?! Ich nicht!«

11

Grandma stand an der Haustür und winkte. »Ihr kommt gerade rechtzeitig zum Mittagessen.«

Lulas Miene hellte sich auf. »Mittagessen?! Genau das Richtige nach der traumatischen Erfahrung!«

Grandma ging uns voraus in die Küche. »Was ist passiert?«

»Ein Vollidiot hätte uns beinahe in Stücke gerissen«, sagte Lula. »Aber wir sind ihm entkommen.«

Meine Mutter stellte das Essen auf den Küchentisch und versuchte nicht gleich loszugeifern bei der Vorstellung, mir würden die Gliedmaßen ausgerissen.

»Schinken, Olivenbrot, Schweizerkäse, Makkaronisalat«, sagte sie. »Greift zu.«

Ich setzte mich hin, und Grandma gab mir ein kleines Glasfläschchen.

»Das hat Annie heute Morgen vorbeigebracht. Trink es, wenn du das nächste Mal deiner wahren Liebe begegnest. Es wird dich von deiner Magenverstimmung befreien.«

Lula sah mich an. »Hast du dich jetzt endgültig für deine wahre Liebe entschieden? Wie gesagt, es interessiert mich nicht sonderlich, aber ich frage mich – nur so, gesprächshalber –, ob es etwas mit dem Ring zu tun hat, der mal an deinem Finger gesteckt hat.«

Grandma und Mom hörten auf zu kauen, beugten sich vor und gierten nach meiner Antwort.

»Oh, Mann, verdammt!«, sagte ich. »Warum macht ihr bloß so ein Riesentheater um diesen blöden Abdruck? Es ist nur ein Ringabdruck, mehr nicht!«

»Weil du so geheimnisvoll tust«, sagte Lula. »Deswegen. Und bei dem Gerede hier über wahre Liebe und Magenverstimmung habe ich nur zwei und zwei zusammengezählt, und schließlich bin ich draufgekommen: Du bist schwanger!«

Meine Mutter schlug die Hände vors Gesicht, gab einen Würgelaut von sich und kippte kopfüber in den Brotkorb. Im ersten Moment dachte ich, sie hätte einen Herzinfarkt, und es wäre meine Schuld.

»Sie ist nur ohnmächtig«, sagte Grandma. »Als kleines Mädchen ist sie dauernd in Ohnmacht gefallen. Eine echte Drama-Queen, deine Mutter.«

Wir legten meine Mutter auf dem Boden ab, Grandma holte ein nasses Handtuch. Nach kurzer Zeit klappte Mom die Äuglein wieder auf und sah zu mir herauf. »Wer? Was?«

»Ich bin nicht schwanger«, sagte ich.

»Ganz bestimmt nicht?«

Ich musste eine geschlagene Minute nachdenken. »Nein.« In einer Woche wüsste ich mehr.

Wir richteten meine Mutter wieder auf. Ich holte die Flasche Whiskey aus dem Küchenregal, und wir gossen uns alle einen hinter die Binde.

»Mir reicht's«, sagte Lula. »Ich will jetzt wissen, was mit diesem Ring ist. Wen hast du geheiratet? Was ist in Hawaii passiert?«

»Ja, genau«, pflichtete Grandma ihr bei. »Ich will es auch wissen.«

»Ebenso«, sagte Mom und goss sich Whiskey nach.

Lange war ich diesem Gespräch ausgewichen. Mein Urlaub war spektakulär gewesen, doch einiges wollte ich auch schnellstmöglich vergessen, zum Beispiel das Ende. Ich wollte einfach nicht darüber reden, hätte nicht mal gewusst, wie. Dazu war es zu verworren. Leider schuldete ich Lula und auch meiner Familie eine Erklärung. Also gut. Dann würde ich ihnen eben nicht alles erzählen.

»Es war nichts. Alles rein geschäftlich. Ich erzähle euch, was passiert ist, aber ihr müsst mir hoch und heilig versprechen, es nicht weiterzusagen.«

Grandma, Mom und Lula schlugen ein Kreuzzeichen und strichen sich über den Mund, als wollten sie ihre Lippen versiegeln.

»Ich hatte das offene Flugticket Morelli angeboten«, sagte ich, »aber er konnte sich nicht freimachen. Nie kann er sich freimachen. Also bin ich alleine geflogen. In Honolulu steige ich aus dem Flugzeug und gehe durch das Terminal, da sehe ich plötzlich Tootie Ruguzzi.«

»Ist nicht wahr!«, sagte Lula. »Die Frau vom Fußabtreter?«

»Genau die.«

»Die beiden sind wie vom Erdboden verschwunden«, sagte Grandma. »Wir dachten, die hätten eins auf die Fresse gekriegt.«

Simon Ruguzzi, genannt The Rug, der Fußabtreter, ist eine lokale Berühmtheit, ein Auftragskiller. Er gehört zur Verbrecherfamilie Colichio, arbeitet aber bekanntlich auch freiberuflich. Vor drei Jahren richtete er sieben Mitglieder einer Hispanic-Gang hin, die sich auf Colichio-Territorium vorgewagt hatte. Zwei Gang-Mitglieder waren Zeugen des Massakers, konnten aber entkommen und verrieten The Rug. Er wurde verhaftet und angeklagt und gegen eine irrsinnig hohe Kautionssumme wieder auf freien Fuß gesetzt. Danach verschwanden The Rug und Tootie von der Bildfläche. Vinnie hatte die Kaution gestellt, seitdem suchten Ranger und ich nach The Rug.

»War sie in Begleitung ihres Mannes?«, fragte Lula.

»Im Terminal war sie allein. Sie bestieg einen Shuttle-Bus zu einem Resort-Hotel. Ich bin dem Bus mit einem Mietwagen gefolgt. Das Resort liegt am Strand, mit Blick auf Diamond Head, dem Wahrzeichen von Honolulu. So eine superteure Luxusherberge mit Sondertarifen für ausgewählte Kunden. Ich wollte einchecken, aber es ist nur für verheiratete Paare, die sich mal was Richtiges gönnen wollen. Ein Hochsicherheitstrakt, exklusiv, es wird für alles gesorgt, die Kunden sollen sich absolut ungestört fühlen können.«

»Nicht mal Kopfgeldjäger dürfen rein?«, staunte Lula.

»Ich stand leider nicht auf der Gästeliste. Schluss. Aus.«

»Und wenn du dich als Gast ausgegeben hättest?«

»Wie gesagt, man muss verheiratet sein.«

»Okay, verstehe«, sagte Lula.

»Jetzt wird es kompliziert«, sagte ich. »Selbst wenn ich

The Rug festgenommen hätte, wäre ich nicht befugt gewesen, ihn nach Jersey zu überführen. Die Fälle mit hohen Kautionssummen und Auslieferung werden von Vinnie und Ranger bearbeitet.«

»Deswegen hast du Ranger angerufen«, sagte Lula.

»Er ist mit der nächsten Maschine hergeflogen, und wir sind als Mr und Mrs Manoso in dem Luxushotel abgestiegen.«

Lula fächelte sich Luft mit einer Serviette zu. »Wahnsinn.«

Meine Mutter hielt sich die Ohren zu. »Ich will das nicht hören.«

»Ich schon«, sagte Grandma. »Jetzt wird es doch erst richtig gut.«

Grandma hatte ja keine Ahnung! Ich ersparte mir die Einzelheiten, erwähnte nur, dass Ranger und ich uns ein Strandcottage mieteten, für ungestörten Spa-Genuss *au naturel*, mit King-Size-Bett für den Après-Spa.

»Ein inszeniertes Ehe-Theater, um ins Hotel zu kommen«, fasste Lula zusammen.

»Genau.«

»Habt ihr The Rug festgenommen?«

»Nein. Aber er war da. Er und seine Frau hatten ein Cottage am anderen Ende des Geländes. Leider sind sie abgereist, bevor wir irgendwie Kontakt aufnehmen konnten.«

In Wahrheit hatten wir uns nicht die allergrößte Mühe gegeben. Die im Preis für das Cottage inbegriffene Kur war einfach zu fantastisch und Ranger vermutlich auch nicht gerade hochmotiviert, den Fußabtreter festzunehmen und die Insel gleich wieder zu verlassen.

Lula hatte den Makkaronisalat in Windeseile verputzt. »Warum hast du dann immer gesagt, es sei alles so kompliziert? Warum diese Geheimnistuerei?«

»Wir haben Ruguzzi noch nicht aufgegeben«, sagte ich. »Es soll sich nicht herumsprechen, dass wir ihn in Hawaii gesehen haben. Er soll keinen Verdacht schöpfen.«

Ganz zu schweigen von Morellis schlechtem Gewissen, weil er mich im Stich gelassen hatte. Völlig überraschend war er dann in Hawaii aufgetaucht. Zum Glück war ich angezogen und hielt mich nicht im Wellnessbereich auf, als er sich mit gezücktem Ausweis an der Rezeption vorbeimogelte und plötzlich vor meiner Tür stand. Leider ging dann in der Sekunde, als er Ranger erblickte, sein Temperament mit ihm durch, und er schlug seinen Rivalen mit einem rechten Haken bewusstlos. Die Folgen sind bekannt: Ich fuhr die beiden zur Notaufnahme ins Krankenhaus und brach den Urlaub ab.

»Ich hatte mir was Spannenderes erhofft«, sagte Lula. »Aber ich glaube trotzdem, dass du schwanger bist.«

»Höchst unwahrscheinlich«, sagte ich.

»Man kann nie wissen – solange auch nur die geringste Chance besteht«, sagte Lula.

Ich schielte zu meiner Mutter, ob sie gleich wieder in Ohnmacht fallen würde. Sie hielt die beinahe leere Flasche mit beiden Händen umschlungen. Seliges Lächeln, fahriger Blick.

»Sie hat sich volllaufen lassen«, sagte Grandma. »Nimm ihr die Flasche weg, bevor sie wieder kopfüber in den Brotkorb kippt.«

Ich zog die Flasche aus ihrem Klammergriff und stellte sie zurück ins Regal.

»Sag mal, hast du Morelli verraten, in welchem Hotel ich in Hawaii wohne?«, fragte ich Grandma.

»Ja. Er hat kurz vor deiner Rückkehr hier angerufen, vermutlich weil er dich in einem anderen Hotel vermutete. Wir haben ihm den Namen des neuen genannt. Er wollte dich überraschen. Wir haben gedacht, schön, dann können sie wenigstens noch die paar letzten Tage zusammen verbringen.«

Na gut, das Geheimnis wäre damit also auch geklärt. Ich aß mein Sandwich auf, verstaute Annies Fläschchen in meine Tasche und stand auf.

»Ich mach mich vom Acker«, sagte ich zu Grandma. »Melde dich, wenn du irgendwas hörst. Ich habe mir meinen RAV wiederbeschafft, deswegen lasse ich euch den Buick hier.«

Lula und ich krochen in den RAV, schnallten uns an, und Lula blätterte in meinen Akten.

»Wir müssen den Teufelskreis durchbrechen«, sagte sie. »Den schlechten Juju-Zauber umkehren. Schon weil du schwanger bist.«

»Ich. Bin. Nicht. Schwanger.«

»Du hast auch gesagt, du seist nicht verheiratet.«

»Bin ich ja auch nicht.«

Lula ließ nicht locker. »Aber irgendwie schon.«

Meine Fresse!

»Ich bin dafür, dass wir uns Magpie vornehmen«, sagte

Lula. »Den brauchen wir nur aufzuspüren, und wir haben ihn so gut wie im Kasten.«

Donald Grezbek, bekannter unter dem Namen Magpie – Diebische Elster –, wurde wegen Einbruchs gesucht. Eine Überwachungskamera hatte ihn dabei erwischt, wie er einen Flohmarktstand auf dem Messegelände plünderte und mit Goldkettchen im Wert von 700 $ türmte. Nicht seine erste Straftat. Meistens ging es um Kaufhausdiebstahl. Magpie nahm bevorzugt Gegenstände, die ihm ins Auge sprangen, alles Schimmernde und Glänzende. Einmal in Besitz gebracht wusste er mit seinen Schätzen nichts anzufangen. Er trug sie am Leib, bis jemand ihn entdeckte und die Beute beschlagnahmte.

Magpie lebte in einem verbeulten Crown Vic, mehr oder weniger von der Hand in den Mund. Das war das Problem. Er hatte keinen Job, keine feste Adresse, keine Angehörigen, keine Freunde. Nicht mal einen bevorzugten Stellplatz für sein Auto. Lieber parkte er auf einsamen Straßen. Gelegentlich ließ er sich auch auf Friedhöfen nieder.

»Er kann überall und nirgends sein«, sagte ich. »Wo soll man da anfangen zu suchen?«

»Wir mieten uns einen Hubschrauber und orten ihn aus der Luft«, schlug Lula vor.

»Die Miete für den Hubschrauber wäre höher als unser Honorar.«

»Es geht nicht immer nur ums Geld.«

»Wenn man keins hat, schon.«

Mein Handy klingelte, das Display zeigte eine unbekannte Nummer aus New Jersey an.

»Sind Sie Stephanie Plum?«, hörte ich eine Frauenstimme sagen. »Ich muss Sie unbedingt sprechen. Es geht um Richard Crick.«

»Sie sind nicht zufällig FBI-Agentin?«, fragte ich nach. »Ich kann mich nämlich gerade nicht retten vor FBI-Agenten.«

»Ich war Ritchys Verlobte.«

»Oh«, sagte ich. »Entschuldigen Sie. Mein Beileid. Ich wusste nicht, dass er verlobt war.«

»Ich muss Sie sprechen. Sie sind wahrscheinlich eine der letzten Personen, die ihn lebend gesehen hat.«

»Er saß neben mir im Flugzeug, aber ich habe die meiste Zeit geschlafen.«

»Sie leben in Trenton, wenn ich das richtig verstanden habe. Ich auch. Ich wäre Ihnen sehr verbunden, wenn wir uns irgendwo treffen könnten.«

»Auf der Hamilton Avenue ist ein Coffeeshop, direkt neben dem Krankenhaus«, sagte ich.

»Danke. Das ist ganz in meiner Nähe.«

Lula sah mich fragend an, als ich aufgelegt hatte. »Und? Wer war's?«

»Ritchys Verlobte. Wieso bin ich für diese Leute immer so leicht auffindbar? Bei den echten FBI-Agenten kann ich das noch verstehen. Aber bei den anderen! Sie wissen, dass ich neben Crick gesessen habe. Sie wissen, wo ich wohne. Und sie kennen meine Handynummer.«

»Wir leben im elektronischen Zeitalter«, sagte Lula. »Wir sind nicht die Einzigen mit Suchprogrammen. Nicht zu vergessen die sozialen Netzwerke. Aber davon verstehst du nichts, du lebst ja noch in der Steinzeit. Du twitterst ja nicht mal.«

Ich ließ den Motor an. »Du? Twitterst du etwa?«, fragte ich Lula.

»Klar. Ich twittere unentwegt.«

Ich parkte direkt vor unserem Coffeeshop. Connie hatte schon den Fenstertisch okkupiert. Vinnie war nicht da. Lula und ich gingen hinein und rückten zwei Stühle heran.

»Haben wir jetzt endlich ein richtiges Büro?«, fragte ich Connie.

»Ja. Vinnie hat den Mietvertrag unterschrieben. Eigentlich wollte er herkommen und DeAngelo eine aufs Maul geben, aber ich habe ihm gesagt, er soll hübsch bleiben, wo er ist, und auf den Umzugswagen warten. Mit etwas Glück hat DeAngelo schon Feierabend gemacht, wenn die Möbel angeliefert sind.«

»Was hast du denn noch für Möbel gemietet?«, fragte Lula. »Wir hatten doch schon alles, ein großes altes Polstersofa, Flachbildschirm.«

»Zwei billige Schreibtische und sechs Klappstühle. Ich rechne damit, dass es nur vorübergehend ist.«

Eine Frau betrat den Coffeeshop, sah sich im Raum um und kam an unseren Tisch.

»Ist eine von Ihnen Stephanie Plum?«

Ich hob die Hand.

»Ich bin Brenda Schwartz, Ritchys Verlobte. Wir haben eben miteinander telefoniert. Könnte ich Sie mal allein sprechen? Draußen?«

Sie war etwa 1,65 m groß, ihr extrem blondiertes Haar zu einer zerfledderten Hochfrisur aufgetürmt. Make-up wie eine Drag Queen. Hohe Plateaus, enges schwarzes Röckchen, roter Sweater mit Ausschnitt und Ausblick auf ihre üppigen, mit aufgesprühter Bräune betonten Brüste. Schwer zu sagen, wie viele Lebensjahre sich hinter dem Make-up verbargen, schätzungsweise vierzig plus.

Ich folgte ihr nach draußen, wo sie sich umgehend eine Zigarette anzündete, den Rauch bis tief hinunter zu den Zehen einsog und ihn durch die Nase wieder ausblies.

»Die Zigarette schmeckt für'n Arsch«, sagte sie.

Ich wusste nicht, wie Ärsche schmecken, aber sie schien sich da auszukennen, also glaubte ich ihr aufs Wort.

Sie tat den nächsten Zug. »Ich versuche gerade, von Menthol wegzukommen, und es ist echt die Härte. Ich kann Ihnen sagen, ich bin kurz davor, eine von diesen elektronischen Dingern zu probieren.«

»Sie wollten mich wegen Richard Crick sprechen.«

»Ja. Der arme Richard. Sehr traurig.« Sie blinzelte mich durch den Zigarettenrauch an. »Das Schlimmste ist, dass er mir ein Foto versprochen hatte. Ein besonderes Geschenk für mich, wie er sagte. Aber er hatte es nicht bei sich, als sie ihn tot aus der Tonne zogen. Jetzt frage ich mich, ob Sie vielleicht was darüber wissen. Es würde mir sehr viel bedeuten. Mir helfen, über den schmerzlichen Verlust hinwegzukommen.«

»Was für ein Bild soll das denn sein?«

»Ein Bild von einer Person.«

»Mann oder Frau?«

»Es ist mir peinlich, aber das hat mir der arme Ritchy nicht gesagt.«

»Und warum bedeutet es Ihnen so viel?«

»Weil Ritchy das Foto aufgenommen hat. Und es war so etwas wie sein letzter Wunsch, dass ich es bekomme. Aber jetzt ist er tot.« Sie schniefte, und ihr Gesicht verzerrte sich, als würde sie jeden Moment anfangen zu weinen. »Ich möchte einfach etwas haben, was mich an Ritchy erinnert. Etwas Persönliches, was er mir zugedacht hat.«

»Ritchy muss ein sehr feiner Mensch gewesen sein.«

»Ja. Und er hatte ein Faible für Fotografie. Er machte immerzu Fotos.«

»Ich würde Ihnen ja gerne weiterhelfen«, sagte ich. »Aber ich habe das Foto nicht.«

»Vielleicht steckt es noch irgendwo bei Ihnen, und Sie wissen es nicht mal. Haben Sie zum Beispiel schon Ihre Koffer und Taschen ausgepackt?«

»Ja. Ich habe das Foto nicht.«

»Also gut, es ist so: Ritchy hat mich vom Flughafen aus angerufen und gesagt, er hätte das Foto verlegt. Er hätte neben Ihnen gesessen und er sei ziemlich sicher, dass er es versehentlich in Ihre Tasche gesteckt hätte.«

»Warum ist Ritchy nach dem Zwischenstopp nicht einfach wieder ins Flugzeug gestiegen?«

»Ihm war plötzlich schlecht. Und außerdem war er ja... na ja, tot.«

»Herrje!«

»Shit happens«, sagte Brenda. »Also, wo ist das Foto?«

»Ich weiß es nicht. Ich habe es nicht.«

Sie presste die Lippen zusammen. »Wollen Sie Geld? Wie viel?«

»Ich will kein Geld. Ich habe das blöde Foto nicht.«

Sie zog eine kleine silberne Pistole aus ihrer Hobo Bag. »Geben Sie das Foto her. Wir wissen doch alle, dass Sie es haben. Wenn Sie klug sind, tun Sie, was ich Ihnen sage.«

Ich sah auf die Pistole. »Ist die echt?«

»Und ob die echt ist. Hübsches Ding, nicht? Und ganz leicht. Sie haben bestimmt 'ne Glock oder eine Smith & Wesson, irgend so ein fettes Teil, das einem die Figur vermasselt. Kriegt man Genickstarre von.«

»Ja, ich habe eine Smith & Wesson.«

»Diese Dinger sind so was von vorgestern.«

»Wer sind Sie?«

»Haben Sie nicht zugehört? Ich bin Brenda Schwartz. Und ich will das Foto wiederhaben.«

»Wenn Sie mich erschießen, kriegen Sie Ihr Foto auch nicht wieder.«

»Ich könnte Ihnen für den Anfang ins Knie schießen, nur so, um Ihnen zu zeigen, dass ich es ernst meine. Schussverletzungen am Knie tun höllisch weh.«

Lula fegte durch die Tür des Coffeeshops und kam auf uns zu. »Ist das eine Waffe?«

»Scheiße, verdammte. Wer ist die denn?«, fragte Brenda.

»Ich bin Lula. Und wer sind Sie?«

»Geht Sie nichts an. Ist 'ne Privatsache hier.«

»Schon gut. Ich wollte mir nur mal Ihr Erbsenpistölchen aus der Nähe ansehen. Niedliches Ding.«

»Es ist eine Waffe!«

Lula holte ihre Glock aus der Tasche und zielte auf Brenda. »Das hier ist eine Waffe, Bitch! Damit puste ich dir ein Loch in den Bauch, das merkst du erst, wenn du schon hinüber bist.«

»Echt jetzt«, sagte Brenda. »Wird mir allmählich zu bunt hier.« Sie rauschte zu ihrem Auto und düste davon.

»Warum so schnippisch, wenn man sich nur mal ihre Pistole aus der Nähe ansehen will?«, sagte Lula.

Schnippisch war gar kein Ausdruck. Brenda Schwartz passte perfekt in meine Privatsammlung gemeingefährlicher Soziopathen.

»Sie trauert«, sagte ich. »Danke, dass du eingeschritten bist.«

»Für mich sah sie nicht wie eine trauernde Witwe aus«, sagte Lula. »Und auch nicht wie die Verlobte eines Arztes.«

Lula und ich gingen wieder zu Connie, und ich rief Bill Berger an.

»Es gibt noch einen Dritten, der sich für das Foto interessiert«, sagte ich. »Möchten Sie mehr erfahren?«

»Was haben Sie zu bieten?«, fragte Berger.

»Brenda Schwartz. Cricks Verlobte, wie sie behauptet. Blond, 1,65 m, in den Vierzigern. Hat ein winziges Pistölchen.«

»Soweit wir wissen, war Crick nicht verlobt.«

Ich beendete das Gespräch und wandte mich Connie zu. »Kannst du sie mal recherchieren?«

»Brenda Schwartz ist ein weit verbreiteter Name«, sagte Connie. »Kennst du ihre Adresse? Hast du dir das Nummernschild ihres Fahrzeugs gemerkt?«

»Die ersten drei Buchstaben waren POP, den Rest habe ich nicht erkannt. Sie fuhr so ein komisches Auto, das aussah wie ein Toaster.«

»Ein Scion«, sagte Lula.

Connie gab die Daten in die Suchmaschine ein und arbeitete sich durch die Ergebnisliste. Ich bestellte mir an der Theke einen Amerikaner und einen Frappuccino und kehrte an unseren Tisch zurück.

»Hier ist sie«, sagte Connie. »Brenda Schwartz, 44, Friseuse, arbeitet beim Hair Barn in Princeton. Dreimal geschieden, von Bernhard Schwartz, Harry Zimmer und Herbert Luckert. Ein Kind, Jason, müsste jetzt 21 sein. Letzte gemeldete Adresse West Windsor. Zur Miete. Nicht vorbestraft. Vor fünf Jahren wegen Besitzes von Rauschgift aufgegriffen, erhielt aber nur eine Verwarnung. Hier sind noch mehr persönliche Daten. Ich drucke sie dir später aus. Ich habe hier keinen Drucker.«

Ich notierte mir Brendas Adresse, biss in meinen Amerikaner und trank einen Schluck Kaffee. Wie soll ich bloß mit dieser blöden chaotischen Fotogeschichte umgehen, überlegte ich. Ranger einschalten? Aber der würde möglicherweise gleich mit allen kurzen Prozess machen und nur seinem Karma schaden. Ich sah durch das große Schaufenster, und plötzlich fiel mir auf, dass mein Auto weg war.

»Verdammt! Scheiße! Arschloch!«, sagte ich.

»Geht es noch heftiger?«, fragte Lula.

»Er hat schon wieder mein Auto geklaut!«

Alle drehten sich um und sahen aus dem Fenster.

»Ja«, sagte Lula, »sieht ganz so aus.«

Ich rief das Rangeman-Kontrollzentrum an. »Wo ist mein Auto?«, fragte ich den Techniker.

»In der Hamilton. Es parkt gerade vorm Cluck-in-a-Bucket ein.«

Ich stand sofort auf. »Los!«, sagte ich zu Lula. »Er ist im Cluck-in-a-Bucket.«

»*Zack!*«, sagte Lula. »*Zack! Zack!* Diesmal kriegen wir ihn!«

»Kannst du noch zwei andere Namen in deine Suchmaschine eingeben?«, bat ich Connie. »Mortimer Lancelot und Sylvester Larder.« Ich schrieb das Autokennzeichen des Town Car auf eine Papierserviette. »Ich möchte wissen, auf wen das Auto zugelassen ist.«

Fünf Minuten später rollten wir auf den Parkplatz von Cluck-in-a-Bucket und stellten uns mit laufendem Motor hinter den RAV. Drinnen sahen wir Buggy in der Schlange vor der Theke stehen.

»Und jetzt?«, fragte Lula. »Hast du eine Idee? Sollen wir uns im Baumarkt einen elektrischen Viehtreiber kaufen?«

»Ich möchte nur noch mein Auto haben. Mir egal, ob Buggy für immer untertaucht oder nicht.«

»Wie willst du verhindern, dass er es dir wieder klaut, wenn du ihn nicht in den Knast bringst?«

»Ich habe keinen Nerv mehr. Ich gebe den RAV in Zahlung. Den Schlüssel wird er sich sowieso nicht mehr abnehmen lassen, deswegen kaufe ich ein neues Auto.«

»Kluges Mädchen.«

»Ich glaube, ich habe für heute genug«, sagte ich. »Ich rufe dich an, sollte ich meine Meinung ändern.«

12

Am späten Nachmittag hatte ich den RAV gegen einen viertürigen Chevy Colorado Pick-up getauscht. Eigentlich bin ich keine Freundin von Pick-up Trucks, aber der Preis war okay, und viel Auswahl gab es nicht. Ein paar Kids hatten eine Spritztour damit unternommen, Gras geraucht, die Sitze hatten Feuer gefangen. Motorschaden war keiner entstanden, nur die Innenausstattung versaut. Trotz der vom Händler eingebauten neuen Sitze hing noch der schwere Geruch von reichlich Cannabis-Genuss in der Fahrerkabine.

Ich entfernte den Rangeman-Peilsender vom Fahrgestell des RAV, verstaute ihn im Handschuhfach des Chevy und meldete den Fahrzeugwechsel dem Kontrollzentrum. Dann rief ich Morelli an, um ihn ebenfalls zu informieren, doch er ging nicht ran. Wahrscheinlich sorgte der Elektromagnet auf dem Schrottplatz für Störungen im Funknetz. Vielleicht hatte er auch meine Nummer auf dem Display gesehen und das Handy gleich in den Delaware River geworfen.

Mit Morelli und mir stand es momentan nicht zum Besten. Ich war mir keiner Schuld bewusst, da wir nicht in einer festen Beziehung lebten. Trotzdem regte sich manchmal so ein flaues Gefühl im Magen, denn ich unterhielt dauerhafte

Beziehungen zu zwei Männern, die mir beide viel bedeuteten. Morelli verkraftete das weniger gut, eindeutig, während Ranger die Einschränkungen akzeptierte, das Optimale für sich herausholte, wenn sich die Gelegenheit bot, und ansonsten die Dinge nahm, wie sie kamen. Dazu war Morelli nicht fähig. Morellis Temperament und Libido bewegten sich meist in der Gefahrenzone. Und dennoch: Mochte Morelli im Zusammenleben auch der Schwierigere sein, die Transparenz seiner Gefühle war mir allemal lieber.

Ich steckte in einer Zwickmühle. Einerseits wollte ich Morelli endlich sagen, dass Ranger aus rein geschäftlichen Gründen nach Hawaii gekommen war, andererseits befürchtete ich, das Gespräch könnte in einen hässlichen Streit über Schlafgelegenheiten und Bettenverteilung ausarten. Morelli ging diesem Gespräch offensichtlich genauso aus dem Weg wie ich.

Ich fuhr mit dem neuen Pick-up Truck vom Parkplatz, Richtung Hamilton Township. Wenn es etwas gab, das den Gedanken an Morelli teilweise zu verdrängen vermochte, dann der Gedanke an Joyce Barnhardt.

Der Fall Barnhardt war noch unerledigt. Schon auf der Grundschule und der Highschool meine Erzfeindin, hatte ich sie an meinem Hochzeitstag rittlings nackt auf meinem frisch angetrauten Ehemann erwischt, in der Küche, auf meinem schicken neuen Esstisch. Letztlich erwies sie mir damit einen Gefallen, denn der Mann entpuppte sich als notorischer Betrüger. Ihr Verhalten hatte sich danach trotzdem nicht gebessert, eigentlich also konnte es mir egal sein, ob sie noch lebte oder nicht. Aber es war mir nicht egal. Das soll einer verstehen.

Ich kurvte durch Joyce' wie immer menschenleeres Viertel. Vor ihrem Haus blieb ich kurz stehen. Kein Lebenszeichen. Ich verließ Mercado Mews wieder und fuhr zurück nach Chambersburg.

Die Eltern Barnhardt wohnen in der Liberty Street. Joyce' Mutter unterrichtet die dritte Klasse, Grundschule, der Vater installiert Klimaanlagen für Ruger Air. Die Barnhardts halten Haus und Garten picobello sauber und leben eher zurückgezogen. Grandma behauptet, Joyce' Vater sei ein komischer Vogel, was ich nicht bestätigen kann. Ich hatte nie Kontakt mit ihm, und Joyce' Mutter gehe ich schon seit Kindertagen aus dem Weg. Sie verschloss die Augen vor den Unzulänglichkeiten ihrer Tochter. Schön für Joyce, unangenehm für das Mädchen, dem Joyce Popel aufs Sandwich schmierte.

Ich sah zu dem Haus, wendete und rollte ein zweites Mal daran vorbei. Es wirkte irgendwie harmlos, wenn man bedenkt, dass Joyce hier aufgewachsen war. Unter normalen Umständen hätte ich geklingelt und die Barnhardts befragt.

Da ich gerade in der Nähe war, schaute ich noch bei meinen Eltern vorbei. Neugierig, ob meine Mutter wieder nüchtern war und Abendessen kochte.

»Sie schläft ihren Rausch aus«, sagte Grandma, die mir aufmachte. »Ich habe Pizza bestellt. Du bist natürlich herzlich eingeladen. Drei extragroße von Pino's. Gerade geliefert.«

Mein Vater saß im Wohnzimmer vor dem Fernseher,

Pizzakarton auf dem Schoß, Bierflasche zwischen die Beine geklemmt. Ich setzte mich zu Grandma in die Küche und nahm mir eine Pizza mit Salami und Käse.

»Gibt es was Neues über Joyce Barnhardt?«, fragte ich.

»Bisher wurde sie noch nicht wieder gesehen. Grace Rizzo meint, Joyce hätte eine Affäre mit dem Juwelier gehabt. Grace' Tochter arbeitet in dem Nagelstudio gegenüber. Joyce soll öfter das Schmuckgeschäft aufgesucht haben, und es hätte immer lange gedauert, bis sie wieder herauskam. Einmal hing sogar das Geschlossen-Schild an der Ladentür, als Joyce drin war.«

»Frank Korda war verheiratet. Ich kann mir kaum vorstellen, dass er Anzeige gegen Joyce erstattet und diesen Wirbel verursacht hätte, wenn er mit ihr schlief.«

»Keine Ahnung. Jedenfalls haben sie seine Leiche schon freigegeben«, sagte Grandma. »Morgen Abend ist die Totenwache im Beerdigungsinstitut. Ich erwarte ein volles Haus. Nicht jeder wird in der Schrottpresse zusammengefaltet. Sogar das Fernsehen soll da sein, habe ich gehört.«

Mir lief es kalt den Rücken hinunter. Ich teilte Grandmas Begeisterung für Aufbahrungen nicht.

»Ich lasse mir morgen noch die Haare schneiden und die Nägel maniküren. Man will schließlich was hermachen«, sagte Grandma.

Ich stand mit meinem Pick-up bei laufendem Motor auf dem Parkplatz hinter meinem Haus, auf dem Beifahrersitz eine halbe Pizza von zu Hause. Ich sah mich um. Keine Scions, keine Town Cars weit und breit; vor etwa zwei Drittel der Menschen, die mich umbringen wollten, durfte ich mich also sicher fühlen. Es beunruhigte mich, nicht zu wissen, was für ein Auto Remmi Demmi fuhr. Die E-Schocker-Batterie hatte nicht mehr viel Saft, dafür war die Dose Haarspray prallvoll. Das war aber auch schon alles an Zauberwaffen zur Selbstverteidigung.

Ich wählte Morellis Nummer, diesmal ging er ran.

»Hast du Hunger?«, fragte ich ihn. »Ich habe eine große Pizza von Pino's.«

»Muss ich dafür mit dir reden?«

»Nein.«

»Gut, denn dazu bin ich noch nicht bereit.«

»Kapiere. Arbeitest du noch?«

»Ich bin zu Hause«, sagte Morelli. »Ich musste mit Bob rausgehen und ihm zu fressen geben.«

»Du könntest also jetzt herkommen.«

»Ja.«

Eines Tages würde ich noch mal in der Hölle schmoren. Liebte ich Morelli? Ja. Fehlte er mir? Ja. Hatte ich ihn deswegen zu Pizza eingeladen? Nein. Ich hatte ihn eingeladen, weil ich Angst davor hatte, allein meine Wohnung zu betreten. Morelli war groß und stark und hatte eine Knarre, die sogar geladen war. Und ich? Ich war ein Weichei!

Ich machte den Motor aus und überquerte mit dem Pizzakarton in der Hand den Platz. In der Eingangshalle wartete ich, bis Morelli mit seinem SUV vorfuhr, dann ging ich die Treppe hoch und blieb im Hausflur vor meiner Wohnungstür stehen. Die Aufzugtüren öffneten sich, Morelli spazierte heraus, und ich lachte ihn an.

»Bist du gerade erst gekommen?«, fragte er.

Ich biss mir auf die Unterlippe. Ich konnte einfach nicht lügen.

»Nein«, sagte ich. »Ich habe auf dich gewartet. Ich habe Angst, alleine meine Wohnung zu betreten.«

»Deswegen hast du mich mit Pizza hergelockt.«

»Nein. Die Pizza habe ich von zu Hause mitgebracht. Für dich. Ich hatte nur kurz eine Panikattacke, als ich auf den Parkplatz fuhr.«

»Soll ich mit vorgehaltener Waffe reingehen?«

»Deine Entscheidung. Aber schaden könnte es nicht.«

Morelli sah mich an. »Wer könnte sich denn darin verstecken?«

»Was weiß ich. So wie es im Augenblick steht, könnten es alle möglichen Leute sein. Zum Beispiel Remmi Demmi.«

»Remmi Demmi?«

»Laut Berger ein verrückter Killer.«

Morelli zog seine Pistole aus dem Halfter, schloss die Wohnungstür auf und stieß sie mit dem Fuß auf. Er durchsuchte alle Räume und kam zurück zu mir. »Kein Remmi Demmi.« Er zog mich in die Wohnung, machte die Tür wieder zu, schloss ab und steckte die Pistole ein.

»Was für eine Pizza gibt's denn heute?«

»Salami mit viel Käse.« Ich stellte den Karton auf die Küchentheke und klappte den Deckel auf. »Bier habe ich leider keins da.«

»Ist mir recht«, sagte Morelli, griff sich einen Keil aus dem Halbkreis und biss hinein. »Kann sein, das ich heute Abend noch arbeiten muss.«

»Du arbeitest zu viel.«

»Wenn unsere Kunden aufhören würden, sich zu erschießen, abzustechen oder ihre Rivalen in Schrottpressen zusammenzufalten, bräuchte ich keine Überstunden mehr zu machen.«

»Apropos zusammenfalten ...«

»Wir haben sonst keine Leichen auf dem Schrottplatz gefunden. Connies Verwandte sorgen für einen schnellen Durchlauf bei den Autos. Rein in die Presse und weg mit dem Zeug.«

»Man munkelt, Joyce hätte mit dem Juwelier gebumst.«

»Joyce bumst mit jedem.«

»Mit dir auch?«

»Nein. Joyce ist mir unheimlich. Nur damit du es weißt: Du bist nicht die Einzige, die hinter ihr her ist. Sie wird als Zeugin im Mordfall Korda gesucht.«

»Irgendwelche Hinweise?«

»Nein. Du?«

»Auch keine.«

Morelli schob sich gerade das zweite Stück Pizza in den Mund, da klingelte es.

»Eine Frau«, sagte er beim Blick durch den Spion. »Mit einer Kuchenschachtel.«

Ich stellte mich neben ihn und sah ebenfalls durch das Guckloch. Es war Brenda Schwartz.

»Du kennst doch die Geschichte mit dem Mann, der am Flughafen in Los Angeles ermordet wurde. Seine Leiche hat man in einer Mülltonne gefunden.«

»Ja. Richard Crick.«

»Genau. Das mit dem Foto weißt du auch?«

»Ja.«

»Und auch, dass es falsche FBI-Männer und echte FBI-Männer gibt, nicht zu vergessen Remmi Demmi, die alle scharf auf das Foto sind?«

Morelli antwortete nicht, nur seine Lippen wurden ein klein wenig schmaler.

»Das hier ist Brenda Schwartz«, sagte ich. »Sie behauptet, sie sei Cricks Verlobte. Noch eine auf Fotojagd.«

»Deswegen bringt sie dir einen Kuchen mit?«

»Schon möglich. Könnte aber auch eine getarnte Bombe sein. Die Frau scheint mir ein bisschen instabil.«

»Sonst noch was, was ich wissen müsste?«

»Sie trägt eine Pistole. Aber nur eine sehr kleine.«

»Daher mein Sodbrennen«, sagte Morelli und machte die Tür auf.

»Oh, Mist«, sagte Brenda. »Habe ich mich in der Tür geirrt? Ich wollte zu Stephanie Plum.«

Ich spähte um die Ecke. »Sie haben sich nicht geirrt. Das ist nur mein Freund.«

»Vielleicht«, sagte Morelli. »Vielleicht auch nicht.«

»Wir hatten heute Morgen keinen guten Start«, richtete sich Brenda an mich. »Und dann drohe ich auch noch, Sie zu erschießen. Ich habe Kuchen mitgebracht. Ich dachte, wir machen es uns mal gemütlich und unterhalten uns. Von Frau zu Frau.«

»Das ist wirklich sehr lieb von Ihnen, aber ich habe das Foto nicht«, sagte ich.

»Ja, gut, aber Sie wissen, wo es ist.«

»Nein. Ich weiß nicht, wo das Foto ist.«

Sie kniff die Lippen zusammen. »Wieso glauben dann manche Leute, dass es sich in Ihrem Besitz befindet?«

»Das ist eine Fehlinformation«, sagte ich. »Stammt wahrscheinlich von Ihrem Verlobten.«

»Richard Crick hat keine Fehlinformation rausgegeben«, stellte sie klar. »Richard Crick war Arzt. Möge er ruhen in Frieden.«

»Warum wollen Sie das Foto unbedingt haben?«, fragte Morelli.

»Das geht Sie einen feuchten an«, fauchte sie. »Deswegen. Rein sentimentale Gründe. Wir waren verlobt.«

»Sie tragen keinen Verlobungsring«, sagte Morelli.

»Also wirklich«, sagte Brenda. »Der Mann ist tot. Soll ich mein Leben lang die trauernde Witwe spielen?« Sie wandte sich wieder an mich. »Wollen Sie mir das Foto nun geben oder nicht?«

Ich spürte das Blut in meinen Schläfen pochen. »Ich habe das Foto nicht.«

»Na gut. Wie Sie wollen«, sagte Brenda. »Aber ich warne Sie. Ich kriege das Foto schon noch. Und Sie kriegen zur Strafe nichts von meinem Kuchen ab.« Sie machte kehrt und rauschte durch den Hausflur zum Aufzug.

Morelli und ich verbarrikadierten uns wieder in der Wohnung.

»Jetzt mal ehrlich«, sagte er. »Hast du das Foto oder nicht?«

Ich schlug mir so kräftig mit der Hand an die Stirn, dass ich beinahe umgefallen wäre. »*Hungh!*«

»Heißt das nun ja oder nein?«, fragte Morelli.

»Es heißt NEIN! Nein, nein, nein, nein!«

»Mach dir nicht gleich in die Hose. Ich bin bloß gerade nicht auf dem Laufenden bei dir.«

»Du bist eben zu sehr mit dir selbst beschäftigt, um dich auf dem Laufenden zu halten.«

»Bei dir kommt doch keiner mehr hinterher. Du ziehst das Unglück förmlich an. Wie ein Magnet. Früher dachte ich immer, das bringt deine Arbeit eben mit sich. Aber diese Erklärung ist zu einfach. Du kannst ja nicht mal in Urlaub fahren, ohne dass dir gleich ein Killer folgt. Und nicht nur einer. Eine ganze Meute! Kann Berger dir wenigstens helfen?«

»Dem sind die Stellen gestrichen worden.«

Morelli ging zu meiner Plätzchendose mit den braunen Bärchen drauf, nahm den Deckel ab und holte meine Pistole heraus.

»Nicht geladen«, sagte er.

»Du willst doch nicht im Ernst, dass ich mit einer geladenen Waffe herumlaufe.«

»Gutes Argument.« Morelli legte die Pistole wieder in die Plätzchendose. »Ich frag nur sehr ungern, aber hat Ranger dich im Auge?«

»Mein Auto wird von Rangeman überwacht. Darüber hinaus kann ich schwer einschätzen, was Ranger vorhat.«

Morellis Handy brummte, eine SMS. Er las sie und stöhnte. »Ich muss gehen. Ich würde dir gerne helfen, aber außer dich mit Handschellen an meinen Heizkessel zu fesseln und die Kellertür abzuschließen, wüsste ich nicht, wie ich für deine Sicherheit sorgen könnte. Und gegen gut gemeinten Rat bist du ja schon lange immun.«

»So schlimm ist es nun auch wieder nicht.«

»Gib auf dich Acht, Pilzköpfchen.« Er zog mich an sich und küsste mich. Dann löste er sich von mir und schielte zu dem Pizzakarton. »Willst du das letzte Stück Pizza noch haben?«

»Iss es.«

Er warf ein Bröckchen von der Kruste in Rex' Käfig und nahm den Karton samt Pizza an sich. »Schließ die Tür ab und lass keinen rein.«

Ich sah Morelli hinterher, während er durch den Hausflur ging und im Aufzug verschwand. Ich war verunsichert, wusste einfach nicht mehr, wo ich bei ihm dran war. In gewisser Hinsicht hatte er Ranger den Rang als Mystery Man abgelaufen.

Dann machte ich rasch die Tür zu, schloss ab und fläzte mich aufs Sofa vor dem Fernseher. Nach einer Stunde wurde ich unruhig. Sitcoms kann man nur begrenzt ertragen, und die ewigen Kochshows auf dem Food Channel hatte ich satt. Während einer Doku über Feuerameisen schlief ich ein und wachte erst von meinem Handy wieder auf. Es war neun Uhr, und ich rechnete mit Morelli.

Es war Joyce Barnhardt!

»Ich brauche deine Hilfe«, sagte sie.

»Man munkelt, du seist tot.«

»Noch nicht.«

Auch nur mäßig spannender als Feuerameisen, trotzdem fragte ich nach. »Was ist los?«, fragte ich. »Warum dieses Versteckspiel?«

»Ich werde gesucht.«

»Ach, nein!«

»Du könntest mir helfen. Wenn du mir hilfst, darfst du mich der Polizei ausliefern. Du bekommst dein Honorar. Vinnie ist zufrieden. Ende gut, alles gut.«

»Und was muss ich dafür tun?«

»Ich brauche etwas aus meiner Wohnung.«

»Das Townhaus ist abgeschlossen und deine Alarmanlage an.«

»Es dürfte ein Leichtes für dich sein, die auszuschalten.«

»Nur wenn du mir den Hausschlüssel und den Code gibst.«

»Der Schlüssel steckt in einem künstlichen Stein rechts neben der Haustür, und der Code lautet 6213.«

»Und was brauchst du aus dem Haus?«

»Einen Schlüssel. Sieht aus wie ein kleiner Schlüssel zu einem Vorhängeschloss. Er müsste in der obersten Kommodenschublade in meinem Schlafzimmer liegen.«

»Was soll ich damit machen?«

»Behalte ihn erst mal und melde dich. Meine Nummer müsste auf deinem Display erscheinen.«

»Wo bist du?«

Aufgelegt.

Am liebsten wäre ich gleich losgerannt, den Schlüssel besorgen. Die Feuerameisen gingen mir am Arsch vorbei, aber das Geld für Joyce' Festnahme konnte ich gut gebrauchen. Das Problem war nur: Wie in meine Wohnung zurückkommen? Die Morelli-Karte hatte ich bereits ausgespielt. Wenn ich ihn jetzt erneut um Hilfe bat, geschweige denn ihm sagte, ich hätte mich mit Barnhardt verbündet, verkohlt er noch vor lauter Sodbrennen. Und Ranger um Hilfe bitten hieße, am Ende nackt dastehen, im wörtlichen Sinn. Kein unattraktiver Gedanke, doch allmählich verlor ich meine Selbstachtung. Die verwirrende Liebe zu zwei Männern machte einer ungesunden Zügellosigkeit Platz.

Ich bin kein besonders nachdenklicher Mensch. Ich lebe in den Tag hinein, mache einen Schritt nach dem anderen und hoffe, dabei vorwärtszukommen. Schwere Gedanken – über das Leben, den Tod und über Cellulitis – wälze ich hauptsächlich unter der Dusche. Meistens finden diese Gedanken durch das schnell erkaltende Wasser in meinem altersschwachen Boiler ein jähes Ende. Augenblicklich jedenfalls ging ich ganz in meiner Selbstbeobachtung auf, und ich kam schlecht dabei weg. Irgendwo im Hintergrund vernahm ich eine Stimme, die sehr nach Lula klang, und sie sagte mir, ich hätte in Hawaii meine Moral über Bord geworfen, und das hätte mir schlechtes Juju eingebracht.

13

Ich ging früh zu Bett, stand früh wieder auf, duschte, zog mich an und band mein Haar zu einem Pferdeschwanz zusammen. Dann trug ich Wimperntusche auf und stieg in meine Converse. Heute ist ein neuer Tag, sagte ich mir. Ich wollte gleich alles richtig machen. Gesund frühstücken und mit einer neuen positiven Einstellung meiner Arbeit nachgehen. Nicht mehr mit Ranger in Kleiderschränken rummachen, mich nicht mehr hinter Morellis breitem Kreuz verstecken. Ich war eine selbstständige Frau, und heute hatte ich das Kommando.

Leider hatte ich keine gesunde Frühstückskost und auch kein Obst im Haus, also schmierte ich mir schnell ein Sandwich und lief los. Unten auf dem Parkplatz hielt ich irritiert inne, weil ich den RAV nicht finden konnte. Doch dann fiel es mir wieder ein. Ich fuhr ja jetzt einen Pick-up. Nur angemessen, dachte ich. Gibt einem Power. Mir wuchsen praktisch Klöten zwischen den Beinen.

Ich fuhr zur Mercado-Mews-Wohnanlage, stellte mich in Joyce' Einfahrt und fand auch gleich den künstlichen Stein. Ich holte den Schlüssel hervor, schloss die Haustür auf und entschärfte als Erstes die Alarmanlage. Danach ging ich schnurstracks in Joyce' Schlafzimmer und durchsuchte die oberste Schublade der Kommode. Ich fand den kleinen Schlüssel, steckte ihn in meine Jeanstasche und ging. Ich schaltete die Alarmanlage wieder ein, schloss die Haustür ab, steckte den Hausschlüssel in den künstlichen Stein und fuhr los. Vom Parkplatz des Musterhauses aus rief ich Joyce an. Keine Antwort. Kein AB.

Vierzig Minuten später manövrierte ich den Pick-up in eine Parklücke vor unserem neuen Büro. Das provisorische Schild im Fenster warb für die Kautionsagentur Vincent Plum Bail Bonds. Connie saß an einem der beiden Schreibtische, Lula auf einem unbequemen Klappstuhl.

»Wer entwirft eigentlich solche Stühle?«, schimpfte Lula, als ich den Raum betrat. »Nicht genug Platz für meinen Hintern. Diese Designerfuzzis kennen wohl nur Menschen mit schmalem knochigen Po. Keine mit ausladenden Prachtärschen. Wo sollen wir bitteschön sitzen? Mein Hintern wird ganz zerknautscht auf diesem Ding. Es hat nicht mal Armlehnen. Hättest du nicht wenigstens einen mit Armlehnen kaufen können, Connie? Wo soll man hier sein Hähnchen-Bucket abstellen?«

»Du hast doch gar kein Hähnchen-Bucket«, sagte Connie.

»Nein, aber könnte ja sein«, sagte Lula. »Und wo soll ich den dann abstellen?«

Das Büro verfügte nicht mal über eine Minimalausstattung. Es hallte in dem leeren Raum, die Wände waren khakibeige gestrichen, der Linoleumbelag stammte aus einer Geschäftsauflösung.

»Ganz schön deprimierend hier«, sagte ich zu Connie.

»Das ist noch gar nichts«, sagte sie. »Warte erst mal, bis es regnet. Da möchte man sich gleich die Kugel geben.«

Ich sah, wie draußen Vinnies Cadillac hinter meinem Pick-up Truck aufschloss. Vinnie sprang geradezu leichtfüßig heraus und hüpfte ins Büro.

»Ich weiß nicht, was er genommen hat«, sagte Lula, »aber ich möchte es auch haben.«

Mitten im Raum blieb Vinnie stehen, schob die Hände tief in die Hosentaschen und schaukelte auf den Fersen. Er grinste fett und schnaubte vor Selbstzufriedenheit. »Ich hab's geschafft!«, sagte er. »Ich hab's DeAngelo ein für alle Mal gezeigt. Mit mir legt man sich nicht an. Nicht mit Vincent Plum. Das rächt sich!« Er tat so, als würde er einen Ball schmettern, wie Footballspieler, wenn sie einen Touchdown erzielen. »Yeah, Baby«, sagte er. »Yeah!«

»Was hast du denn gemacht?«, fragte Lula.

»Seinen Mercedes mit Pferdemist ausgestopft«, sagte Vinnie. »Ich habe einen Pferdebesitzer überredet, den Mist aus seinem Stall in DeAngelos Mercedes zu kippen, gestern Nacht. Wir mussten sogar ein Fenster einschlagen, damit alles reinpasst. DeAngelo hat meinen Bus in die Luft gesprengt, ich kippe ihm Pferdemist ins Auto. Genial, oder?«

»DeAngelo hat den Bus nicht in die Luft gesprengt«, sagte Connie. »Eben ist der Bericht des Brandinspektors gekommen. Ein Kurzschluss in der Kaffeemaschine hat das Feuer ausgelöst.«

Vinnie wurde leichenblass. »Wie bitte?«

»Oh, Mann«, sagte Lula. »DeAngelo wird stinksauer sein. Zum Glück weiß er nicht, wer's war.«

»Ich habe ihm einen schönen Gruß hinterlassen«, sagte Vinnie.

Lula kippte vor Lachen vom Stuhl.

»Wir haben doch alle geglaubt, dass er es war«, verteidigte sich Vinnie.

»Das könnte schlimm enden«, sagte Connie. »DeAngelo hat Verbindungen. Und Spaß versteht er nicht.«

Ich sah etwas Schwarzes draußen aufblitzen, ein Escalade parkte in zweiter Reihe.

»Oh«, sagte ich. »Wenn man vom Teufel spricht...«

Vinnie duckte sich unter Connies Schreibtisch.

Die Eingangstür flog auf, DeAngelo stürmte herein, Zornesröte im Gesicht, wirrer Blick.

»Wo steckt er? Ich weiß, dass er hier ist«, sagte DeAngelo. »Dieser perverse Schleimer.«

Lula stand auf. »Sieh an. Wen haben wir denn da? Hallo, Spanky.«

DeAngelo wandte sich Lula zu. »Ihr Chef, das Arschloch, hat mein Auto mit Pferdemist zugeschissen!«

Lula rückte ihre Brüste in Stellung. »Diese Mäusekutsche war doch sowieso nicht das Passende für Sie. Sie haben 'ne richtig heiße Karre verdient. Ferrari oder Lamborghini. Mercedes ist was für Pussys, viel zu blass für Ihre Größe. Vinnie hat Ihnen einen Gefallen getan. Bei einem Ferrari kriegen Sie für jeden Zylinder einen Gratis-Blowjob.«

»Sie haben recht«, sagte DeAngelo. »Bestellen Sie Ihrem Boss, wenn er mir einen Ferrari liefert, bringe ich ihn auch nicht um.«

DeAngelo machte auf dem Absatz kehrt, verließ das Büro und entschwebte in seinem Escalade.

»Das ist ja noch mal gut gegangen«, sagte Lula.

Vinnie kroch unter Connies Schreibtisch hervor. «Wo soll ich einen Ferrari hernehmen? Wisst ihr, was so ein Ferrari kostet? Mehr als mein Haus.«

»War doch witzig«, sagte Lula. »Was jetzt? Ich hätte Lust, einem die Fresse zu polieren. *Zack-Zack.*«

»Wir müssen Lahonka Goudge noch mal aufsuchen«, sagte ich.

Lula warf sich ihre Umhängetasche um die Schulter. »Ich bin startklar.«

Wir fuhren mit meinem Wagen in die Sozialsiedlung, und ich schlich mich von hinten an Lohankas Block heran.

»Machen wir es auf die heimliche oder auf die brutale Tour?«, wollte Lula wissen.

»Wir klingeln an ihrer Wohnungstür und versuchen, Lahonka Goudge freundlich zu überreden, freiwillig mitzukommen.«

»Ah, ja«, sagte Lula. »Das funktioniert ja bekanntlich immer. Dann kann ich auch gleich im Auto warten.«

»Gut«, sagte ich. »Warte im Auto. Es dauert nicht lange. Ich habe seit heute Morgen ein positives Grundgefühl. Ich kriege das schon hin. Ich bin gerade dabei, mein Juju umzupolen.«

»Wie schön«, sagte Lula. »Das kannst du auch schneller haben. Du schleichst dich an Lahonka heran, stülpst ihr einen Kissenbezug über und schlägst mit einem großen Stock auf sie ein. *Zack!*«

Ich suchte einen Parkplatz, und wir stiegen aus.

»Hast du nicht eben gesagt, du willst im Auto warten?«, fragte ich Lula.

»Ich will doch die Juju-Umpolung nicht verpassen.«

»Erspar dir deinen Spott. Du wirst sehen. Ich schaffe das schon, den Zauber ins Positive zu wenden.«

»Ich spotte doch gar nicht«, sagte Lula. »Sehe ich so aus, als würde ich spotten?«

»Ja.«

»Na gut. Vielleicht spöttele ich. Aber nur ein bisschen.«

Wir bahnten uns einen Weg durch das auf dem Bürgersteig verstreut liegende Kinderspielzeug, und ich klingelte an Lahonkas Tür.

»Gehen Sie!«, schrie Lahonka durch die Tür.

»Ich muss Sie sprechen.«

»Ich habe zu tun. Kommen Sie nächstes Jahr wieder.«

»Ich habe einen anderen Vorschlag«, sagte Lula. »Sie öffnen jetzt sofort, oder meine Glock macht ein Sieb aus Ihrer Tür.«

»Das dürfen Sie gar nicht«, sagte Lahonka. »Das ist eine Sozialwohnung. Die Tür gehört dem Staat. Wir Steuerzahler haben gutes Geld für diese Tür bezahlt.«

»Wir Steuerzahler?«, fragte Lula.

»Ich persönlich nicht«, sagte sie. »Ich zahle keine Steuern. Ich krieg nur welche. Ich stehe auf der Empfängerseite.«

»Treten Sie zurück«, sagte Lula. »Ich schieße.«

»Nein! Nicht schießen!« Lahonka öffnete die Tür. »Haben Sie überhaupt eine Ahnung, wie lange es dauert, eine neue Tür für eine Sozialwohnung zu bekommen? Alle möglichen

Ungeziefer kriechen durch die Löcher herein! Beim letzten Mal hatte ich Besuch von einer Vampirfledermaus.«

Lula schaute durch die geöffnete Tür in die Wohnung. »Dafür, dass Sie keine Steuern zahlen, leben Sie aber nicht gerade ärmlich. Großer Flachbildschirm, hübsche Möbel. Und der Mercedes draußen, gehört der auch Ihnen?«

»Ich bin freie Unternehmerin«, sagte Lahonka. »Ich lebe den amerikanischen Traum.«

»Für mich sieht das eher wie der amerikanische Albtraum aus«, sagte Lula.

»Zurück zur Tagesordnung«, sagte ich zu Lahonka. »Wir müssen mit Ihnen zum Gericht, um die Kaution zu erneuern. Sie haben Ihren Prozesstermin versäumt.«

»Ich weiß. Das haben Sie mir schon mal gesagt. Ich lege aber keinen Wert auf unser Rechtssystem.«

»Sie möchten doch nicht, dass Ihre Kinder Sie für eine Kriminelle halten, oder?«, sagte Lula.

»Kriminell? Noch nie gehört. Ist das ein Fremdwort?« Lahonka zog ein paar Kreditkarten aus der Tasche. »Wie ich sehe, sind die Ladys nicht dumm. Ich schlage Ihnen einen Deal vor. Suchen Sie sich eine Kreditkarte aus, und wir vergessen die Geschichte.«

»Wollen Sie uns bestechen?«, sagte Lula. »Schmiergeld nehmen wir nämlich nicht an. Wir haben auch unsere Ehre. Wir triefen geradezu vor Ehrbarkeit.« Sie sah sich die Karten genauer an. »Wow. Ist das eine Platinum-American-Express-Karte? Und eine Tiffany-Karte? Wo haben Sie die denn her?«

»Wollen Sie sie haben?«, fragte Lahonka. »Ist eine gute Wahl.«

»Eine Tiffany-Karte könnte ich gut gebrauchen«, sagte Lula. »Kann nicht schaden. Ich muss sie ja nicht benutzen, aber sie würde mein Portemonnaie ganz schön aufwerten.«

»Meine Assistentin will Ihre Tiffany-Karte nicht«, sagte ich zu Lahonka. »Und jetzt kommen Sie. Sie müssen mit uns zum Gericht, um einen neuen Termin zu vereinbaren.«

Sie trat zurück, knallte die Tür zu und schloss ab. »Leck mich doch!«

»Los! Schieß die Tür ein!«, sagte ich zu Lula.

»Und was ist mit der Strategie der freundlichen Überredungskunst?«

»Jetzt schieß endlich!«

»Das dürfen Sie nicht!«, rief Lahonka wieder. »Ich stehe direkt hinter der Tür. Wollen Sie mich umbringen? Ich bin eine Frau und unbewaffnet.«

»Kein Problem«, sagte Lula, hievte ihre Glock aus der Tasche. »Ich ziele nach unten.« Sie feuerte einen Schuss ab.

»Au!!«, kreischte Lahonka auf. »Sie haben auf mich geschossen. Sie Riesenarschloch. Sie haben meinen Fuß getroffen. Ich verblute. Und versichert bin ich auch nicht. Was wird aus den Kindern? Wer kümmert sich um sie, wenn ich tot bin? Ich überlasse sie Ihnen. Sollen Sie sich mit ihnen rumschlagen. Kaufen Sie ihnen auch Schuhe, wenn sie wieder mal aus den alten herausgewachsen sind?«

»Glaubst du, dass du sie getroffen hast?«, sagte ich.

Lula zuckte die Achseln. »Ich hätte nicht gedacht, dass die Kugel das Holz durchschlägt. Aber das ist ja auch ein Billigmodell. Solche Türen mit Hohlraum gehören verboten.«

Lahonka riss die Tür auf. »Natürlich haben Sie mich getroffen. Sind Sie noch ganz dicht?! Auf eine unbewaffnete Frau zu schießen! Mir wird schwindlig. Ganz schwarz vor Augen.«

Plumps. Lahonka sackte in sich zusammen.

Lula sah sich Lahonkas Fuß an. »Ja. Getroffen.«

»Da hast du uns ja wieder eine Menge Papierkram eingebrockt«, sagte ich zu Lula.

»Du hast mir gesagt, ich soll schießen. Es war nicht meine Idee«, sagte Lula. »Ich habe nur deinen Befehl ausgeführt. Dabei bin ich gar keine richtige Kopfgeldjägerin. Du bist hier die verantwortliche Kopfgeldjägerin, ich bin nur die ausführende Assistentin.«

Mein linkes Auge zuckte. Ich legte einen Finger auf das Lid und atmete tief durch. »Sie muss notärztlich versorgt werden. Hilf mir, sie ins Auto zu tragen.«

»Wie günstig, dass du einen Pick-up Truck hast«, sagte Lula. »Wir legen sie hinten auf die Ladefläche, dann musst du keine Angst haben, sie könnte alles vollbluten.«

Eine Viertelstunde später fuhr ich an der Notaufnahme des Krankenhauses vor, bremste scharf, und Lula und ich liefen nach hinten, um Lahonka von der Ladefläche zu holen.

»Na so was!«, sagte Lula. »Sie ist nicht mehr da. Muss an einer Kreuzung abgesprungen sein.«

Wir fuhren die gleiche Strecke zurück und guckten nach, ob Lahonka auch nicht irgendwo plattgerollt am Straßenrand lag. War aber nicht so.

»Ich habe nicht mal Blutspuren gesehen«, sagte Lula, als wir wieder vor unserem Büro angelangt waren. »Ich dachte, ich hätte wenigstens so gut getroffen, dass es blutet.«

»Du musst aufhören, immer gleich zur Waffe zu greifen«, sagte ich. »Es ist verboten, auf Menschen zu schießen.«

Lula stieß die Tür zum Büro auf. »Es war nicht meine Schuld«, sagte sie. »Dein Juju ist schuld. Es nervt. Schon deine körperliche Nähe kann einem Angst machen.«

»Ach, du Schreck«, sagte Connie. »Was ist denn jetzt schon wieder?«

»Nicht so schlimm«, sagte Lula. »Es wollen uns nur im Moment keine Festnahmen gelingen.«

»Solange du nicht wieder auf jemanden geschossen hast«, sagte Connie. »Du hast doch nicht auf jemanden geschossen, oder?«

Lula bekam große Augen. »Warum fragst du? Hast du was gehört?«

Connie hielt sich die Ohren zu. »Erzähl mir nichts! Ich will es gar nicht wissen.«

»Damit kann ich leben«, sagte Lula. »Ich will auch nicht darüber reden. Es war keine erhebende Erfahrung. Dabei nicht mal meine Schuld.«

»Ist was Neues hereingekommen?«, fragte ich Connie.

»Nein. Es geht schleppend«, sagte Connie. »Die häufigen Büroumzüge sind nicht gerade geschäftsfördernd.«

Ich ging nach draußen und versuchte noch mal Joyce zu erreichen. Vergeblich. Während ich auf dem Bürgersteig telefonierte, parkte ein grauer Camry hinter meinem Pick-up ein, und Berger und Gooley stiegen aus.

»Ihr letzter Standort hat mir besser gefallen«, begrüßte mich Gooley. »Da war alles unter einem Dach: Kaution mit Kaffee und Kuchen.«

»Das Phantombild ist fertig«, wandte sich Berger an mich. »Werfen Sie noch mal einen letzten Blick darauf, bevor wir es rausgeben.« Er zog die Zeichnung aus einer Mappe und reichte sie mir. »Ist das der Mann auf dem Foto?«

»Ich kann mich kaum daran erinnern«, sagte ich. »Aber irgendwie kommt er mir bekannt vor.«

Lula kam aus dem Büro gesegelt und blickte mir über die Schulter. »Den kenne ich«, sagte sie. »Das ist Tom Cruise.«

Ich betrachtete das Foto genauer. Lula hatte recht. Es war Tom Cruise. Kein Wunder, dass er einem bekannt vorkam.

Jetzt kam auch noch Connie dazu. »Was ist los?«

Lula zeigte ihr die Skizze. »Weißt du, wer das ist?«

»Tom Cruise«, sagte Connie.

Gooley prustete vor Lachen. Berger schloss die Augen und rieb sich mit Daumen und Zeigefinger die Nasenwurzel, Zeichen für eine anrückende Migräne. Beide drehten sich auf der Stelle um, verzogen sich in ihren Camry und düsten davon.

Lula war ganz hibbelig. »Was wollten die mit dem Bild von Tom Cruise? Hält er sich etwa hier in der Gegend auf? Dreht er einen Film? Tom Cruise würde ich gerne mal sehen. Er soll ja klein sein, wie ich gehört habe, aber das würde ich ihm nicht vorhalten.«

»Das sollte eine Skizze von dem Mann auf dem Foto sein«, sagte ich. »Aber wahrscheinlich habe ich Tom Cruise vor Augen gehabt, als ich dem Phantombildzeichner gegenübersaß.«

»Vielleicht war der Mann auf dem Foto ja auch Tom Cruise«, sagte Lula.

Ich schüttelte den Kopf. »Es war nicht Tom Cruise. Sah ihm vielleicht nur ähnlich. Haare und Gesichtsform.«

»Ab jetzt gehen wir zum Angriff über«, sagte Lula. »Wir müssen die Verbrecher aufspüren. Wir müssen der Sache auf den Grund gehen. Das ist ein Machtspielchen. Wenn wir die Geschichte dahinter kennen würden, könnte eine Fernsehshow dabei herausspringen. Die Fernsehleute sind doch immer auf der Suche nach solchen Stoffen.«

»Ich will in keiner Fernsehshow mitspielen«, sagte ich.

»Gut, aber sterben willst du auch nicht. Diese Schlappschwänze vom FBI sind keine große Hilfe. Ich schlage vor, wir übernehmen die Regie und finden selbst raus, was hier abgeht. *Zack! Zack!* Und wenn du die Geschichte nicht ans Fernsehen verkaufen willst, dann eben an einen Verlag. Wir könnten ein Buch darüber schreiben. So schwierig kann das nicht sein.«

Ich war hin- und hergerissen. Einerseits wollte ich der Sache nachgehen – Lula hatte recht, die FBI-Typen legten sich nicht gerade ins Zeug für mich. Andererseits hatte ich keine Lust, mir dabei die Finger zu verbrennen. Ich musste nur bei meiner Version bleiben, dann würden am Ende meine Peiniger von mir ablassen. Außerdem verdiente ich keinen Cent, wenn ich all den Leuten nachjagen wollte, die hinter dem Foto her waren.

»Als Erste überprüfen wir Brenda«, sagte Lula. »Angeblich arbeitet sie in einer Ladenzeile kurz vor Princeton. Auf dem Weg dahin halten wir Ausschau nach Magpie.«

Ein guter Kompromiss. An der Route 1 lagen zwei Friedhöfe, auf beiden hatte sich Magpie schon mal versteckt. In der Umgebung gab es außerdem viel Wald, durchzogen von Schotterwegen, die Liebespaare und Drogenhändler für ihre Zwecke nutzten – und Magpie zum Übernachten. Der Kerl fuhr einen alten Crown Vic, in dem er auch schlief. In seinen besten Jahren hatte die Karre als Polizeiauto gedient und nach einer Versteigerung schließlich seinen Weg zu Magpie gefunden. Der hatte den weißen Mittelteil schwarz lackiert, doch der Crown blieb eine Polizeikarre, verbeult, durchgerostet und im Ruhestand.

Ich nahm die erste Ausfahrt auf der Route 1 und schwenkte auf den Parkplatz des neueren und kleineren der beiden Friedhöfe. Eine eintönige Fläche, vereinzelt Bäume. Die Gräber sahen alle gleich aus, Granitplatten, halb in der Erde versunken, leicht zu pflegen.

Ich fuhr einmal den ganzen Friedhof ab, umrundete Kapelle und Krematorium, konnte aber keine Anzeichen entdecken, dass Magpie hier kürzlich gehaust hatte. Keine schwarzen Flecken auf dem Boden. Keine Reste eines Lagerfeuers. Keine Ölpfützen von einem leckenden Tank. Keine abgestellten Müllbeutel. Keine die Landschaft verschandelnden Klopapier-Papprollen.

Der zweite Friedhof befand sich fünfzehn Kilometer weiter. Ein riesiges Gelände, mit sanften Hügeln, ansprechender Gestaltung und aufwändigen Grabmälern. Systematisch arbeitete ich mich durch das Gewirr von Zubringerstraßen, die sich spiralförmig durch Berg und Tal wanden. Keine Spur von Magpie. Ich kehrte zurück auf die Route 1.

Lula gab die Adresse des Hair Barn in die Navi-App auf ihrem Handy ein. »An der nächsten Ampel links abbiegen«, sagte sie.

Der Hair Barn befand sich in einem Komplex, zu dem auch einige Gewerbebetriebe, ein Budget Hotel, zwei ziemlich große Bürogebäude und eine Shopping-Mall gehörten. Die Filialen von zwei Einzelhandelsketten bildeten die Eckpfeiler der Mall, an einem Ende Kohl's, am anderen Target. Der Hair Barn war genau in der Mitte. Der Scion stand am Rand des Parkplatzes, zusammen mit, wie ich vermutete, einigen anderen Angestellten-Fahrzeugen.

Ich fand einen freien Platz neben Kohl's und ging zu der Reihe schlichter Putzbauten. Vor dem Friseursalon blieben wir stehen und schauten Brenda dabei zu, wie sie eine ältere Dame frisierte, die Haare erst toupierte, dann glatt kämmte.

»Das steht ihr überhaupt nicht«, sagte Lula. »Die Frau sieht aus wie Donald Trump, wenn er einen schlechten Tag erwischt hat. Und an guten Tagen sieht er auch nicht besser aus.«

Brenda beendete ihre Arbeit, die Kundin tippelte zur Kasse und bezahlte. Brenda machte sich ans Aufräumen. Ich stapfte hinein, Lula blieb draußen.

Brendas Blick verhärtete sich, als sie mich erkannte. »Was wollen Sie denn hier? Haben Sie es sich anders überlegt? Bringen Sie mir das Foto?«

»Nein. Ich will nur ein paar Antworten.«

Sie sah Lula auf dem Bürgersteig stehen. »Sie haben Ihren Bodyguard draußen gelassen. Ist das nicht ein bisschen riskant?«

»Lula ist nicht mein Bodyguard.«

»Was dann?«

Gute Frage. Ich wusste darauf keine Antwort. »Sie ist eben Lula«, sagte ich. »Na gut, vielleicht ist sie doch so etwas wie ein Bodyguard.«

Brenda legte Kamm und Bürste in eine Schublade. »Weswegen sind Sie hier? Wollen Sie sich die Haare schneiden lassen? Ich könnte Ihnen eine neue Frisur zaubern. Was Besseres als jetzt. Das sieht nach gar nichts aus.«

»Es ist ein Pferdeschwanz.«

»Genau. Langweilig. Sie sollten Ihre Haare verlängern. Oder etwas Farbe reinbringen. Goldsträhnen. Einige Haare ausreißen und ein Duttkissen daraus machen. Ein bisschen zerzausen, so wie meins. Schauen Sie, das Haar wird gleich viel schöner.«

Ich biss mir auf die Lippe. Brenda sah aus wie ein explodierter Kanarienvogel. »Vielleicht das nächste Mal«, sagte ich. »Es geht um das Foto. Warum sind so viele Leute hinter diesem Bild her?«

»Ich habe Ihnen schon gesagt, warum ich es haben möchte. Der arme Richard wollte es so. Und nun ist er tot.« Sie erstarrte. »Was haben Sie da eben gesagt? Alle möglichen Leute?«

»Sie. Und die anderen.«

»Welche anderen?«

»Wissen Sie das nicht?«

Brenda schürzte die Lippen, ihre Augen wurden schmal. »Dieser Mistkerl. Er versucht, mich auszustechen. Hätte ich mir denken können.«

»Wer?«, fragte ich sie. »Welcher Mistkerl?«

»Mann, das macht mich echt wütend.«

»Wer denn? Wer?«

»Egal! Lassen Sie sich bloß nicht mit ihm ein. Der Kerl ist ein falscher Fuffziger. Und Geld hat er auch keins. Wenn er Ihnen sagt, er hätte viel Geld, glauben Sie ihm kein Wort.«

»Geben Sie mir einen Hinweis. Wie sieht er aus? Alt, jung, dick?«

»Ich kann nicht weiter mit Ihnen plaudern«, sagte Brenda. »Der nächste Kunde wartet.«

»Und?«, sagte Lula, als ich aus dem Laden trat. »Hat es was gebracht?«

»Gar nichts.«

»Irgendwas musst du doch erfahren haben.«

»Nein«, sagte ich. »Nichts Verwertbares.« Ich strich über meinen Pferdeschwanz. »Findest du meine Frisur langweilig?«

»Kommt darauf an. So schön wie meine ist sie nicht. Aber besser als viele andere, die weiße Frauen sonst so tragen.«

Wir stiegen in meinen Pick-up Truck, ich ließ den Motor an.

»Wir sollten uns mal Brendas Wohnung vorknöpfen«, sagte ich. »Laut Connie ist sie in West Windsor.«

Warum nicht? Und wenn aus keinem anderen Grund als purer Neugier.

Lula gab die Adresse in ihr Handy-Navi ein. »Da ist sie. Gar nicht weit von hier.«

Ich fuhr an der nächsten Ausfahrt ab und folgte Lulas Anweisungen.

»Sie hat hier was gemietet«, sagte Lula. »Aber scheint keine Wohnung zu sein, eher ein ganzes Haus.«

Wir kurvten durch ein Viertel mit kleinen, einstöckigen Häusern in unterschiedlichen Stadien des Verfalls. Hoher Leerstand. In den Vorgärtchen Schilder mit Zu Verkaufen. In den meisten Fenstern Gardinen, in einigen Gärten eine Schaukel.

Vor Brendas Haus blieb ich mit laufendem Motor stehen. Die Einfahrt führte zu einer seitlich angeklebten Einzelgarage. Die Fassade war zartgrün, mit einer hellgelben Bordüre, der Vorgarten karg, aber gepflegt.

»Schauen wir es uns aus der Nähe an«, schlug Lula vor.

»Wir können nicht einfach ums Haus streichen und in die Fenster gucken. In manchen Einfahrten stehen Autos. Die Leute sind also wahrscheinlich zu Hause. Es würde auffallen.«

»Wir gucken doch sonst auch in fremde Häuser«, sagte Lula.

»Nur, wenn wir nach Verbrechern suchen, die ihre Kaution verwirkt haben. Brenda hat nichts verbrochen.«

Wir kehrten zurück zum Highway, und Berger rief an.

»Wir möchten Sie bitten, sich noch mal mit unserem Phantombildzeichner zusammenzusetzen«, sagte er.

»Was soll das bringen?«, sagte ich. »Ich kann mich an das Foto kaum noch erinnern. Und jetzt hat sich Tom Cruise in meinem Kopf festgesetzt.«

»Versuchen Sie es einfach noch mal, bitte. Es hängt viel davon ab ... meine Pension zum Beispiel.«

Wenn ich nicht 120 km/h gefahren wäre, hätte ich mit

dem Kopf gegen das Steuerrad gehämmert. »Und wann soll ich kommen?«
 »Jetzt.«

14

Ich setzte Lula vor dem Büro ab und kehrte sofort um Richtung Stadtmitte. Es war Mittag, die Straßen waren verstopft, die Parkhäuser belegt, und kein freier Parkplatz in Sicht. Nachdem ich den Block zehn Minuten umrundet hatte, gab ich auf und fuhr in die Tiefgarage des FBI-Gebäudes. Sie war öffentlich, nur ein kleiner Bereich für das FBI-Personal reserviert.

Ich nahm den Aufzug in den fünften Stock und begab mich gleich in das Sitzungszimmer. Berger, Gooley und der Zeichner waren schon da.

»Wir haben uns gedacht, dass es beim ersten Mal vielleicht der Zeichner war, der Tom Cruise vor Augen hatte«, sagte Berger. »Deswegen versuchen wir es heute mit Fred.«

Ich setzte mich und nickte Fred zu. »Viel Glück.«

Fred quälte sich ein Lächeln ab, das ihm fast zur Fratze entglitt. Eine Stunde später lag eine neue Skizze vor.

»Was meinen Sie?«, fragte Berger. »Kommt dieses Porträt dem Mann näher?«

Ich hielt abwehrend die Hände hoch. Keine Ahnung. »Kann sein.«

»Jedenfalls ist es nicht Tom Cruise«, sagte Berger.

Gooley betrachtete es genauer. »Es ist Ashton Kutcher.«

Wir beugten uns über das Blatt Papier.

»Scheiße! Er hat recht«, sagte Berger, »es ist Ashton Kutcher.«

Ich sah es mir ein letztes Mal an, und ich musste zugeben, dass es große Ähnlichkeit mit Ashton Kutcher hatte.

»Beide haben braunes Haar, dann wird der Gesuchte wohl auch braunes Haar haben«, sagte ich. »Bestätigen Sie Parktickets?«

»Nicht mehr«, sagte Berger. »Etatkürzungen.«

Ich fuhr mit dem Aufzug zum zweiten Parkdeck und ging zu meinem Wagen. Ashton Kutcher und Tom Cruise lagen gar nicht so weit auseinander. Braunes Haar, regelmäßige Gesichtszüge, *Top Gun*-Pose. Vielleicht war diese Haltung der gemeinsame Nenner. Ein Ausdruck im Gesicht, der den jungenhaften liebenswerten Klugscheißer-Typ nahelegte.

Ich drückte die Entriegelung an meinem Funkschlüssel und streckte schon die Hand nach dem Türgriff aus, da riss es mich von hinten weg, und mir versagten die Beine. Im nächsten Moment wurde ich auch schon über den Boden geschleift und gegen einen Kastenwagen gestoßen. Ich war so perplex, dass ich kaum reagierte, nur wild um mich schlug und schrie. Doch mein Schreien verlor sich in der höhlenartigen Garage.

Eine Messerklinge blitzte auf, und ich spürte, wie sich die Spitze in meinen Hals bohrte. Ich verharrte regungslos, und unmittelbar vor meinen Augen zeichnete sich die Visage von Remmi Demmi ab.

»Keine Bewegung«, sagte er. »Du verstehen?«

Ich nickte.

»Rein in Auto!«, sagte er. »Gesicht nach unten. Sonst töte ich dich. Mache Hackfleisch aus dir. Zum Essen.«

Ich war viel zu verängstigt, um mich zu konzentrieren. Ich wusste nur: Wenn ich einstieg, war ich verloren. Ich stieß mich von dem Fahrzeug ab, riss den Mund zu einem Schrei auf, doch Remmi Demmi schlug mir mit dem Messerknauf ins Gesicht. Ich spürte den Geschmack von Blut auf der Zunge, und ein Schalter in meinem Gehirn wurde umgelegt. Ich wechselte in den Killer- und Überlebensmodus, trat und boxte um mich, kreischte, kratzte. Das Messer wurde ihm aus der Hand geschlagen, wir balgten uns darum, ich erwischte es zuerst. Ich stürzte mich auf ihn, traf ihn am Schenkel, stach die Klinge tief ins Fleisch, schnitt eine lange klaffende Wunde, aus der das Blut nur so spritzte. Er schrie auf und packte sich ans Bein. Danach verschwamm alles. Ich trat ihn, und er versuchte auszuweichen, zur Seite zu rollen. Er blutete und fluchte, doch ich trat immer weiter auf ihn ein. Ich rutschte auf dem blutverschmierten Parkhausboden aus, und er nutzte die Gelegenheit, in den Wagen zu springen und die Tür zuzuknallen. Der Motor sprang an, die Reifen drehten kreischend durch, und er raste davon.

Ich beugte mich vor und holte tief Luft. Als ich zu Boden sah, fiel mir auf, dass Blut aus mir tropfte, woher, wusste ich nicht. Mit wackligen Schritten ging ich zum Aufzug und drückte den Knopf zum fünften Stock. Die Türen öffneten sich, ich trat hinaus und blieb für einen Moment verunsichert stehen, weil ich auf dem Fliesenboden eine Blutspur hinterließ.

Mehrere Personen eilten auf mich zu, darunter auch Berger.

»Tut mir leid wegen dem Blut«, sagte ich.

Ich sah, wie sein Blick auf meine rechte Hand fiel, und mir wurde klar, dass ich noch das blutverschmierte Messer festhielt. Ich ließ es fallen, dann gaben meine Knie nach.

»Mir ist schlecht.« Mir wurde schwarz vor Augen.

Ein Sanitäter stand über mich gebeugt, als ich wieder zu mir kam.

»Bin ich tot?«, fragte ich ihn.

»Nö.«

»Werde ich bald sterben?«

»Nicht an diesen Verletzungen, aber man kann wohl sagen, dass Sie ein Wrack sind.«

»Das höre ich nicht zum ersten Mal.«

»Kann ich mir denken. Ihre Lippe ist aufgeplatzt. Aber sie muss nicht genäht werden. Ich habe einen Steri-Strip drübergeklebt. Ich werde Sie jetzt aufrichten, und dann sind Sie entlassen. Einen Eisbeutel gebe ich Ihnen für die Lippe trotzdem noch mit. Möglicherweise ist auch Ihre Nase angebrochen. Dafür bekommen Sie einen weiteren Eisbeutel. Die Nase sieht äußerlich okay aus, lassen Sie sie dennoch von einem Arzt untersuchen. Sie hat geblutet wie Sau.«

»Sonst noch was?«

»Einige oberflächliche Schnittwunden an Armen und Beinen. Im Gesicht kriegen Sie sicher noch riesige Blutergüsse. Können Sie sich aufsetzen?«

»Ich denke, ja. Helfen Sie mir.«

Er griff mir unter die Arme, und ich blieb so lange sitzen, bis der Schwindel aufhörte und meine Lippen nicht mehr taub waren. Ich kam auf die Beine und atmete mehrmals tief durch. Meine Kleider waren blutdurchtränkt, auch auf dem Boden überall Blut.

»Ist das alles von mir?«, fragte ich.

»Das Blut auf dem Boden ja«, sagte Berger. »Aber das Blut an Ihrer Kleidung stammt wahrscheinlich teilweise von dem Angreifer, denn zum Schluss hatten Sie das Messer in der Hand.«

»Remmi Demmi«, sagte ich.

»Ich habe einen Mitarbeiter in die Tiefgarage geschickt, um den Tatort zu sichern«, sagte Berger. »Wenn Sie auf den für das FBI reservierten Stellplätzen geparkt haben, ist der Angriff auf Video.«

»Der Kerl kam aus dem Nichts«, sagte ich. »Ich schloss gerade mein Auto auf, da stürzte er sich plötzlich auf mich, versuchte mich in seinen Kastenwagen zu zerren.«

Gooley bahnte sich einen Weg durch die Menschenmenge, die sich um mich versammelt hatte. »Wir haben das Band oben im Sitzungszimmer«, sagte er. »Ich hatte noch keine Gelegenheit, es mir anzusehen.«

Ich bedankte mich bei dem Sanitäter, nahm die beiden Eisbeutel und Handtücher und ging mit Gooley und Berger ins Besprechungszimmer. Wir setzten uns an den Tisch, Gooley holte das Band und ließ es über den Flachbildschirm an der Stirnseite des Raums laufen.

»Wollen Sie sich das wirklich antun?«, fragte mich Berger.

»Unbedingt.« Hauptsächlich, weil ich mich an nichts erinnerte. Nach Remmi Demmis Ankündigung, Hackfleisch aus mir zu machen, war alles wie in einen Nebel getaucht.

Das Bild war ein körniges Schwarzweiß.

»Keine Farbe?«, fragte ich.

»Etatkürzungen«, sagte Berger. »Das hier ist ein Auslaufartikel von Radio Shack.«

Dreißig Sekunden lang war nichts zu sehen, außer den reservierten Stellplätzen, am Rand des Bildes mein Pick-up. Dann tauche ich auf, überquere die Fahrspur und nähere mich meinem Auto. Ich drücke die Fernbedienung, da stürmt plötzlich hinter mir ein Mann ins Bild. Jeans, Windjacke und ein Messer, das wie aus Tausendundeiner Nacht aussieht. Eine riesige sichelartige Klinge mit einem dicken Knauf. Der Mann packt meinen Pferdeschwanz, zieht mich ruckartig zu sich heran, zerrt mich über den Boden der Tiefgarage zu einem Kastenwagen. Er setzt das Messer an meinen Hals und flüstert mir etwas ins Gesicht.

»Was sagt er?«, fragte Berger.

»Dass er mich töten will. Hackfleisch aus mir machen. Und dann aufessen.«

»Krass«, sagte Gooley. »Gefällt mir.«

Das Band lief weiter. Man sah, wie ich versuche, von Remmi Demmi loszukommen, wie er mir mit dem Messerknauf ins Gesicht schlägt und meinen Kopf nach hinten reißt.

Wir drei zucken zusammen, als mich der Schlag trifft. Danach ein Moment, in dem das Geschehen wie angehalten scheint. Remmi Demmi tritt zurück, und ich rappele mich auf. Was dann folgt, ist eine rein instinktive Handlung meinerseits. Mit Wucht ramme ich meinen Absatz gegen die Außenkante seines Fußes, was ihn völlig unvorbereitet trifft. Er beugt sich leicht vor, um sich seinen Fuß anzusehen, und ich trete ihm ins Gesicht.

»Whoa!«, sagte Gooley.

Remmi Demmi erwischt mich in Höhe des Knies, wir gehen zu Boden, und es beginnt ein unbarmherziger Zweikampf. Er boxt auf mich ein, ich wehre mich mit Kratzen und Beißen. Ich packe ihn an den Haaren und ramme ihm ein Knie in die Eier.

»Mann!«, sagte Berger. »Das muss wehgetan haben.«

Ich greife nach dem Messer, meine Finger legen sich um den Knauf, und ich gehe auf Remmi Demmi los und schlitze ihm das Bein auf, eine fast 30 cm lange Wunde am Schenkel.

»Du liebe Scheiße!«, entfuhr es Berger und Gooley unisono.

Remmi Demmi fasst sich an das verwundete Bein, und ich richte mich auf. Er krümmt sich auf dem Boden, in Embryonalstellung, eine Hand schützend vorm Schritt, die andere auf der Wunde, und ich versetze ihm mehrere Tritte in die Nieren.

Gooley und Berger beugten sich mit weit aufgerissenen Augen vor.

»Scheiße!«, sagte Gooley.

Remmi Demmi wälzt sich zur Seite, kommt auf die Beine, wirft sich in den Wagen und knallt die Tür zu. Ich winke mit dem Messer und schreie, während er davonrast.

»Ich muss nach Hause, raus aus den Kleidern«, sagte ich. »Brauchen Sie mich noch?«

»Mir reicht's«, sagte Berger.

»Ja, mir auch«, sagte Gooley. »Ich muss an die frische Luft. Ich bin nur froh, dass mir bei Ihrem letzten Tritt nicht mein Mittagessen hochgekommen ist.«

»Ich fühlte mich bedroht«, sagte ich wie zur Entschuldigung.

Auf meinem Parkplatz war keines der angstbesetzten Autos zu sehen, kein Town Car, kein Kastenwagen, kein Scion. Ich humpelte ins Haus und schloss die Wohnungstür auf, ging in die Küche, zog alles aus, was ich am Leib hatte, stopfte es in einen Sack und stellte den Sack nach draußen in den Hausflur. Ab in den Müllschlucker damit.

Dann ging ich ins Badezimmer und blieb so lange unter der heißen Dusche stehen, bis alles Blut abgewaschen war und ich aufhörte zu weinen. Keine Ahnung, woher die Tränen kamen, schließlich hatte ich den Kampf nicht verloren. Ich shampoonierte mir die Haare und seifte mich ein letztes Mal ein, stieg aus der Dusche hervor, vermied jeden Blick in den Spiegel und schlang mir ein Badetuch um.

Als ich ins Schlafzimmer trat, stand ich Ranger gegenüber.

Er musterte mich von oben bis unten. »Babe.«

»Sag jetzt nicht, dass ich ein Wrack bin.«

»Hast du dich mal angeguckt?«

»Nein.«

Er reichte mir einen frischen Eisbeutel. »Den musst du dir aufs Gesicht legen. Warst du wegen der Nase schon beim Arzt?«

»Nein. Soll ich sie röntgen lassen?«

»Kannst du atmen? Hast du Schmerzen?«

»Ja, atmen geht. Aber es tut weh. Mir tut alles weh.«

»Du hast ein paar kleine Schwellungen. Sonst ist alles einigermaßen normal. Wenn sich was ändern sollte, lass es untersuchen.«

»Woher wusstest du von dem Überfall?«

»Wir haben einen Freund im fünften Stock.«

Ranger war kein Mensch, der Gefühle zeigte, doch ich hätte schwören können, dass Rauchwölkchen von seinen Haarwurzeln aufstiegen. »Bist du wütend?«, fragte ich.

»Wut ist kein produktives Gefühl. Sagen wir mal so, ich bin nicht gerade glücklich.«

»Soll ich fragen warum?«

»Ich glaube, die Antwort kennst du längst. Du steckst mitten in irgendeiner üblen Geschichte, aber verhältst dich unvorsichtig. Zieh dich an und komm ins Wohnzimmer. Für ein bisschen Anschauungsunterricht.«

Oh, Mann. Ranger guckte mir nicht beim Anziehen zu. Er riss mir nicht das Badetuch vom Leib. Er zog sich nicht nackt aus. Fazit: Ich musste wirklich grauenvoll aussehen. Ich ging ins Schlafzimmer und schaute in den Spiegel. Iiiih! Schlimmer, als ich dachte. Unterm rechten Auge blühten große schwarze Blutergüsse und Schwellungen. Aus der Nase sickerte immer noch etwas Blut. Die Lippe aufgequollen, mit einer hässlichen Schnittwunde und einem fetten Erguss. Schließlich der ganze Rest, diverse Prellungen und Schürfwunden. Sex-Göttin ade!

Ich zog Jeans und T-Shirt an, trocknete mir oberflächlich

die Haare, fixierte mit einem Pflaster den Eisbeutel im Gesicht und ging zu Ranger.

»Hier ist deine Smith & Wesson«, sagte er. »Sie lag in der Plätzchendose. Wie ich sehe, hast du keine Munition. Dann habe ich mir den Elektroschocker aus der Umhängetasche genommen. Die Batterie ist alle. Sie muss neu aufgeladen werden. Und statt Pfefferspray benutzt du offenbar Haarspray.«

Ich klebte den verrutschten Eisbeutel wieder fest. »Haarspray wirkt erstaunlich gut.«

»Übertreib es nicht«, sagte Ranger. »Ich bin dafür nicht in Laune.« Er nahm eine Pistole vom Tisch und gab sie mir. »Das ist eine halbautomatische Glock. Sie ist kleiner und leichter als meine, und sie ist geladen. Kannst du damit umgehen?«

»Ja.«

»Weißt du, wie man sie lädt?«

»Ja.«

»Beim nächsten Mal ist das Magazin leer, und die Kugeln stecken in einem warmen Körper. Ist das klar?«

»Meine Güte«, sagte ich.

»Tu mir den Gefallen. Kommen wir zu dem Schocker. Dieser hier ist schlagkräftiger als dein alter. Der haut den stärksten Bullen um. Aber wenn du ihn nicht regelmäßig auflädst, nützt er dir gar nichts.«

»Ja, Sir!«

»Ist das sarkastisch gemeint?«

»Könnte sein.«

Ranger lächelte, aber nur beinahe.

»Eigentlich bin ich stolz darauf, wie ich mich bisher geschlagen habe. Ich lebe noch, und ich habe nur ein einziges Mal geweint. Und so schlimm ich auch aussehen mag, der andere ist weitaus schlimmer dran.«

»Wenn du in Panik bist oder wütend, funktionierst du gut«, sagte Ranger.

Ich schaute auf den Tisch. »Was ist mit der Uhr?«

»Es ist eine Uhr mit Ortungssystem. Solange du sie am Handgelenk trägst, kann ich dich jederzeit aufspüren. An der Seite sind drei Knöpfe. Du drückst den roten, und wir kommen sofort und holen dich.«

»Und wozu ist der blaue Knopf?«

»Damit stellt man die Zeit ein.«

Logo.

Ich legte meine alte Uhr ab und band mir die neue ans Handgelenk. »Sie hat keine Diamanten«, sagte ich.

»Die bekommst du nur, wenn du ein braves Mädchen bist.«

»Wie brav?«

»Du hast ein blaues Auge, eine aufgeplatzte Lippe, deine Nase ist gebrochen – und dann flirtest du mit mir?«

»Viel schlimmer«, sagte ich. »Ich habe beschlossen, mich von Männern fernzuhalten.«

»Alles in allem keine schlechte Idee«, sagte Ranger. »Ich muss trotzdem los. Ruf an, wenn du Hilfe oder sonst was brauchst.«

»Wer flirtet denn jetzt?«

»Das war kein Flirten«, sagte Ranger. »Das war eine unverhohlene Einladung.«

Ich schloss die Tür hinter ihm ab, hängte die Vorlegekette ein und schob den Riegel vor. Keine dieser Vorrichtungen hatte Ranger bisher davon abhalten können, meine Wohnung zu betreten, wenn er wollte, und ich hatte es längst aufgegeben zu fragen, wie er das bloß bewerkstelligte.

Ich schmierte mir ein Sandwich und setzte mich an den Esstisch. Das Kauen war schmerzhaft, aber trotzdem bekam ich alles hinunter. Ich rief ein Suchprogramm auf meinem Computer auf, gab die Namen von Brendas Ehemännern ein und arbeitete mich durch die Einträge.

Unmittelbar nach der Highschool hatte sie Herbert Luckert geheiratet. Die Ehe dauerte zehn Jahre und endete mit einer Scheidung. Ein Jahr später heiratete sie Harry Zimmer. Diese Ehe dauerte nur sieben Monate und wurde ebenfalls geschieden. Neun Jahre lang blieb sie unverheiratet, bis Bernhard Schwartz ihr über den Weg lief. Die dritte Ehe ging nach drei Jahren zu Ende. Schwartz schüttete den Inhalt seiner Hausapotheke und eine halbe Flasche Wodka in den Küchenmixer und trank sich in einen seligen finalen Schlummer.

Als Brenda ihn heiratete, besaß er 35 Autowaschanlagen im ganzen Bundesstaat. Als er sich umbrachte, waren es nur noch vier, und sie gehörten nicht ihm, sondern zur Konkursmasse. Zwei Monate zuvor hatte er bereits sein Haus verloren. Keine Ahnung, ob das im Zusammenhang mit dem Foto stand, doch ich sollte mir zumindest einen Aktenvermerk machen.

Ich verließ das Suchprogramm und überprüfte meine

E-Mails. Hauptsächlich Spams. Vorsichtig tastete ich meine Lippen und die Nase ab. Empfindlich. Ich schaute noch mal in den Badezimmerspiegel. Es war nicht besser geworden, doch wenigstens hatte ich keine zentimetertiefe Schnittwunde im Oberschenkel, so wie Remmi Demmi. Ich hoffte inständig, dass er heftige Schmerzen litt, hätte sogar nichts dagegen gehabt, wenn sich die Wunde entzündete und sein Bein abfaulte.

Das Handy klingelte. Wenn es Joyce war, hätte ich ihr mitteilen können, dass ich den Schlüssel gefunden hatte. Das Display zeigte die Nummer meiner Eltern an.

»Die Totenfeier für Korda ist heute Abend um sieben Uhr«, sagte Grandma. »Du willst doch bestimmt auch hin und dich ein bisschen umhören, oder? In Wahrheit hoffe ich natürlich, dass du mich abholst.«

»Klar. Mache ich.«

»Kommst du zum Abendessen? Deine Mutter kocht Reis mit Hähnchen.«

Meine Mutter hätte einen Herzinfarkt bekommen, wenn sie mein Gesicht gesehen hätte. »Abendessen fällt heute aus.«

»Okay, aber komm nicht zu spät. Es sind eine Menge Leute da, und ich will nicht nach hinten abgedrängt werden. Vorne am Sarg ist immer am meisten Action.«

Ich verabschiedete mich von Grandma und holte mehr Eis. Viel Eis, sehr viel Eis.

Gegen halb sieben wurde deutlich, dass es auch mit noch mehr Eis nicht besser wurde. Ich zog einen schwarzen Bleistiftrock an, schwarze Heels, einen beigen Pulli mit U-Ausschnitt und passender Strickjacke. Das Haar trug ich offen und ein bisschen aufgeplustert, um von den monströsen Blutergüssen und der aufgeplatzten Lippe abzulenken. Ich schmierte eine satte Schicht Concealer auf, versuchte, das blaue Auge mit viel Rouge auszugleichen, und zog für ein möglichst tiefes Dekolleté meinen strammsten Push-up-BH an. Ein letzter Blick in den Spiegel, besser ging es nicht.

Ich steckte meine neue Glock in die Tasche, dazu den gedopten Elektroschocker. Außerdem trug ich eine Uhr mit Peilsender, Perlenohrringe, ein Pflaster an der Stelle am Hals, wo Remmi Demmi die Messerspitze angesetzt hatte, und ein weiteres Pflaster an meinem aufgeplatzten Knie. Das All-American Girl.

15

Grandma wartete bereits, als ich mit meinem Pick-up Truck vorfuhr. Sie trug klobige schwarze Heels, lila Hosenanzug, weiße Bluse, und unter den Arm geklemmt ihre schwarze Handtasche, die so groß war, dass der lange Lauf ihrer 45er hineinpasste.

Sie stemmte sich hoch auf den Beifahrersitz, legte den Gurt an und beäugte mich von der Seite.

»Hübsch hast du dich zurechtgemacht«, sagte sie. »Das Twinset steht dir gut.«

Kein Kommentar zu meinem entstellten Gesicht und den diversen Pflastern.

»Sonst fällt dir nichts auf?«, fragte ich vorsichtshalber.

»Dein Haar gefällt mir besser, so offen. Ich sehe dich kaum noch.« Grandma schaute auf die Uhr. »Wir müssen los.«

»Und mein Gesicht?«

»Was soll damit sein?«

»Zum Beispiel das blaue Auge...«

»Ja, schmissig!«, sagte Grandma. »Aber ich habe dich schon in schlimmerer Verfassung gesehen. Zum Beispiel nach der Explosion damals, bei der dir die Augenbrauen versengt wurden.«

Meine Güte, dachte ich, so weit ist es gekommen. Meine eigene Oma ist über mein blaues Auge nicht mehr entsetzt. Warum gestehe ich es mir nicht ein: Ich bin ein Wrack.

»Gehört zu dem Veilchen wenigstens eine gute Geschichte?«, fragte Grandma.

»Ich bin in einem Parkhaus ausgerutscht.«

»Schade«, sagte Grandma. »Eine pikante Anekdote wäre mir lieber. Nur so, als Gesprächsstoff für gleich. Was dagegen, wenn ich eine erfinde?«

»Allerdings!«

Ich fuhr den kurzen Weg zum Beerdigungsinstitut, lud Grandma am Eingang ab und begab mich auf die Suche nach einem Parkplatz. Der für die Kunden war belegt, aber eine Straße weiter war noch etwas frei. Grandma hatte recht gehabt, die Totenfeier war brechend voll. Um drei Minuten nach sieben quoll der Schauraum über, und die Trauergäste drängten sich bereits auf der umlaufenden Veranda.

Um keine Blicke auf mich zu ziehen, schob ich mich gesenkten Kopfes durch das Gewühl. Im Foyer, auf dem Weg zum Schlummerraum Nummer eins, klingelte mein Handy.

»Ich habe gewusst, dass du auf die Totenfeier gehst«, sagte Joyce.

»Wo bist du?«

»Draußen. Aber such nicht nach mir. Du findest mich sowieso nicht. Ich würde rasend gerne reinkommen und mir selbst ein Bild machen, aber das ist zu riskant.«

»Ja, ich würde dich festnehmen.«

»Du bist meine geringste Sorge«, sagte Joyce. »Hast du den Schlüssel?«

»Ja. Und was nun?«

»Behalte ihn. Bist du zum Sarg vorgedrungen? Hast du schon die trauernde Witwe gesehen?«

»Nein. Ich habe allein zwanzig Minuten gebraucht, um mich durch das Foyer zu kämpfen. Es ist rappelvoll.«

»Ich möchte mehr über die Witwe erfahren«, sagte Joyce. »Was für Schmuck trägt sie? Ist der Sarg geschlossen oder nicht?«

»Kann ich nicht genau sagen. Der Tote wurde in der Autopresse zusammengefaltet und hat ein paar Tage gelegen. Sonderlich attraktiv kann der jetzt nicht mehr sein.«

»Er war schon vorher nicht sonderlich attraktiv. Aber was ist mit den Besuchern? Irgendjemand Auffälliges darunter?«

»Inwiefern?«

»Ich sage nur David Niven in *Pink Panther*.«

Ich schaute mich um. Kein David Niven weit und breit. »David Niven ist nicht hier«, sagte ich.

Ich legte auf und stieß im selben Moment mit Morelli zusammen.

»Was machst du denn hier?«, fragte ich ihn. »Bist du in offiziellem Auftrag hier oder nur wegen der Gratis-Plätzchen?«

»Alles hochoffiziell. Der Captain meint, die Polizei soll Präsenz zeigen. Und ich soll Joyce suchen.«

»Und? Glaubst du, dass du sie findest?«

»Hier jedenfalls nicht. Sie wäre verrückt, wenn sie hier aufkreuzte. Aber bei Joyce weiß man ja nie, der Grad ihrer Verrücktheit ist schwer einzuschätzen.«

»Meine Rede.«

Morelli trug seine emotionslose Bullenmiene zur Schau. »Berger hat mir das Videomaterial gezeigt.«

»Und?«, fragte ich.

»Bin ich froh, dass ich mit Ranger aneinandergeraten bin und nicht mit dir. Du bist das reinste Tier. Du hast den armen Kerl halb zu Tode getreten.«

»Ich fühlte mich bedroht.«

»Keine Frage.« Sein Blick wanderte abwärts zu meinem Ausschnitt, und seine Gesichtszüge wurden weicher. »Schönes Twinset.«

Das war der Morelli, wie ich ihn kenne und liebe. »Darf ich diese Bemerkung so interpretieren, dass alles zwischen uns wieder beim Alten ist?«

»Nein. Es ist reine Vermeidungsstrategie, den Blick nicht auf dein Gesicht zu richten. Du siehst schlimmer aus als ich, dabei ist mein halbes Gesicht zertrümmert.« Sehr sanft berührte er mit der Fingerspitze meine Nase und Mundwinkel. »Tut das weh?«

»Nicht besonders. Ein Kuss, und es würde schneller heilen.«

Flüchtig küsste er mich auf Nase und Mund. »Tut mir leid, was dir passiert ist.«

»Magst du mich?«, fragte ich ihn.

»Nein. Aber ich gebe mir Mühe.«

Damit konnte ich leben. »Remmi Demmi hat mich überfallen. Hast du ihn auf dem Band erkannt?«

Morelli schüttelte den Kopf. »Nein. Aber Berger schien ihn zu kennen.«

»Ich habe Brenda heute früh aufgesucht. Unergiebig. Ich

weiß immer noch nicht, warum sich so viele Leute für das Foto interessieren.«

»Berger hat mich über die Hauptbeteiligten instruiert und mich gebeten, mir das Band anzugucken. Ansonsten ist er verschwiegen. Ich glaube, er kennt die ganze Story nicht mal selbst. Irgendein Vorgesetzter will das Foto haben. Es ist keine harmlose Sache.«

»Warum tut Berger so freundlich mit dir?«

»Du bist die Einzige, die das Foto gesehen hat, und ich bin so etwas wie das Bindeglied zu dir.«

»Aber ich habe das Foto nicht. Und ich weiß auch nichts darüber. Bei meinen Beschreibungen für die Phantombildzeichner vom FBI sind Porträts von Tom Cruise und Ashton Kutcher herausgekommen.«

Morelli winkte ab. »Das glaubt dir kein Mensch.«

»Glaubst du mir?«

»Ja. Lügen würden dir nichts einbringen. Und vom Hals an abwärts siehst du heute Abend wirklich sexy aus.«

»Ich denke, du magst mich nicht.«

»Pilzköpfchen, dein Twinset ist über *mögen* oder *nicht mögen* erhaben.«

Ich boxte ihm gegen die Brust. »Ich gucke mal nach Grandma.«

Grandma hatte einen Stuhl in der dritten Reihe ergattert und den Platz daneben freigehalten.

»Echt enttäuschend, die Totenwache«, klagte sie. »Ich hatte mir mehr versprochen. Frank Korda haben sie immerhin in der Schrottpresse zusammengefaltet. So was kommt ja nicht alle Tage vor! Aber nicht mal ein Zeitungsreporter ist da. Und interessante Killer-Persönlichkeiten sind mir bislang auch keine über den Weg gelaufen. Nur Connies Onkel Gino, aber der ist ja schon auf dem Altenteil und nur wegen der Erfrischungen gekommen. Ich hatte noch auf Joyce Barnhardt gehofft. Das wäre doch was.« Grandma sah lange zum Sarg hinüber. »Glaubst du, dass sie Frank rausgeputzt haben?«, sagte sie. »Ob er eine Krawatte trägt? Ist sicher nicht einfach, einen zusammengeklappten Toten anzukleiden. Sieht wahrscheinlich wie eine Waffel aus.« Sie seufzte sehnsüchtig. »Ich würde so gerne einen Blick in den Sarg werfen.«

Ich nicht. Kein bisschen. Wie Morelli war auch ich nur aufgrund des vagen Verdachts hergekommen, Joyce Barnhardt hier anzutreffen. Und jetzt, da der Kontakt zu ihr hergestellt war, hielt mich nichts mehr hier.

»Sollen wir gehen«, fragte ich Grandma, »oder willst du noch bleiben?«

»Zehn Minuten«, sagte Grandma. »Ich will sehen, ob Kordas Witwe weint.«

Das war mehr als unwahrscheinlich. Die Witwe Korda war zugeknöpft und immun gegen Tränen. Ihrer Miene nach zu urteilen, säße sie lieber zu Hause vorm Fernseher und sähe sich alte *Cheers*-Folgen an. Von der dritten Reihe aus war ihr Schmuck schwer zu erkennen, ich tippte auf kleine goldene Reifenohrringe und eine schlichte goldene Halskette.

»Ich vertrete mir mal ein bisschen die Beine«, sagte ich. »Wir treffen uns bei den Erfrischungen.«

Ich hatte es gerade bis zu Kaffee und dem Plätzchenteller geschafft, da rief meine Mutter an.

»Was ist passiert? Alles in Ordnung mit dir?«

»Ja, es geht mir gut.«

»Gelogen. Achtzehn Leute haben mich angerufen und gefragt, ob du einen Autounfall gehabt hast. Seit einer halben Stunde versuche ich dich zu erreichen, aber du gehst ja nicht ran.«

»Ich habe im Schauraum das Telefon nicht klingeln gehört. Es war zu laut da drin.«

»Myra Kruger hat gesagt, du hast ein blaues Auge. Und Cindy Beryl meint, dein Knie ist gebrochen. Wie kannst du mit einem kaputten Knie Auto fahren?«

»Mein Knie ist nicht gebrochen. Am Knie habe ich nur eine Schramme und am Auge einen Bluterguss. Ich bin in einem Parkhaus ausgerutscht und mit dem Gesicht auf ein parkendes Auto gefallen. Nichts Ernsthaftes.«

»Hat man auf dich geschossen?«

»Nein!«

Ich schmiss sie aus der Leitung und starrte auf den Teller mit den Keksen. Kein weicher dabei, den man auch mit aufgeplatzten Lippen essen konnte. Ich ließ meinen Blick durch den Raum schweifen und fragte mich, wer mich sonst noch bei meiner Mutter verpetzt haben könnte. Wieder klingelte mein Handy. Joyce.

»Na?«, sagte sie. »Was trägt sie?«

»Kleine goldene Reifenohrringe und eine goldene Halskette. Offenbar kein teures Stück, aber davon verstehe ich nichts.«

»Waren die Ohrringe oder die Halskette diamantenbesetzt?«

»Nein.«

»Interessant«, sagte Joyce und legte auf.

Kurz vor neun fand sich Grandma am Tisch mit den Erfrischungen ein. Sie aß drei Plätzchen, wickelte vier weitere in eine Papierserviette und verstaute sie in ihrer Handtasche, erst dann war sie bereit zum Aufbruch.

»Nachdem du weg warst, wurde es doch noch etwas lebhafter«, sagte sie. »Melvin Shupe ist nach vorne an den Sarg gegangen und ließ einen krachen. Er hat sich entschuldigt, aber die Witwe machte ein Riesenaufstand. Der Direktor des Beerdigungsinstituts hat Duftspray versprüht, wovon Louisa Belman einen Asthmaanfall bekommen hat. Sie mussten sie durch den Hintereingang nach draußen an die frische Luft bringen. Earl Krizinski saß hinter mir. Er sagt, er hätte Louisas Schlüpfer gesehen, als sie sie aufhoben, und er hätte einen Steifen gekriegt.«

»Louisa Belman ist dreiundneunzig!«

»Earl ist Schlüpferfetischist.«

Ohne weitere Zwischenfälle gingen wir zu meinem Wagen. Wir stiegen ein, und Grandma bekam eine SMS.

»Von Annie. Sie will wissen, ob du deine wahre Liebe gefunden hast.«

»Sag ihr, dass ich nicht danach suche, aber wenn sie mir über den Weg läuft, dann soll sie es als Erste erfahren.«

»Das ist aber viel Text«, sagte Grandma. »Ich schreibe einfach, *noch nicht*.« Sie gab die Nachricht ein und lehnte sich zurück. »Früher, als ich noch jung war, war alles viel einfacher. Man hatte einen Freund, und man heiratete ihn. Man hatte Kinder, wurde älter, einer starb, und das war's.«

»Oje. Keine wahre Liebe?«

»Wahre Liebe hat es immer gegeben. Aber zu meiner Zeit redete man sich entweder ein, dass man sie gefunden hat, oder man redete sich ein, dass man sie nicht braucht.«

Ich brachte Grandma nach Hause, ging aber nicht hinein. Ein anstrengender Tag lag hinter mir, und ich freute mich auf meine ruhige Wohnung. Dort angekommen suchte ich wie üblich erst den Parkplatz nach meinen Verfolgern ab, bevor ich den Pick-up Truck abstellte und – die neue Glock im Anschlag – zum Hintereingang eilte. Ich nahm den Aufzug in den ersten Stock, ging den Hausflur entlang und dachte, dass ich endlich mal lernen sollte, richtig mit einer Waffe umzugehen. Die Grundlagen beherrschte ich schon. Lula, Morelli und Ranger trugen halbautomatische Waffen. Es gab also genügend Übungsmöglichkeiten, doch mir fehlte die Praxis.

Ich schloss die Wohnungstür auf, betrat den kleinen Flur und hörte den Fernseher laufen. Ranger oder Morelli, dachte ich, doch nein, Joyce Barnhardt.

»Hi, meine Freundin«, begrüßte sie mich.

»Was hast du hier zu suchen? Und deine Freundin bin ich schon gar nicht. Nie gewesen. Und will es auch nicht sein.«

»Das kränkt mich jetzt aber sehr.«

»Wie bist du hereingekommen?«

»Die Feuerleiter hoch und das Fenster ausgehebelt.«

Ich zielte mit der Glock auf sie. »Ich sollte dir dankbar sein. Das macht es leichter für mich.«

»Sei nicht albern. Ich gehe nicht mit dir auf die Wache.«

»Ich habe eine Festnahmeberechtigung. Und meine Pistole ist auf dich gerichtet.«

»Schluss jetzt«, sagte Joyce. »Nimm die Pistole runter. Du wirst doch nicht auf mich schießen. Das viele Blut auf deinem Teppich. Nicht, dass der so toll wäre. Außerdem bin ich unbewaffnet. Denk nur an den ganzen Papierkram, der auf dich zukäme. Und sehr wahrscheinlich würde man dich wegen Angriffs mit einer tödlichen Waffe drankriegen. Das hieße dann einige Jährchen in einem orangefarbenen Strampelanzug abzusitzen.«

»Ich hasse dich.«

»Nicht doch«, sagte Joyce. »Finde dich damit ab. Ich bin ein vollkommen neuer Mensch.«

»Lügst du auch nicht?«

»Natürlich lüge ich. Alle Menschen lügen.«

»Und du spannst anderen Frauen nicht ihre Männer aus?«

»Doch, ab und zu. Ich verstehe nicht, was daran so schlimm sein soll. Am Ende erweisen sie sich sowieso alle als Luschen.«

»Was ist dann das Neue an dir?«

»Zum einen habe ich blonde Strähnchen im Haar. Was hältst du davon?«

Joyce hatte ihr Haar knallrot gefärbt, die blonden Strähnen waren nur das Tüpfelchen auf dem i. Einige Haare waren echt, einige künstlich, alles in allem jedenfalls ziemlich viele Haare. Sie trug es toupiert, in riesigen Locken und Wellen, Farrah-Fawcett-mäßig, maßlos übertrieben.

Ich sah mir die Farbe genauer an. »Gefällt mir. Passt gut

zu deinem Hauttyp.« Scheiße, dachte ich nur, jetzt machst du ihr auch noch Komplimente! Absolut daneben!

»Du könntest dein Haar auch ruhig ein bisschen stylen«, sagte Joyce. »Du machst dich nie hübsch, aber heute siehst du noch unterirdischer aus als sonst. Hast du dich mit Morelli geprügelt?«

»Ich bin in einer Tiefgarage ausgerutscht.«

»Ach ne? Daher dein kaputtes Gesicht? Hältst du mich für blöd?«

»Warum bist du hier?«

»Eigentlich wollte ich nur meinen Schlüssel abholen, aber dann habe ich mir gedacht: Deine Wohnung ist das perfekte Versteck. Kein Mensch käme auf die Idee, hier nach mir zu suchen.«

»Das perfekte Versteck? Hier?« Ich schüttelte heftig den Kopf. »Nein. Nein. Nein. Nein. Kommt nicht in Frage!«

»Find dich damit ab«, sagte Joyce. »Ich bleibe hier.«

Nicht das Ziel aus den Augen verlieren, sagte ich mir. Überleg dir, wie du sie festnehmen kannst. Soll sie von mir aus bleiben, aber wenn sie eingeschlafen ist, schleich dich mit dem Monster-Elektroschocker an sie heran und fessle sie. Danach karrst du sie ins Gefängnis und kassierst das Honorar.

»Hast du Frank Korda getötet?«, fragte ich sie.

»Nein, aber wenn er nicht schon tot wäre, würde ich es mir überlegen. Das Arschloch hat mich belogen.«

»Wie abscheulich.«

»Was du nicht sagst.« Joyce lümmelte auf dem Sofa und zappte sich durch die Fernsehkanäle. »Hast du nur das TV-

Basispaket? Keine Zusatzoptionen? Ich fass es nicht. Man kriegt nichts auf diesem Scheißgerät rein. Wird ganz schön hart für mich, hier zu wohnen.«

Cool bleiben, sagte ich mir wieder. Nicht die Nerven verlieren und sie abknallen, nur weil dir gerade danach ist. Sie hat recht mit dem Blutfleck. Blut geht aus Teppichen scheißschwer wieder raus.

»Ich habe meistens den Kochkanal eingestellt«, sagte ich.

»Unser Hausmütterchen! Kannst du überhaupt kochen?«

»Nein. Aber ich gucke anderen gern dabei zu.«

»Abartig.«

Ich nahm den Schlüssel aus meiner Tasche und gab ihn ihr. »Was hat es eigentlich damit auf sich?«

»Es ist der Schlüssel zu der Schatztruhe.«

Oh, boy! Die Schatztruhe. Besser nicht nachfragen.

»Ich habe deine ganze Wohnung abgesucht«, sagte Joyce. »Kein Wein. Auch nichts Essbares. Gibt es heute Abend Hamstereintopf à la Rex? Wie hältst du diese spartanische Existenz bloß aus?«

Nach der Elektroschocktherapie könnte ich ihr noch den Kopf kahlrasieren, dachte ich. Sieht bestimmt witzig aus. Und tschüss, Farrah Fawcett. Die Augenbrauen gleich mit.

»Ich würde unser Gespräch unter Frauen ja gerne fortsetzen«, sagte ich, »aber ich bin hundemüde. Ich lege mich flach.«

»Ich muss wohl auf dem Sofa schlafen, was?«, sagte Joyce.

»Tut mir leid, aber in meiner Gäste-Suite residiert gerade die Queen of England.«

Rex und meinen Laptop nahm ich mit ins Schlafzimmer,

die wollte ich mit der Ausgeburt des Teufels nicht allein lassen. Ich warf Joyce noch ein Kopfkissen und eine Decke hin und schloss die Schlafzimmertür ab. Handschellen, Elektroschocker und die Glock legte ich auf die Kommode. *Mise en place*. Das habe ich im Kochkanal gelernt. Immer alles schön griffbereit hinlegen, damit man es schnell zur Hand hat.

Ich wechselte die schicke Trauerkleidung, Rock und Twinset, gegen meine Schlafklamotten, T-Shirt und Sweatpants, machte das Licht aus und nahm den Laptop mit ins Bett. Es war erst früher Abend, und wie die meisten Nagetiere war Joyce nachtaktiv. Ich hatte mir vorgenommen, einige Recherchearbeiten am Laptop zu erledigen und erst nach Mitternacht bei Joyce reinzugucken.

Kurz nach zwölf quälte ich mich aus dem Bett, öffnete vorsichtig die Tür und spähte ins Zimmer. Joyce sah sich einen Film an.

»Was gibt's?«, fragte sie.

»Nichts. Alles okay so weit?«

»So weit, ja, wenn man bedenkt, dass ich einen schweren Entzug durchmache.«

Ich drückte die Tür zu und schloss sie wieder ab. Verdammt. Ich konnte die Augen einfach nicht aufhalten. Besonders das blaue geschwollene nicht. Ich stellte den Wecker auf vier Uhr, löschte das Licht und kroch unter die Bettdecke.

16

Es war noch dunkel, als ich aufwachte. Der Wecker hatte nicht geklingelt. Ich musste pinkeln. Also taumelte ich aus dem Bett, schloss die Tür auf und spähte in die finstere Wohnung. Joyce war endlich eingeschlafen. Sehr gut. Ich konnte erst aufs Klo gehen und sie dann mit dem Schocker ausschalten.

Auf Zehenspitzen schlich ich ins Badezimmer, wo ich immer eine schummrige Nachtlampe brennen lasse. Mein Fuß stieß gegen etwas Pelziges, ich fuhr vor Schreck zurück. Mit klopfendem Herzen rannte ich ins Schlafzimmer, riss die Glock an mich, dann wieder zurück ins Badezimmer.

Ein Tier hatte sich in einer Ecke verkrochen. Für Rex war es zu groß. Eine Ratte! Eine riesige Kanalratte! Ich konnte ihren Schwanz und ihren grässlichen fetten Körper erkennen. Ohne zu überlegen, versenkte ich zehn hübsche Kugeln in dem Klumpen. Danach rührte sie sich nicht mehr. Ich machte das Licht an und begutachtete das Massaker. Es dauerte einige Minuten, bis ich herausgefunden hatte, was für ein Tier es war. Joyce' Haarteil.

»Was soll der Scheiß!«, sagte Joyce, die hinter mir stand. »Du hast gerade mein Haarteil gekillt.«

»Ich dachte, es sei eine Ratte.«

»Schon mal eine rothaarige Ratte gesehen? Ich hab eine Menge Kohle für das Teil hingelegt. Es war Echthaar.«

»Tut mir leid. Es war dunkel.«

»Warum bin ich bloß hier eingezogen?«, jammerte sie. »Du bist so ein Loser.«

»Pass auf, was du sagst«, warnte ich sie. »Noch habe ich die Pistole in der Hand. Und der Teppich ist mir mittlerweile egal.«

Ich sah Joyce an und merkte erst jetzt, dass sie nackt war.

»Du bist ja nackt!«, sagte ich. »Was soll das denn heißen?«

»Ich schlafe immer nackt.«

»Ist ja ekelhaft. Ich will dich hier nicht nackt rumlaufen sehen. Und du sollst auch nicht nackt auf dem Sofa schlafen. Jetzt muss ich es desinfizieren.«

»Du hast doch nicht etwa eine Geschlechtskrankheit?«

»Buah! Nein!«

Ich eilte ins Badezimmer, wischte den Toilettensitz mit Desinfektionsmittel ab, erledigte mein Geschäft und ging zurück ins Schlafzimmer. Vorsichtshalber schloss ich wieder die Tür ab und rückte die Kommode davor.

Als ich mich einige Stunden später aus meinem Schlafzimmer traute, saß Joyce angezogen vor dem Fernseher. Ihr Haar, ohne das Toupet, sah gruselig aus, und sie hatte ihre Nachtcreme noch nicht entfernt. Frankensteins Braut lässt grüßen.

Ich schlüpfte ins Badezimmer. Das tote Haarteil war entfernt worden, aber im Fliesenboden klafften zehn Löcher.

Offensichtlich beherrschte ich den Umgang mit der Glock, darum brauchte ich mich also nicht mehr zu kümmern. Eine Sorge weniger.

Ich betrachtete mein Gesicht im Spiegel. Die Schwellung klang ab, doch die Blutergüsse konnten einem immer noch das Fürchten lehren. Ich duschte schnell, zog mich an und schob ab in die Küche.

»Kaffee!«, brüllte Joyce mich an. »Ich brauche Kaffee!«

»Kommt sofort. Warum hast du dir nicht selbst welchen gemacht?«

»Ich habe keinen Kona-Kaffee gefunden. Wo versteckst du deine Edelmarken?«

»Am selben Ort, wo ich auch meinen gammeligen Billigkaffee aufbewahre. Da fällt mir ein, ich habe nur eine Sorte.«

Sollte sie länger bleiben, würde ich sie ganz bestimmt töten. Ich musste mir eine neue Strategie überlegen. Ohne Haareausreißen und bitchiges Treten und Kratzen, denn dabei würde ich unweigerlich den Kürzeren ziehen. Die Chance, ihr gestern Nacht einen Elektroschock zu versetzen, hatte ich verpasst. Für heute musste ich mir was Besseres ausdenken. Vielleicht mich mit Lula zusammentun. Eine lenkt sie ab, die andere setzt den Schocker an.

Ich kochte Kaffee, sonst hatte ich kaum was im Haus. Die Essensreste von meiner Mutter waren aufgebraucht. Es gab noch eine halbe Schachtel Cracker, eine halbe Schachtel Froot Loops und Hamster-Crunchies. Keine Milch, kein Saft, kein Obst, kein Brot. Das Glas Erdnussbutter war auch leer. Ich aß eine Handvoll Froot Loops und brachte Joyce den Rest der Packung, zusammen mit dem Kaffee.

»Mehr habe ich nicht«, sagte ich. »Ich muss einkaufen.«

»Du bringst mir Froot Loops?«

»Ist ja praktisch wie Obst.«

»Ich brauche aber Kaffeesahne. Und zum Frühstück esse ich gerne Croissants.«

»Leider habe ich gerade keine Kaffeesahne und keine Croissants im Haus, aber zum Mittagessen bringe ich was Leckeres mit.«

Lula und einen zweiten Elektroschocker bringe ich auch gleich mit.

»Ich möchte einen Hähnchensalat von Giovichinni's«, sagte Joyce. »Und besorg doch noch eine Flasche Chardonnay.«

»Du spinnst wohl.«

Von wegen Chardonnay. Eine Voltladung würde ich ihr verpassen, die für eine ganze Kleinstadt reichte.

Ich kippte meinen Kaffee hinunter, schob den Laptop zwischen Matratze und Lattenrost, steckte mein Handwerkszeug in die Umhängetasche und schnappte mir ein Sweatshirt.

»Es gibt einen Haufen Leute, die mich umbringen wollen«, sagte ich. »Also schließ die Wohnungstür ab, und lass keinen rein.«

»Sollen sie ruhig kommen«, sagte Joyce.

Vorm Gehen ein Blick durch den Türspion, niemand zu sehen. Auch nicht im Flur, im Aufzug und auf dem Parkplatz. Super. Ich fuhr durch die Stadt, hielt vor unserem Büro und entdeckte gegenüber, auf der anderen Straßenseite, den Lincoln. Ich winkte Slasher und Lancer zu und ging zu Connie und Lula.

»Whoa«, sagte Connie. »Was ist denn mit dir passiert?«

Ich tastete die geschwollene Lippe ab, fand aber, dass sie fast wieder ihren normalen Umfang hatte. »Ein kleiner Zwischenfall im Parkhaus.«

»Sonst geht es dir aber gut.«

»Ja«, sagte ich. »Ich bin startklar.«

»Kennen wir den Täter?«, fragte Lula nach.

»Remmi Demmi. Einer der Idioten, die hinter dem Foto her sind.«

»Apropos Idioten«, sagte Lula. »Die beiden Clowns sitzen seit einer Stunde draußen im Auto. Echte Dummies. Sie haben nicht auf dich geschossen, auch nicht versucht, dich zu ergreifen. Wahrscheinlich haben sie nicht mal einen Taser. Langsam tun mir die Jungs leid. Amateure.«

Connie reichte mir eine Akte. »Ich habe die beiden durch eins unserer Suchprogramme geschickt. Sie sind so eine Art Miet-Gangster. Vorher waren sie bei der Security in einem Atlantic-City-Casino. Vor sechs Monaten freigestellt, nach Einsparungen in der Verwaltung. Seitdem stellungslos. Lancelot ist verheiratet, zwei Kinder. Larder geschieden, wohnt bei seiner Mutter. Seine letzte Frau hat die Wohnung zugesprochen bekommen.«

»Wie oft war er denn verheiratet?«

»Viermal. Keine Kinder.«

»Und der Lincoln?«

»Der Lincoln ist heiß. Wurde von einem Parkplatz in Newark gestohlen. Soll ich die Männer anzeigen?«

»Nein. Der Lincoln springt sofort ins Auge. Es ist mir lieber, ich weiß, wo die beiden stecken.«

»Was macht dein Magen?«, fragte ich Lula.

»Als ich heute Morgen aufstand, ging es mir gut, jetzt nicht mehr«, sagte sie.

»Das kommt von den zwei extrafetten Doppel-Whopper-Käse-Sandwichs, die du zum Frühstück verputzt hast«, sagte Connie. »Und dem Dutzend Donuts danach.«

»Nicht alle zwölf«, sagte Lula. »Zwei sind noch in der Schachtel. Die zehn musste ich schon deswegen probieren, weil jedes anders geschmeckt hat. Ich lasse mir ungern ein kulinarisches Erlebnis entgehen.«

»Ich habe einen neuen Elektroschocker«, sagte ich. »Den würde ich gern an Buggy ausprobieren.«

»Au ja!«, sagte Lula. »Jetzt gleich. *Zack! Zack!*«

Wir spazierten nach draußen, Lula direkt zum Auto, während ich die Straße überquerte, um mit Lancer zu sprechen.

»Hat Sie ein Lastwagen überrollt?«, begrüßte er mich.

»Nur eine kleine Auseinandersetzung mit Remmi Demmi.«

»Haben Sie ihm das Foto gegeben?«

»Ich habe das Foto nicht.«

»Sie können froh sein, dass Sie noch am Leben sind. Remmi Demmi ist ein Freak.«

Das fehlte mir gerade noch.

»Lula und ich fahren jetzt los, einen Kautionsflüchtling verfolgen – ich meine, falls Sie frühstücken wollen oder so. Wir sind in ein, zwei Stunden wieder da.«

»Keine Chance. Wir heften uns an Ihre Fersen«, sagte Lancer. »Wir beschatten Sie auf Schritt und Tritt.«

»Warum waren Sie dann heute Morgen nicht auf dem Parkplatz hinter meinem Haus?«

»Ein alter Mann hat uns davongejagt. Das sei ein Privatparkplatz, da dürften wir nicht drauf. Außerdem stünden wir in seiner reservierten Parkbucht.«

»Fuhr der Mann einen bordeauxroten Cadillac?«

»Yeah. Er hat uns angeschrien. Mit der Polizei gedroht.«

Mr Kolakowski aus 5A. Gott segne den Mann. Der schrulligste Mensch, den die Welt je gesehen hat.

»Sollten Sie mich aus den Augen verlieren – ich fahre in die Orchard Street«, sagte ich zu Lancer.

»Ist das in North Trenton?«

»Genau.«

Ich lief zurück zum Wagen, klemmte mich hinters Steuer und gab Gas. Ich würde nicht mal in die Nähe der Orchard Street kommen, Buggy wohnte am anderen Ende der Stadt. Ich kurvte einmal um den Block, schlug einen Haken nach links, Lancer blieb hinter mir. Ich bog nach rechts ab und rauschte über die nächste Kreuzung. Lancer wurde durch die rote Ampel gestoppt. Nächste Straße links, wieder links, und tschüs, Lancer.

Ich querte die Hamilton und bog in die Pulling.

»Mir ist nicht gut«, sagte Lula. »Mit dem letzten Donut stimmte irgendwas nicht. Eine Cremefüllung. Ich glaube, die Sahne war verdorben.«

»Du hast zehn Stück gegessen!«

»Ja, und bei allen anderen hat mich auch nichts gestört. Ich sage dir, es war nur der letzte Donut. Einmal kräftig gerülpst, und mir würde es besser gehen.«

Vor Bugkowskis Haus hielt ich an. Nichts los. Bestimmt hatte er sich verkrochen und überlegte, wie er an Essen kommen konnte. Hätte ich doch die beiden übrigen Donuts mitgebracht. Ich machte eine Kehrtwende und fuhr zu Pino's. Zwanzig Minuten später stand ich wieder vor Bugkowskis Haus, diesmal mit einer ofenwarmen Pizza.

»Pass auf«, instruierte ich Lula. »Du setzt dich mit dem Pizzakarton nach hinten auf die Ladefläche. Ich klingele an seiner Tür und sage ihm, dass wir am Gericht einen neuen Prozesstermin vereinbaren müssen. Er wird ablehnen, aber dann riecht er den Pizzaduft, und er wird seiner Nase folgen. Wenn er hinten draufklettert, kriegt er mit dem Schocker einen ab, und ich fessle ihn mit Handschellen.«

»Das hast du beim ersten Mal auch versucht. Es hat nicht geklappt.«

»Ja, aber jetzt habe ich einen schlagkräftigeren Schocker.«

Ich ließ die Heckklappe herunter und hievte Lula auf die Ladefläche. Dann verstaute ich die Autoschlüssel in meiner Hosentasche, damit Buggy sie nicht abgreifen konnte, und ging zur Haustür.

Buggy öffnete und sah über mich hinweg. »Schöner Pickup.«

Lula winkte ihm mit einem Stück Pizza. »Hallöchen, Buggy!«

»Das ist ja eine Pizza!«, staunte Buggy, drängte sich an mir vorbei und flog schnurstracks auf den Wagen zu. »Haben Sie noch was übrig?«, fragte er Lula.

»Ist noch fast alles da«, sagte Lula. »Möchten Sie ein Stück haben?«

»Ja!« Buggy erklomm die Ladefläche.

Ich kroch hinter ihm her, und als er die Hand nach der

Pizza ausstreckte, drückte ich ihm den Schocker ins Genick und löste den Stromschlag aus. Buggy erstarrte umgehend, und ich schwöre, seine Haare leuchteten, dann sackte er regungslos und mit dem Gesicht in Lulas Schoß zusammen.

»Er drückt sich die Nase in meinem Goldstückchen platt«, sagte Lula, die den Pizzakarton seitlich von sich hielt. »Nicht dass mir diese missliche Lage unbekannt wäre, aber alles zu seiner Zeit.«

In dem Pizzakarton fehlten zwei Stücke.

»Hast du die beiden Stücke gegessen?«

»Ich dachte, es würde meinen Magen beruhigen, aber ich habe mich geirrt.«

Ich zurrte die Plastik-Einwegschellen fest um Buggys Handgelenke, fesselte auch die Füße und wälzte ihn auf den Rücken.

»Ich will nicht noch mal so eine Pleite wie bei der Lahonka erleben«, sagte ich. »Nimm dir den Elektroschocker und bleib hinten bei Buggy. Wenn er zu sich kommt und ungemütlich wird, verpass ihm einen Schlag.«

»Ich weiß nicht, ob ich bis zur Polizeiwache durchhalte«, sagte Lula. »Hast du dein Magenmittel dabei? Pepto oder so?«

Ich kramte in meiner Tasche.

»Was ist denn das rosa Zeug da?«, wollte Lula wissen. »Sieht aus wie Pepto.«

»Das hat Annie Hart mir gegeben.«

Lula nahm mir das Fläschchen aus der Hand. »Egal. Wird schon helfen.« Gierig kippte sie den Inhalt hinunter und rülpste. »Siehst du. Jetzt geht es mir besser.«

Mir blieb die Spucke weg.

»Was guckst du mich so an?«

»Du hast Annies Gesöff getrunken. Keine Ahnung, was da drin war. Die Frau ist nicht ganz dicht. Sie hat mir diesen Liebestrank gemischt. Soweit ich weiß, hast du dir gerade zerstoßene Yak-Augen und Büffelpisse einverleibt.«

»Sah gar nicht nach Büffelpisse aus«, sagte Lula. »Eher rosa. Wie wirkt so ein Liebestrank?«

»Das weiß ich nicht.«

»Ich meine, findet man damit die Liebe seines Lebens? Das würde mir gefallen. Die Liebe kommt zu kurz in dieser Welt. Das war schon mein Wahlspruch, als ich noch auf den Strich ging. Bei mir gab es immer eine Portion Romantik umsonst, natürlich nur auf Wunsch des Kunden. Denn manche haben absolut keine romantischen Gefühle in mir ausgelöst. So wie unser Buggy hier. Wenn du verstehst. Ich finde ihn irgendwie süß.«

Buggys Augen waren halb geöffnet, er sabberte und furzte.

»Er ist ein Brückentroll«, sagte ich.

»Ja. Aber ich habe gerade einen Liebestrank zu mir genommen, das entschuldigt meinen schlechten Geschmack. Außerdem sind Brückentrolle gerade angesagt. Denk nur an Shrek. Alle lieben Shrek. Kannst du dich noch an die Seifenblasen in der Badewanne erinnern? Hinreißend!«

»Shrek war eine Trickfigur.«

»Mir wird ganz warm ums Herz, wenn ich mir unser Knuddelbärchen hier so angucke«, sagte Lula. »Vielleicht hatte ich gerade ein romantisches Erlebnis mit ihm. Ich sage es nur ungern, aber mein Liebesleben ist seit einer Woche nämlich die reinste Wüste.«

Musste ich mir das anhören? Vermutlich enthielt das rosa Zeug nicht wenig Schnaps. Ich sprang von der Ladefläche, schloss die Klappe und setzte mich ans Steuer. Und da ich mir nicht zutraute, unser Knuddelbärchen von der Ladefläche zu hieven und über die Straße zum Gericht zu schleifen, fuhr ich gleich zur Lieferrampe der Polizeiwache und bat um tätige Mithilfe.

Vinnie saß im Büro, als Lula und ich zurückkehrten.

»Ich habe gerade Lewis Bugkowski bei der Polizei abgeliefert«, sagte ich.

»Der hat sich schon gemeldet«, sagte Vinnie. »Er möchte wieder freikommen, aber keiner will die Kaution stellen. Seine Eltern wollen nicht mehr dafür aufkommen. Sie meinten, es sei schlimm genug, dass sie ihn durchfüttern müssten.«

Lulas Hand schoss in die Höhe. »Ich übernehme das. Ich komme dafür auf.«

»Schade«, stöhnte Connie. »Wenn man bedenkt, wie lange sie clean war.«

»Es liegt nicht an irgendwelchen Drogen«, erklärte ich. »Sie hat nur eine seltsame Zuneigung zu Buggy gefasst.«

»Er ist hinreißend«, sagte Lula. »Wie Shrek. Ich liebe ihn rauf und runter.«

»Ist doch abwegig«, sagte Connie. »Total abwegig.«

»Ich bin ganz aufgeregt«, sagte Lula. »Mein erster Kautionsfall. Als würde ich ein Katzenjunges aus dem Tierheim adoptieren.«

»Eine Scheißidee«, sagte Connie. »Buggy ist kein Kätzchen. Buggy ist ein...«

»Depp«, schlug ich vor. »Von mir aus auch ein Faulpelz, Trottel, Schmarotzer, Trampel, Brutalo, Einfaltspinsel, dummer Esel, nicht zu vergessen Handtaschenräuber und Autodieb.«

»Pass auf, was du über meinen Süßen sagst«, warnte mich Lula. »Und wieso soll das keine gute Idee sein, dass ich auch mal einen Kautionsfall übernehme? Dazu habe ich jedes Recht. Ich werde mich schon um ihn kümmern.«

»Wie willst du für die Summe aufkommen?«, fragte Vinnie. »Und wer soll für die Kaution bürgen? Welche Sicherheiten hast du zu bieten?«

»Meinen Firebird zum Beispiel«, sagte Lula.

Wir staunten nicht schlecht. Lula war vernarrt in ihren Firebird.

»Sehr bedenklich«, sagte Connie. »Fahr sie ins Krankenhaus, zur Blutprobe. Ein paar Stunden Ruhe zu Hause reichen vielleicht auch. Könnte eine Reaktion auf die Überdosis Zucker in den Donuts sein.«

»Ich habe eben ein großes Herz«, sagte Lula. »Ein Herz aus Gold. Ich erkenne Güte, wo man sie nicht vermutet. So wie bei Lewis. Ihr seht Lewis und denkt an Apfelessig, und ich sehe eine saftige heiße Apfeltasche.«

»Von wegen heiß«, sagte Connie.

»Wart's ab«, sagte Lula. »Halleluja! Vielleicht habe ich einen Liebestrank intus. Dann wäre jetzt die Gelegenheit, mit meiner Liebe die Probe aufs Exempel zu machen.«

»Mir gefällt die Idee«, sagte Vinnie. »Sollte sich Buggy unerlaubt absetzen, geht der Firebird an mich. Und ich könnte ihn gleich DeAngelo weiterreichen, dann braucht er seine Drohung nicht wahrzumachen.« Vinnie hielt Lula einen Vertrag hin. »Da wo das Kreuz ist, bitte unterschreiben.«

Lula war sofort auf den Beinen. »Darf ich mitkommen, wenn du meinen süßen Petzi freikaufst?«, fragte sie Vinnie. »Ich möchte ihn mit nach Hause nehmen.«

»Du musst mir helfen, Joyce festzunehmen«, sagte ich zu Lula.

»Kein Problem. Es dauert nicht lange. Sobald wir mein Honigbärchen aus dem Gefängnis befreit haben, helfe ich dir.«

An den saftigen, heißen Apfeltaschen, hinreißenden Honigbärchen und süßen Petzi hätte ich mich zwar beinahe verschluckt, aber ich wollte Joyce endlich loswerden, und ich brauchte das Honorar für die Festnahme.

»Ausgezeichnet«, sagte ich. »Wir folgen Vinnie zur Polizeiwache, laden Buggy ins Auto, bringen ihn nach Hause und schnappen uns danach Joyce.«

»*Zack! Zack!*«, sagte Lula.

Ich trat nach draußen und winkte Slasher und Lancer, die wieder auf ihrem Stammparkplatz gegenüber standen.

»Sie haben mich belogen!«, schrie Lancer. »Wenn Sie weiter so schwindeln, kommen Sie nicht in den Himmel!«

Vinnie schnurrte in seinem Cadillac los, Lula und ich folgten ihm, und Lancer und Slasher bildeten die Nachhut. Vinnie fuhr geradeaus, ich bog rechts ab, gefolgt von Lancer. Ich ließ zwei Häuserblocks hinter mir, schwenkte nach links und fuhr mit Karacho über eine rote Ampel. Lancer würde nicht zweimal denselben Fehler machen, und prompt rammte ihn ein Jeep. Ich hielt am Straßenrand, um nachzuschauen, ob jemand verletzt war.

»Sehen alle gesund aus«, sagte Lula, »nur nicht gerade munter.«

17

Ich setzte Lula vor dem Gericht ab und wartete draußen im Auto auf sie, überprüfte zwischendurch meine Mails auf dem Phone und hörte ein bisschen Musik. Ich hatte Angst einzunicken. Bei meinem legendären Pech konnte es durchaus passieren, dass unerwartet Remmi Demmi aufkreuzte. Fast eine Stunde saß ich so, da rief Connie an.

»Deine beiden Freunde sind wieder an ihrem Platz gegenüber«, sagte sie. »Ihr Auto ist ziemlich verbeult. Alles okay bei dir?«

»Ja. Die beiden haben eine rote Ampel überfahren und wurden gerammt. Ich habe eine Pizza für sie bestellt und sie auf meine Spesenrechnung gesetzt.«

Kurz darauf traten Lula, Vinnie und Buggy aus dem Gericht. Vinnie sprang in seinen Cadillac und raste davon. Lula und Buggy stiegen in meinen Pick-up Truck. Lula hob sich auf den Beifahrersitz, Buggy quetschte sich auf den Notsitz hinter uns.

»Der ist zu eng für mich«, sagte er. »Ich will selber fahren.«

»Sie haben die Wahl«, sagte ich. »Entweder Sie bleiben da sitzen, oder Sie gehen zu Fuß.«

»Ich will aber selber fahren!«

»Ist er nicht allerliebst?«, flötete Lula. »Lass ihn ans Steuer. Er fährt ausgezeichnet.«

»Woher weißt du das?«, fragte ich sie.

»Das sehe ich ihm an. Und bei den Spritztouren mit deinem Auto hat es nie auch nur einen Kratzer abgekriegt.«

»Er kommt mir nicht ans Steuer!«, sagte ich. »Ende der Diskussion.«

»Es geht schon. Ich ziehe den Bauch ein«, sagte Buggy.

Ich ließ den Motor an und beobachtete Buggy im Rückspiegel. »Von mir aus können Sie grün und blau anlaufen.«

»Ich mache mir immer in die Hose, wenn ich den Bauch einziehe«, sagte Buggy.

»Wie reizend«, sagte Lula. »Shrek pisst sich auch immer ein.«

Ich schielte zu Lula. »Er soll aussteigen und sich hinten auf die Pritsche packen.«

»Willst du nicht lieber nach hinten, mein Süßer?«, sagte Lula.

»Nein. Ich will ans Steuer!«

Lula wühlte in ihrer Handtasche und förderte einen Snickers-Riegel zutage. Sie stieg aus und warf das Snickers auf die Ladefläche. »Na komm, *apport*!«, sagte sie.

Buggy kullerte aus der Fahrerkabine, lief nach hinten, kletterte über die Ladeklappe, und sobald sich seine Hand um den Schokoriegel gelegt hatte, gab ich Gas.

Ich fuhr die Broad bis zur Hamilton, bog in die Pulling und hielt vor Bugkowskis Haus. »Wir sind da, Buggy. Sie können jetzt aussteigen«, rief ich durchs Fenster nach hinten.

»Nö. Will nicht.«

»Ich bin gerührt«, schwärmte Lula. »Der Gute will sich nicht von mir trennen. Wir passen fabelhaft zusammen.«

»Jetzt reiß dich von ihm los, wir müssen Joyce der Polizei überstellen.«

»Ach, wie traurig«, sagte Lula.

Sie holte das nächste Snickers aus ihrer Tasche und warf es aus dem Fenster in Bugkowskis Vorgarten. Buggy sprang von der Pritsche, griff sich das Snickers, und ich drückte das Gaspedal durch. Adiós, muchacho.

Joyce guckte noch immer fern, als wir nach Hause kamen.

»Du kommst aber spät«, zeterte sie los. »Ich bin halb verhungert. Wo bleibt mein Hähnchensalat? Der Wein?«

»Im Kühlschrank«, sagte ich. »Greif zu.«

»Ist das wirklich Joyce?«, fragte Lula. »Sie sieht gar nicht aus wie ein Flittchen, eher wie ein Penner.«

»Weg da, Fettkloß.« Joyce schob Lula unsanft beiseite, um an den Kühlschrank zu gelangen.

Lula sah sie wütend an. »Was habe ich da gerade gehört?«

Joyce machte den Kühlschrank auf, ich trat hinter sie, setzte den Schocker an, ein *Tsssss!*, und sie fiel um.

»Was dagegen, wenn ich sie mal in die Seite trete?«, fragte Lula.

»Ja. Ich will sie nicht mit Blutergüssen der Polizei übergeben.«

Ich legte Joyce Handschellen an, da rief schon wieder Connie an.

»Keine Ahnung, ob das eine gute oder schlechte Nachricht ist, aber die Anklage gegen Joyce wurde fallen gelassen. Das Gericht hat die Kaution aufgehoben.«

»Ich habe Joyce gerade mit dem Elektroschocker traktiert.«

»Wie schön für dich«, sagte Connie.

Ich legte auf und gab die Neuigkeit weiter an Lula.

»Dann darf ich sie also jetzt treten, wo wir sie doch nicht mehr der Polizei auszuliefern brauchen.«

»Nein!«

»Was sollen wir dann mit ihr machen?«

»Aus meiner Wohnung schaffen.«

Wir schleiften Joyce und ihre Habe nach draußen ins Treppenhaus, ich schloss die Tür ab, und wir gingen zurück zu meinem Wagen.

»Mir ist gleich wohler«, sagte ich. »Es wäre mir ein Vergnügen gewesen, sie ins Kittchen zu bringen, aber nun habe ich wenigstens in meinen vier Wänden Ruhe vor ihr.«

»Ja. Jetzt musst du nur noch ihre Läuse loswerden. Am besten gleich heute Chlorbleiche kaufen. Vielleicht besorgst du dir auch noch ein paar Tropfen Weihwasser zum Verspritzen.«

»Alles klar. Kommt auf meine Einkaufsliste.«

»Ihr Vorschlag mit dem Hähnchensalat war nicht schlecht«, sagte Lula. »Sollen wir nicht erst noch bei Giovichinni's vorbeifahren und welchen kaufen? Mein Freund ist ein Schleckermäulchen, da will ich mit gutem Beispiel vorangehen und mich gesünder ernähren.«

Ich gondelte die Hamilton entlang und drosselte vor der Baustelle des neuen Kautionsbüros das Tempo.

»Sie machen Fortschritte«, sagte Lula. »Die Fenster sind schon eingesetzt, jetzt ziehen sie die Backsteinfassade hoch. Schade, dass Vinnie die Eröffnung nicht mehr erleben wird.«

Vor Giovichinni's Laden gab es noch einen freien Parkplatz, der groß genug für meinen Pick-up Truck war. Lula und ich stiegen aus und zielten direkt auf die Frischetheke zu. Ich bestellte ein Hähnchen-Club-Sandwich, Lula eine XXL-Box Hähnchensalat, eine XXL-Box Krautsalat und eine XXL-Box Reispudding.

Gina Giovichinni saß an der Kasse und musterte mein blaues Auge.

»Du liebe Güte!«, sagte sie. »Ich habe gehört, Morelli schlägt dich. Ich konnte es einfach nicht glauben. Bis jetzt.«

»Er hat mich nicht geschlagen«, sagte ich. »Ich bin in einem Parkhaus ausgerutscht.«

»Aber er hat dich gestoßen, oder?«

»Nein!«

Ich packte mir das Sandwich, segelte durch die Ladentür und stutzte. Buggy saß hinten in meinem Wagen.

»Oh, mein Apfeltäschchen!«, sagte Lula. »Hast du Hunger?

Buggy beäugte lüstern die Tüte. »Jaha!«

Lula gab ihm das Essen und rannte für Nachschub zurück in den Laden. Ich klemmte mich hinters Steuer, verriegelte die Türen und biss in mein Sandwich. Als Lula wieder rauskam, entriegelte ich sie, verriegelte sie aber gleich wieder, aus Angst, das Apfeltäschchen könnte mich vom Fahrersitz reißen und mit dem Auto davonfahren.

Lula schnallte sich an. »Und jetzt?«

»Unser Glück hat sich gewendet. Wir haben Buggy festgenommen. Wir haben Joyce aus der Wohnung geworfen. Ich würde sagen, greifen wir uns Lahonka.«

»*Zack!*«, sagte Lula. »*Zack! Zack!*« Sie schaute aus dem Rückfenster zu Buggy hinten auf der Pritsche. »Sollen wir ihn nicht mitnehmen?«

»Wie bitte?«

»Wenn wir ihn in dem leeren Haus allein lassen, stellt er noch was an. Er ist so ein unartiger Junge.«

Ich beäugte den unartigen Jungen im Rückspiegel. Ein Klacks Reispudding zierte sein Shirt. »Ich dachte, er sei dein Apfeltäschchen.«

»Apfeltäschchen und unartiger Junge müssen sich nicht ausschließen«, sagte Lula. »Die passen gut zusammen. Das macht Buggy ja so attraktiv. Er sieht aus wie ein schlichter Eichelkürbis, aber eigentlich ist er hochkomplex. Das gefällt mir bei Männern. Außerdem sind mir die Snickers ausgegangen. Wie sollen wir ihn jetzt von der Pritsche locken?«

Das war ein Argument. Ich legte den ersten Gang ein und fuhr zu Lahonkas Wohnung. Lula und ich stiegen aus, und Lula bat den Eichelkürbis, im Auto zu warten.

»Nö nö«, sagte Buggy und schwang sich über die Ladeklappe.

»Auf deine Verantwortung«, warnte ich Lula. »Wehe, er nimmt sich meine Schlüssel, meine Kuriertasche oder meinen Wagen.«

Ich marschierte zu Lahonkas Wohnungstür und bollerte dagegen, Lula und Buggy kamen hinter mir her.

»Da klebt ja ein Pflaster auf der Tür«, sagte Buggy.

»Ich habe beim letzten Mal mit der Pistole draufgehalten, deswegen das Loch«, sagte Lula.

»Hauen Sie ab!«, schrie Lahonka aus der Wohnung. »Ich hasse Sie!«

»Klingt ja nicht gerade liebenswürdig«, sagte Buggy.

»Sie ist eine Verbrecherin«, erklärte Lula. »Wir müssen sie festnehmen.«

Buggy schob uns beiseite, nahm Anlauf und rammte mit dem Kopf die Tür, die darauf aus den Angeln sprang.

»He! Was soll das!«, sagte Lahonka.

Ihr Fuß steckte in einem Verband, und sie ging an Krücken.

»Was ist denn mit ihrem Fuß?«, wollte Buggy wissen.

»Dem habe ich eine Portion Blei verpasst«, sagte Lula.

»Ha!«, rief Buggy. »Sehr witzig!« Er sah Lula an. »Soll ich sie auf den Pick-up laden?«

»Ja«, sagte Lula. »Wir müssen sie zur Polizeiwache bringen.«

»Die Leute auf der Wache sind gar nicht so schlimm«, sagte Buggy. »Die haben mir sogar einen Cheeseburger spendiert.«

Er packte Lahonka und klemmte sie sich wie eine Lumpenpuppe unter den Arm; mir blieb nur noch übrig, ihre Krücken einzusammeln.

»Wie stark mein Süßer ist«, sagte Lula. »Ich falle gleich noch in Ohnmacht. Diese Muskeln! Ich würde einen anderen Menschen niemals fett nennen. Das ist verletzend. Aber ehrlich, Lahonka ist der reinste Fettsack. Ich trage ja schon ein bisschen Masse mit mir herum, aber bei mir ist sie körperlich optimal verteilt. Mein prächtiger Ballonhintern gleicht meinen überdimensionalen Busen aus. Lahonkas Gewicht dagegen ist volle Kanne in ihren Hängehintern gerutscht. Muss schwer sein, so eine wie Lahonka hochzuheben.«

»Was erlauben Sie sich!«, blaffte Lahonka sie an. »Sind Sie vielleicht was Besseres? Sie blöde Nutte!«

Empört stemmte Lula die Fäuste in die Hüften. »Ich bin keine Nutte! Ich gehe nicht mehr auf den Strich.«

»Ich mag Nutten gerne«, sagte Buggy. »Da ist es wie bei Cluck-in-a-Bucket. Man kriegt, was man bestellt hat.«

»Das kriegt man bei der eigenen Freundin auch, mein Süßer«, sagte Lula.

»Hunh«, grunzte Lahonka. »Bei mir nicht. Bei mir kriegt man, was ich zu geben bereit bin, und wehe, der Dank bleibt aus.«

Bei mir auch nicht, dachte ich. Bei mir kriegt keiner was. Gar nichts. Meine neue Strategie.

Buggy schleppte Lahonka zum Auto und lud sie auf die Pritsche.

»Wir müssen sie fesseln, Liebling«, sagte Lula und reichte ihm Handschellen.

Lahonka keifte, kratzte und spuckte um sich; Buggy bekam kaum ihr Handgelenk zu fassen.

»Wenn Sie nicht stillhalten, trete ich Ihnen vors Schienbein«, sagte Buggy.

Lahonka gab für einen Sekundenbruchteil Ruhe, ließ die Drohung auf sich wirken. Buggy setzte sich auf sie und legte ihr die Fesseln an.

»Gut gemacht«, lobte Lula ihn. »Lass sie nicht entkommen. Sie ist hinterhältig.«

Buggy sah Lula an. »Hast du noch Snickers da?«

»Nein«, sagte Lula. »Aber sobald wir Lahonka abgeliefert haben, kaufen wir neue.«

»Sie wollen mich doch nicht etwa mit King Kong hier hinten allein lassen!«, beschwerte sich Lahonka. »Sein Fettarsch quetscht mir die Brust ein. Ich kriege keine Luft mehr. Reicht es nicht, dass Sie mir schon in den Fuß geschossen haben? Ich bin eine arme Frau, die hart schuften muss, um ihre Kinder durchzubringen.«

Ich fuhr zum Gericht und stellte mich auf den Parkplatz. Die Polizei brauchte ich nicht um Hilfe zu bitten. Ich hatte ja Buggy. Er würde Lahonka in das Gebäude karren, falls sie sich weigerte, mit dem Fuß aufzutreten. Lula und ich stiegen aus und gingen nach hinten.

Lahonka war weg!

»Ich hätte schwören können, dass sie noch da war, als wir losfuhren«, sagte Lula.

Buggy saß mit dem Rücken zur Heckscheibe. »Sie ist an der letzten Ampel abgestiegen.«

»Sie sollten aufpassen, dass sie nicht entwischt«, schimpfte ich mit ihm.

»Ja. Aber sie sagte, sie hätte zwei Kinder. Und sie fing an zu weinen. Da habe ich sie laufen lassen.«

»Wie lieb!«, sagte Lula. »Du hast ein gutes Herz.«

»Von wegen lieb!«, sagte ich. »Lahonka Goudge ist eine Trickbetrügerin. Sie stiehlt anderen Menschen ihre Identität. Und unser Dummdödel lässt sie laufen!«

»Kriege ich jetzt meine Snickers?«, fragte Buggy.

»Nichts kriegen Sie!«, sagte ich. »Gar nichts!

Buggy verzog das Gesicht. »Versprochen ist versprochen.«

»Es war abgemacht, dass Sie Ihre Snickers erst kriegen, wenn wir Lahonka abgeliefert haben. Und? Haben wir Lahonka abgeliefert?«, fragte ich ihn. »Nein. Also kriegen Sie auch keine Belohnung. Unser Handeln hat immer Folgen.«

»Nö. Ich mache viele Sachen, die haben keine Folgen.«

»Nicht mit mir«, klärte ich ihn auf. »Bei mir hat das Folgen.«

»Das ist eine gute Strategie«, sagte Lula. »Wo kämen wir hin, wenn wir die Folgen unseres Handelns nicht bedenken würden? Du vergisst deine Pistole zu laden, und was ist die Folge? Du isst verdorbenen Kartoffelsalat, und was ist die Folge? Du hast ungeschützten Verkehr mit deinem Süßen, und was ist die Folge?«

Panik ergriff mich. Mir fiel eine kleine Unachtsamkeit in meinem Verhütungsprogramm während der Tage in Hawaii wieder ein.

»Was ist mit dir?«, fragte Lula. »Du bist auf einmal so blass. Du schwitzt ja richtig.«

»Ich dachte an – die Folgen.«

»Ja, die machen mich auch verrückt«, sagte Lula.

18

Ich lud die beiden am Kautionsbüro ab, wo Lula ihr Auto geparkt hatte. Slasher und Lancer schlummerten fest in ihrem Lincoln Town Car gegenüber. Vinnies und Connies Autos waren weg, das Büro geschlossen. Samstags machen wir immer früher Feierabend.

»Ich bringe dich mit meinem Firebird nach Hause«, umschmeichelte Lula ihren neuen Freund.

Buggy bekam große Augen. »Ich will aber fahren.«

»Natürlich«, sagte Lula. »Aber bei meinem Auto ist der Motor getunt.«

»Hm. Und?«

»Na gut, weil du so ein Goldjunge bist.« Lula übergab ihm den Schlüssel.

»Steig schnell ein, sonst fährt er dir noch davon«, warnte ich Lula.

»Das würde er niemals tun«, sagte Lula. »Er ist mein Schnuckiputzi.«

Schnuckiputzi setzte sich ans Steuer und gab Gas.

»He!«, rief Lula hinterher. »Warte!«

»Steig bei mir ein«, sagte ich. »Ich hole ihn ein.«

Drei Straßen weiter blieb Buggy im Stau stecken. Lula

sprang aus dem Pick-up, lief zu ihrem Firebird, riss die Beifahrertür auf und stieg ein. Für mich gab es hier nichts mehr zu tun.

Als Nächstes machte ich Halt im Supermarkt und kaufte Lebensmittel, zwei Tüten voll. Brot, Milch, Obstsaft, Erdnussbutter, Oliven, Chips, Tiefkühlpizza, Vanillecremekekse, Brathähnchen, Erdbeer-Pop-Tarts. Noch ein zweiter Halt für ein Sixpack und eine Flasche Rotwein. Heute Abend wollte ich schlemmen. Brathähnchen, Bier und Kekse. Morgen Pizza und Wein. Keine Männer. Keine Joyce. Keine Apfeltasche. Nur ich und Rex und der Fernseher.

Ich schleppte die Tüten hoch in die Wohnung, stellte sie auf die Küchentheke, und mir schauderte. Der Fernseher lief. Ich griff mir die Glock und spähte ins Wohnzimmer. Joyce. »Was machst du denn schon wieder hier?«

»Das war echt fies von dir«, sagte sie. »Mich einfach so im Flur abzulegen. Wenn ich woanders hinkönnte, ich wäre schon längst weg.«

»Wie bist du hier reingekommen?«

»Wie wohl? Ich musste wieder die blöde Feuerleiter hochklettern. Wird langsam langweilig.« Sie kam in die Küche, um die Lebensmittel zu begutachten, die ich auspackte. »Wo ist mein Hähnchensalat und der Wein?«

»Ich habe keinen gekauft. Woher sollte ich wissen, dass du dich hier häuslich einrichtest. Aber es gibt gute Nachrichten. Die Anklage gegen dich wurde fallen gelassen.«

»Und was habe ich davon? Die Anklage war sowieso fingiert. Die hat mir nie Angst gemacht.«

»Was dann?«

»Hast du kein Grünzeug mitgebracht?«

»Oliven.«

»Oliven sind Früchte. Guck dir diesen Mist an. Kein einziges Gemüse dabei.«

»In der Pizzasoße sind Tomaten.«

»Noch eine Frucht.«

Mein Leben war auch so schon im Eimer, aber jetzt stand Joyce Barnhardt auch noch als die Smartere da und ernährte sich offenbar gesünder als ich.

»Du hast meine Frage nicht beantwortet«, sagte ich. »Wovor hast du Angst?«

Joyce fischte sich ein undefinierbares Stück aus der Box mit gebratenen Hähnchenteilchen. »Schon mal von den Pink Panthers gehört?«

»Den Filmen?«

»Nein. So heißt ein internationales Netzwerk von Juwelendieben. Interpol hat es nach den Filmen benannt.«

»Tolle Filme.«

»Konzentrier dich«, sagte Joyce. »Ich spreche von dem Netzwerk. Frank Korda gehörte dazu. Ich weiß, man glaubt es kaum, dass so ein Niemand aus Trenton mit den Pink Panthers verbandelt war. Aber so ist es. Die Pink Panthers sind fett im Geschäft. Ein Wahnsinn, diese Typen! In Tokio haben sie einmal ein Diamantcollier für 27 Millionen Dollar gestohlen. Und Korda hat sich mit diesen Leuten eingelassen.«

»Und was springt für ihn dabei raus?«

»Laut Korda kennen die Panthers Mittel und Wege, gestohlenen Schmuck zu vertickern. Angeblich ist Juwelenraub nämlich ein Kinderspiel, nur der Weiterverkauf hochriskant.«

»Korda hat Schmuck gestohlen?«

»In großem Stil. In seinem Geschäft hat er die echten Stücke angeboten, sie mit Gewinn verkauft und den Kunden billige Kopien nach Hause geschickt. Außerdem ist er selbst auf Einkaufstour gegangen, hat Schmuck geklaut und gefälscht.«

»Und welche Rolle hast du dabei gespielt?«

»Korda wollte noch höher hinaus. Dafür hat er sich in New Yorker Luxusgeschäften ein paar Stücke angesehen. Eins war bei Harry Winston ausgestellt. Ein anderes bei Chopard. Er meinte, er braucht nur vier Leute für die Aktion. Zwei Männer von den Pink Panthers wollten mitmachen, ich sollte als Ablenkung dienen. Bei guter Arbeit würden mich die Pink Panthers in ihr Netzwerk aufnehmen.«

»Du wolltest ein Pink Panther werden?«

»Dafür würde ich glatt meine Eier hergeben.«

»Wie das denn? Du hast doch gar keine!«

»Nein, aber wenn ja, würde ich sie hergeben.«

»Weißt du, wer Korda getötet hat?«

»Die Panthers. Ich bin immer zu Frank in den Laden gegangen, um die Spritztouren mit ihm zu planen und ...«

Ich musste unwillkürlich kichern.

»Was ist daran so witzig?«, fragte Joyce.

»Spritztouren ...?«

»Werd erwachsen, Kleines. So nennt man in der Branche die Raubzüge.«

Ich öffnete eine Dose Bier und trank einen kräftigen

Schluck. Jetzt bloß nicht losprusten. Wenn du Joyce auslachst, kriegst du nur die halbe Wahrheit von ihr, du willst aber die ganze Geschichte hören, und sei sie noch so läppisch.

»Entschuldige«, sagte ich. »Du hast Frank also bei seinen Spritztouren beraten.«

»Ja. Wir haben ein bisschen rumgemacht. Und er versprach mir eine Halskette, die er gestohlen hatte. Er konnte sie mir aber noch nicht geben, weil es heiße Ware war. Kurz darauf sehe ich seine Frau mit dieser Halskette rumlaufen. Ich also hin zu ihm in den Laden und gefragt, was der Scheiß soll. Wir haben uns wahnsinnig gestritten. Er sagte, die Aktion ist abgeblasen. Die Pink Panthers wollten mich nicht dabeihaben. Und er wollte sowieso aus dem Netzwerk aussteigen. Irgendwas war schiefgelaufen. Und die Halskette?, frage ich ihn. Seine Frau hätte sie gesehen und sie sich gewünscht, sagt er. Und ich so: Dann schuldest du mir noch was, und nehme mir eine andere Halskette aus dem Schaufenster. Das Arschloch läuft hinter mir her und brüllt rum, ich hätte ihm Schmuck gestohlen. Das ist doch nicht zu fassen!«

»Dann wirst du festgenommen, und Vinnie zahlt deine Kaution.«

»Genau. Ich verpfände meinen Mercedes zur Sicherheit.«

»Der dann in der Autopresse gelandet ist.«

»Das einzig Gute an der Sache, nicht? Jedenfalls kriege ich dann eine SMS von Frank, er will mich sprechen. Ich also wieder zu ihm, und ich parke wie immer auf dem Platz hinterm Geschäft. Frank kommt mit der Kette raus und sagt, es tut ihm leid und so. Wir vertragen uns wieder, eins führt zum anderen, und irgendwie – auf einmal ist mein Gesicht in seinem Schoß vergraben. Da ist die Sicht naturgemäß eingeschränkt.«

Uff!

»Trotzdem sehe ich irgendetwas Pinkfarbenes aufschimmern«, fuhr Joyce fort. »Und plötzlich ist alles an Frank erschlafft. Wirklich alles! Dann spüre ich einen Stromschlag. Als ich wieder zu mir komme, bin ich mit Frank zusammengepfercht in einem Kofferraum. Frank liegt auf mir drauf, tot. Ich weiß nicht, wie er umgekommen ist. Keine Schusswunde, kein Blut. Vielleicht Herzinfarkt. Als ich ihn endlich abgeschüttelt habe und den Kofferraumverschluss öffnen kann, ist es draußen dunkel, und das Auto steht auf dem Schrottplatz. Kaum habe ich mich befreit, schlägt der Wachhund an, und ich renne um mein Leben. Zum Glück steht das Auto dicht am Zaun. Ich bin wie ein Ninja über den Maschendraht geflogen.«

»Du glaubst, das waren die Pink Panthers?«

»Wer sonst? Ich habe die pinkfarbene Maskerade gesehen, als sie Frank mit dem Schocker erledigt haben.«

»Und jetzt hast du Angst, in deine Wohnung zurückzukehren.«

»Vielleicht beobachten sie das Haus. Sie haben schon mal versucht, mich umzubringen. Wenn sie erst mal wissen, dass ich noch lebe, versuchen sie es weiter.«

Ich knabberte an einem Stück Brathähnchen und spülte es mit Bier hinunter. »Das ergibt irgendwie keinen Sinn. Warum sollten sie dich töten?«

»Ich weiß zu viel. Frank hat Namen genannt. Und ich

habe Fotos von den beiden Männern gesehen, die uns bei dem Ding in New York helfen wollten.«

Keine Ahnung, wie die Pink Panthers vorgingen. Aber wenn ich wirklich die Absicht hätte, einen Menschen zu töten, lade ich ihn doch nicht einfach bewusstlos auf einem Schrottplatz ab. Ich würde sicherstellen, dass er auch tot ist, mausetot, bevor ich mich davonmache.

»Warum gehst du nicht zur Polizei?«

»Was soll die schon für mich tun? Vorausgesetzt, sie glaubt meine Geschichte.«

Und jetzt die Frage, vor deren Antwort ich mich am meisten fürchtete. »Warum bist du hier? Was erwartest du von mir? Was soll *ich* für dich tun?«

»Ich brauche die Schatztruhe. Da ist alles drin. Die gesamten Kontaktdaten der Pink Panthers. Wenn ich an sie herankäme, könnte ich mit ihnen verhandeln.«

»Wo ist diese Schatztruhe?«

»Frank hat sie immer in seinem Geschäft aufbewahrt.«

»Aber du weißt, wie sie aussieht, oder?«

»Ja, wie eine Mini-Piratenkiste. Frank meinte, Wertsachen versteckt man am besten an Stellen, die sich dafür anbieten, weil genau da niemand nachguckt. Die Kiste stand in einem Regal hinter der Kasse. Ein paar gerahmte Fotos und Glasvasen, in der Mitte die Kiste.«

Ich aß das Stück Brathähnchen auf und wusch mir die Hände. Ich hatte Lust auf einen Vanillecremekeks, wollte aber vor lauter Geiz die Packung nicht in Joyce' Beisein öffnen.

»Ich breche nicht in das Geschäft ein, falls du das von mir erwartest«, sagte ich.

»Keine große Sache. Ich kenne den Code. Ich habe Frank oft beim Eintippen zugeschaut.«

»Dann geh du doch hin.«

»Die Panthers könnten mich dabei beobachten.«

»Ach was, die haben sich längst in ihr Pink-Panther-Paradies verzogen.«

»Denkste. Die Typen sind zäh.« Sie visierte die Vanillecremekekse auf der Küchentheke an. »Wahrscheinlich muss ich jetzt ganz bei dir einziehen.«

»Rühr ja nicht die Kekse an«, sagte ich.

»Hüftgold steht dir sowieso besser als mir. Ob du einen Fettarsch hast oder nicht, ist dir offenbar egal.«

Ich ging meine Optionen durch. Erstens: Ich verpasse ihr im Schlaf einen Elektroschock, lege sie wieder draußen in den Hausflur ab und vergittere das Schlafzimmerfenster. Zweitens: Ich hole die Schatztruhe aus der Wohnung. Drittens: Ich töte sie.

»Wie kommt man in das Geschäft rein?«, fragte ich sie.

»Ich dachte, du hättest Talent für so was.«

»Falsch. Ich habe kein Talent.« Das ist kein Understatement. Ich habe tatsächlich kein Talent. Ich habe Glück. Ich habe Freunde. Und mich treibt der Mut der Verzweiflung.

»Aber du kennst talentierte Menschen.«

»Okay«, gab ich nach. »Ich besorge dir deine blöde Schatztruhe.« Ich verstaute die Kekspackung in meiner Tasche. »Rühr ja nicht meine Tiefkühlpizza an. Trink ja nicht meinen Wein.«

Joyce riss ein Fetzen von der Papiertüte ab und notierte den Code. »Schönen Gruß an Ranger. Richte ihm aus, wenn er mal Spitzenpersonal braucht, könne er sich an mich wenden.«

Möglichkeit Nummer drei erschien mir auf einmal sehr verlockend. Irgendjemand musste Joyce endlich mal beseitigen. Mich hinderte nur die Angst, ich könnte es vermasseln. Was dann? Sie würde für den Rest ihres erbärmlichen Lebens in meiner Wohnung dahinvegetieren, und ich müsste ihr Suppe einträufeln und die Füße massieren.

Ich schlang mir die Umhängetasche um die Schulter und verließ die Wohnung. Von der Eingangshalle aus rief ich Ranger an.

»Ich brauche deine Hilfe«, sagte ich. »Einbruch in ein Juweliergeschäft.«

Kurzes Schweigen. »Seit wann trägst du Schmuck?«

»Ich brauche was aus Frank Kordas Laden. Kannst du mir Zutritt verschaffen? Ich kenne den Sicherheitscode.«

»Kein Problem.«

»Ich gehe gerade aus dem Haus. Wir treffen uns in zwanzig Minuten hinter dem Laden.«

Die Glock steckte noch in meiner Tasche. Ich verließ das Gebäude und huschte, vorsichtig nach Remmi Demmi ausschauend, über den Parkplatz. Ich schaffte es zu meinem Pick-up Truck, setzte mich hinters Steuer und verriegelte die Türen.

Die Fahrt zu Kordas Schmuckgeschäft verlief ohne Zwischenfälle. Rangers Porsche 911 stand schon da. Ich stellte mich neben ihn und stieg aus.

»Babe«, sagte Ranger. »Für einen nächtlichen Juwelenraub musst du dich schwarz kleiden.«

Ranger trug natürlich nur schwarze Klamotten.

»Ich will keine Juwelen rauben«, sagte ich. »Ich suche nach einer kleinen Schatztruhe.«

Er gab mir eine Infrarotbrille. »Da drin ist es dunkel, und Taschenlampenlicht würde uns verraten.«

Ranger ging zum Hintereingang und untersuchte das Schloss. Er holte ein schmales Instrument aus seiner Tasche, führte es in das Schlüsselloch ein, und Sekunden später traten wir durch die Tür.

Ich tippte den Sicherheitscode in die Alarmanlage ein, setzte die Brille auf und begab mich zu dem Regal hinter der Kasse. Fotorahmen und Vasen, aber keine Kiste. Systematisch suchte ich den Raum ab. Nichts. Danach ging es in den Lagerraum. Ebenfalls nichts.

»Läuft wohl nicht so gut, was?«, sagte Ranger.

»Joyce sagte, die Kiste würde sich im Regal hinter der Kasse befinden. Da ist sie aber nicht. Ich habe den ganzen Laden abgesucht. Nichts.«

»Joyce?«

»Barnhardt. Sie hat meine Wohnung in Beschlag genommen, und ich werde sie nicht wieder los. Ich habe ihr einen mit dem Schocker übergebraten und sie ins Treppenhaus verbannt. Ich habe sie ausgesperrt, aber sie kehrt einfach immer wieder zurück.«

»Wie kommt sie in die Wohnung rein?«

»Über die Feuerleiter.«

»Wir könnten die Leiter unter Strom setzen.«

»Daran habe ich auch schon gedacht, doch das würde Mrs Delgados Katze hinrichten.«

Ranger nahm mir die Infrarotbrille ab. »Möchtest du zu mir kommen?«

Ich wich einen Schritt zurück. »Danke für das Angebot. Nein. Ich habe die Nase voll von Männern.«

Ranger schmunzelte. »Für immer?«

»Ich muss erst mal herausfinden, was ich will.«

»Und wenn du es nicht herausfindest?«

»Wenn ich es nicht herausfinde, bitte ich dich um Hilfe.«

»Das ist, als würde der Blinde den Lahmen führen, Babe.«

Ich hockte im Auto, auf dem Mieterparkplatz hinterm Haus, und verdrückte einen Vanillecremekeks nach dem anderen. In meiner Wohnung brannte Licht. Joyce hatte es sich gemütlich gemacht, guckte fern und süffelte wahrscheinlich meinen Wein. Ranger verbrachte den Abend in seinem Penthouse im sechsten Stock des Rangeman-Gebäudes. Morelli sah sich zu Hause irgendein Spiel im Fernsehen an. Und ich? Ich hielt mich in meinem Auto versteckt. Wie erbärmlich! Ich steckte die halb leere Kekspackung in meine Tasche und griff mir die Glock, stieg aus und lief über den Platz zum Hintereingang. Drei Meter vor der Tür sprang plötzlich Remmi Demmi mit einem Messer in der Hand aus dem Schatten hervor.

»Bitch Lady. Jetzt reden wir. Abgemacht?«

Er stürzte sich auf mich, und ich schoss ihm ins gesunde Bein. Wir erstarrten vor Schreck.

Er sah sich das Bein an, und ein Würgelaut entfuhr den Tiefen seiner Kehle. »Verdammte Scheiße!«

»Was soll das?«, sagte ich. »Ich habe Ihr blödes Foto nicht! Wozu brauchen Sie das überhaupt?«

»Chef sagt, Foto holen. Ich kein Foto bringen, er schießt noch mal auf mich. Diesmal ins Auge. An den Füßen aufgehängt. Schwerer Stein an meinen Sack gebunden.«

Er wandte mir den Rücken zu und humpelte los.

»He«, rief ich hinter ihm her. »Ich bin noch nicht fertig. Stehen bleiben, oder ich schieße.«

»Verrückte American Bitch«, sagte er. »Schieß doch. Mir scheißegal. Ich lebe für den Schmerz.«

Er schleppte sich über den Parkplatz zu einem silbernen Sentra, quälte sich hinters Steuer und fuhr davon.

Mr Daly aus dem ersten Stock erschien im Fenster. »Was war das? Ein Schuss?«

»Ich habe nichts gehört«, log ich, sah hinauf zu Mr Daly und ließ die Pistole in meiner Tasche verschwinden.

Als ich vor meiner Wohnung angelangt war, fing ich an zu hyperventilieren. Meine Hände zitterten, und ich musste den Schlüssel mit beiden Händen festhalten, um ihn ins Türschloss zu schieben. Ich trat ein, atmete ein paarmal tief durch und ging schnurstracks in die Küche. Von dem Wein war noch eine halbe Flasche übrig. Das reichte. Ich goss etwas in ein Wasserglas und ging damit ins Wohnzimmer, wo Joyce schon wartete.

»Die Kiste war nicht mehr da«, sagte ich. »Nicht auf dem Regal, nirgendwo.«

»Unmöglich. Sie war immer auf dem Regal hinter der Kasse.«

»Wann hast du sie das letzte Mal dort gesehen?«

»An dem Tag meiner Festnahme. Frank sagte mir, wir seien raus aus der Pink-Panthers-Sache und er wolle seinen

Schlüssel wiederhaben. Ich sagte, ich hätte ihn gerade nicht dabei. Natürlich habe ich nicht dazugesagt, dass er sich das abschminken könne. Jedenfalls habe ich im selben Moment zum Regal geguckt, und da stand die Kiste noch. Es war das letzte Mal, dass ich in dem Laden war. Als ich am selben Tag später noch mal hinging, habe ich den Laden nicht betreten.«

»Wahrscheinlich sind die Pink Panthers bei Frank eingebrochen und haben die Kiste an sich genommen, nachdem sie dich am Schrottplatz abgeladen haben.«

»Das wäre echt der Hammer«, sagte Joyce. »Ich brauche diese Kiste. Wenigstens habe ich den Schlüssel dazu. Auf dem Schlüssel stehen Zahlen, die zu der Kiste passen. Ich weiß nur nicht, wie ich ohne die Kiste mit den Panthern in Kontakt treten soll.«

Ich nahm mein Weinglas. Es war leer. »Stell doch den Schlüssel in Craigslist. Vielleicht springt jemand auf eine Kleinanzeige im Internet an. Hast du mal geguckt, ob die Pink Panthers bei Facebook sind? Heutzutage ist doch jeder bei Facebook. Ich natürlich nicht, aber alle anderen.«

»Kann ich mir nicht vorstellen, dass diese Typen bei Facebook sind.«

»Hat heute Abend jemand nach mir gefragt?«

»Ja, so ein russischer Gypsy. Sah aus wie von einem Schaufellader überfahren. Seinen Namen habe ich nicht verstanden, aber er humpelte. Machte mir keinen sonderlich verlockenden Eindruck, deswegen habe ich ihn nicht hereingebeten. Hat er dich noch erwischt?«

»Ja. Er hat unten auf mich gewartet.«

»Und?«
»Ich habe auf ihn geschossen. Da hat er sich verpisst.«
»Sauber. Aber wir sollten jetzt mal die Pizza in den Ofen schieben. Ist noch Wein da?«

19

Normalerweise fühle ich mich sonntags morgens beim Aufwachen immer wunderbar. Ich entschuldige mich beim lieben Gott, dass ich nicht zur Kirche gehe, drehe mich auf die andere Seite und schlafe weiter. Heute Morgen machte ich mir Sorgen um den Mann, den ich angeschossen hatte. Die Verletzung war sicher nicht lebensgefährlich, trotzdem musste er die Kugel entfernen lassen und aufpassen, dass sich die Wunde nicht entzündete. Aber wahrscheinlich hatte er sich schon nach meiner Messerattacke eine Tetanusspritze geben lassen. Und ehrlich gesagt, mir würde er nicht fehlen, wenn die Infektion tödlich verliefe. Remmi Demmi war kein feiner Mensch.

Der Gedanke an Remmi Demmi wurde beiseitegedrängt, als mir wieder einfiel, dass Joyce Barnhardt in meinem Wohnzimmer campierte. Ich musste einen Weg finden, sie loszuwerden, ein für alle Mal, je eher desto besser. Ich schlüpfte in Sweatpants und T-Shirt und schlurfte in die Küche. Joyce war schon auf den Beinen und suchte die Regale ab, auf der Suche nach Räucherlachs, Kaviar und Croissants.

»Du warst doch einkaufen, aber ich kann nichts zu essen finden«, sagte sie.

»Im Gegenteil. Ich habe alle Grundnahrungsmittel bekommen und dazu noch mein besonderes Sonntagsleckerli. Erdbeer-Pop-Tarts.«

Ich setzte Kaffee auf und biss in einen Pop-Tart-Keks.

»Ich habe über das Ganze nachgedacht«, sagte ich. »Du kannst ruhig wieder nach Hause. Die Pink Panthers sind längst mit anderen, größeren Projekten beschäftigt. Außerdem besitzt du eine Waffe. Schieß sie doch einfach über den Haufen, wenn sie dich nerven.«

»Diese Typen sind Profis«, sagte Joyce. »Keine kleinen dreckigen Vorstadtgauner aus Chambersburg. Übrigens, du siehst voll Scheiße aus. Was trägst du da eigentlich?«

»Sweatpants. Die sind bequem. Aber wo wir beim Thema sind: Schon mal in den Spiegel geguckt? Nacht der langen Messer im Affenhaus ist nichts dagegen.«

»Ich bin auf der Flucht, falls dir das noch nicht aufgefallen ist. Ich habe meine Halskette verhökert und mir davon ein paar Sachen gekauft. Mein Kleiderschrank ist leider gerade für mich nicht erreichbar.«

»Einmal mit dem Kamm durchs Haar täte es für den Anfang auch.«

»Meine Frisur wäre topp, aber du musstest ja unbedingt mein Haarteil kurz und klein schießen. Apropos Frisur. Soll das Stroh auf deinem Kopf etwa eine Frisur sein?«

»Morelli gefällt sie. Er sagt, meine Haare hätten Energie.«

»Warum ist er nicht hier, wenn er so verliebt ist in deine Haare? Wie ich sehe, trefft ihr euch nie.«

»Er hat zu tun.«

»Yeah. Mit Marianne Mikulski. Wetten?«

Ich goss mir eine Tasse Kaffee ein und gab Milch dazu.

»Er arbeitet.«

»Klar. Wie du meinst.«

»Marianne Mikulski ist verheiratet.«

»Marianne hat sich von ihrem Penner getrennt, und sie ist auf Männerjagd. Es heißt, sie hätte deinen Exfreund flachgelegt.«

»Kommen wir zurück zu deinem Auszug aus meiner Wohnung.«

»Ich brauche die Kiste. Ich glaube nicht, dass die Pink Panthers sie an sich genommen haben. Sie könnte höchstens noch bei Frank zu Hause sein.«

»Und warum das?«

»Vielleicht wollte er sie nach meiner Verhaftung in Sicherheit bringen. Oder seine Frau hat sie geklaut, nachdem er verschwunden war.«

»Warum sollte seine Frau das tun?«

»Was weiß ich! Möglicherweise hat er ihr die Panther-Geschichte erzählt. Vielleicht hatte die Schatzkiste auch nur ideellen Wert für sie.«

»Ich kann unmöglich in Franks Haus einbrechen. Der Laden war leer, und du kennst den Code, das war okay. Aber in sein Haus einzubrechen ist viel zu riskant.«

»Geh hin, wenn keiner da ist.«

»Und wann wäre das?«

»Morgen. An Franks Beerdigung.«

»Ich mache es unter einer Bedingung: Du ziehst heute noch aus.«

»Ich ziehe aus, wenn du mir die Schatzkiste bringst.«

Zurück auf Los, meine drei Optionen: Gitter vors Schlafzimmerfenster würde mir heute am Sonntag keiner mehr montieren. Joyce zu töten erschien mir die bei Weitem verlockendste Option, aber dazu war ich nicht fähig. Also blieb mir nichts anderes übrig, als ihr die Kiste zu beschaffen.

Ich trank den letzten Schluck Kaffee, aß den restlichen Pop-Tart, duschte, zog mich an und überließ die Wohnung Joyce. Als ich vom Parkplatz fuhr, kam ich an dem Town Car vorbei. Lancer schloss sich mir an und folgte mir bis vor Morellis Haustür.

Ich hielt an, und für einen irren Moment überlegte ich, ob ich anrufen sollte, bevor ich klingelte. Wenn nun Marianne Mikulski bei ihm war? Ich die beiden bei irgendwas störte, was mich eigentlich nichts anging?

Ich blieb sitzen und überlegte, was ich machen sollte, da rief Morelli auf meinem Handy an.

»Genießt du die frische Luft, oder willst du reinkommen?«

»Bist du allein?«

»Nein. Bob ist bei mir.«

Ich legte auf und ging zur Tür. Bob kam aus dem Wohnzimmer angerast und stürzte sich auf mich, beinahe hätte er mich umgehauen. Ich kraulte ihn am Hals und knurrte wie ein Hund.

»Na, mein Dickerchen?«, sagte ich. »Bist du auch brav?«

Bob war ein großer, struppiger rotblonder Hund; an guten Tagen, wenn er gepflegt war, einem Golden Retriever nicht unähnlich.

»Du hast Begleitschutz«, sagte Morelli mit Blick auf den Lincoln vor der Tür.

»Lancer und Slasher. Die beiden falschen FBI-Agenten. Niedriges Gefahrenpotential.«

»Und das hohe?«

»Remmi Demmi. Der Typ aus dem Parkhaus. Und Marianne Mikulski.«

»Warum Marianne?«

»Man munkelt, dass du dich mit ihr triffst.«

»Und?«

Barfuß, verwaschene Jeans, dunkelblaues T-Shirt. Die Haare noch feucht vom Duschen. Das war Morelli. Und er roch nach frischen Zimtschnecken. Was tun? Am liebsten hätte ich ihm die Kleider vom Leib gerissen. Oder ihm doch nur den Hals ablecken? Zum Glück brauchte ich mich nicht zu entscheiden. Ich wollte ja die Finger von Männern lassen.

»Ich wollte nur mal fragen«, sagte ich.

Morelli flüchtete in die Küche. »Marianne wohnt zwei Häuser weiter. Manchmal bringt sie ihren Hund vorbei, damit Bob mit ihm spielt. Wer verbreitet denn solche Gerüchte?«

»Joyce Barnhardt.«

Morelli goss zwei Tassen Kaffee ein und gab mir eine. »Meine Mutter hat heute Morgen Zimtschnecken vorbeigebracht. Sie war mit meiner Oma auf dem Weg zur Kirche. Sie haben sich nach dir erkundigt. Sie glauben anscheinend, ich hätte dir eine auf die Nase gegeben.«

Ich nahm mir eine Zimtschnecke und lehnte mich an die Küchentheke. »Das kriege ich auch zu hören. Und wenn ich verneine, sind die Leute immer aufrichtig enttäuscht.«

»Nett, dass du dich mal wieder in meiner Küche blicken lässt. Ich möchte den schönen Moment auch nicht kaputt machen, aber ich würde zu gerne wissen, wie du dazu kommst, mit Joyce zu quatschen.«

»Sie hält praktisch meine Wohnung besetzt. Ich werde sie nicht los.«

Morelli verschluckte sich an seinem Kaffee und wischte sich mit dem Handrücken übers Kinn.

»Noch mal der Reihe nach, bitte.«

»Schon mal von den Pink Panthers gehört?«

»Den Film oder das Netzwerk von Juwelendieben?«

»Die Juwelendiebe. Joyce glaubt, dass sie hinter ihr her sind.«

»Erzähl weiter.«

»Laut Joyce war Frank Mitglied bei den Pink Panthers. Joyce hat mit Korda angebändelt. Sie planten ein ganz großes Ding, das sie zusammen mit den Panthers in New York drehen wollten. Irgendwas ist schiefgelaufen, worauf die Panthers versucht haben, sie umzubringen, aber Joyce ist ihnen entkommen.«

»Und jetzt hat sie bei dir Unterschlupf gefunden? Warum?«

»Anscheinend ist sie mittellos, und sie hat Angst davor, in ihre Wohnung zurückzukehren.«

»Weil die Panthers sie immer noch töten wollen, nehme ich an.«

»Genau. Das ist ihre Befürchtung. Und dann spielt noch eine kleine Kiste eine Rolle, die sie unbedingt finden muss.«

»Das sollst du natürlich für sie machen, richtig?«

»Richtig.«

»Ich fange mal ganz von vorne an«, sagte Morelli. »Erstens war Korda kein Pink Panther. In Wirklichkeit gibt es gar keine Organisation mit diesem Namen. Interpol hat ihn nur einer Bande von Dieben verliehen, die lose in Kontakt miteinander stehen. Hauptsächlich abgebrühte Kriminelle aus dem ehemaligen Jugoslawien, heute Montenegro.«

Ich aß die letzte Zimtschnecke und trank noch einen Schluck Kaffee. Diese Geschichte erstaunte mich keineswegs. Joyce' Version kam mir von vorneherein ziemlich weit hergeholt vor.

»Es geht noch weiter«, sagte Morelli. »Was Frank Korda und den Mercedes aus der Schrottpresse betrifft, haben wir jetzt alle gerichtsmedizinischen Beweise beisammen, um Anklage zu erheben. Mehr möchte ich nicht sagen, weil noch einige Testergebnisse ausstehen, aber ich kann dir garantieren: Der Killer kommt nicht aus Montenegro.«

»Also Joyce?«

»Unwahrscheinlich, aber nicht auszuschließen.«

»Ich weiß, dass sie eine hervorragende Lügnerin ist, aber sie schien fest an die Existenz der Pink Panthers zu glauben.«

»Vielleicht hat Korda ihr nur was vorgemacht«, sagte Morelli.

»Warum sollte er?«

Morelli zuckte mit den Schultern. »Sex kann es jedenfalls nicht gewesen sein. Joyce kriegt man schon mit 'ner Perlenkette aus dem Kaugummiautomaten rum.«

Die Sache mit der Schatztruhe wollte ich nicht weiter vertiefen. In Anbetracht von Morellis Information ergab die

Geschichte einfach keinen Sinn. Trotzdem, auch für den höchst unwahrscheinlichen Fall, dass ich für Joyce in Kordas Haus einbrach, um die Kiste zu suchen, wollte ich Morelli nicht in das Verbrechen mit hineinziehen. Hauptsächlich, weil ich befürchtete, dass er sich für das Gesetz entscheiden und mich der Polizei ausliefern würde.

Morelli fuhr mit dem Finger den Ausschnitt meines T-Shirts entlang. »Apropos Sex. Oben in meinem Zimmer liegt eine schöne Perlenkette, falls es dich interessiert.«

»Stellst du mich auf eine Stufe mit Joyce?«

»Nicht doch. Ich würde Joyce niemals meine Juwelen anbieten.«

»Ein verlockendes Angebot, aber ich lebe gerade enthaltsam.«

»Betrifft das alle Männer?«

»Ja.«

»Dann kann ich damit umgehen. Sag Bescheid, wenn sich deine Einstellung geändert hat.«

Ich schlang mir meine Kuriertasche um die Schulter. »Ich muss los. Die Arbeit ruft.«

Morelli packte mich und zog mich an sich. Sein Zungenkuss war so saftig, dass ich wegen der Perlenkette noch mal ins Grübeln kam. Ich spürte ein Kribbeln im Herzen und im Bauch.

»Hmm.«

»Schade, dass du nicht bleiben willst. Ich könnte die Perlen noch mit einer Zimtschnecke versüßen.«

»Die Zimtschnecke war wirklich lecker.«

Eine Stunde später stand ich wieder unten vor Morellis

Haustür. »Nicht zu fassen, dass ich mich darauf eingelassen habe«, sagte ich.

»Zählt das als Versöhnungssex, oder kommt der erst noch?«

»Ich wollte doch enthaltsam leben. Und eine Perlenkette habe ich auch nicht bekommen.«

»Ja, die Perlenkette war erfunden, aber nimm dir noch eine Zimtschnecke, wenn du willst.«

»Ein andermal.«

»Soll ich dir helfen, Joyce aus der Wohnung zu vertreiben? Ich könnte sie mit Gewalt entfernen.«

»Schon versucht. Sie steigt über die Feuerleiter wieder ein.«

»Ich könnte dir neue Fensterverriegelungen einbauen. Eine Alarmanlage installieren. Einen Sicherheitscheck durchführen lassen oder Gitter vor die Fenster setzen.«

»Vielleicht komme ich darauf zurück, aber jetzt fahre ich erst mal nach Hause und rede mit ihr.«

Ich öffnete die Tür und sah hinaus auf die Straße. Gegenüber stand der Lincoln.

»Soll ich mich um sie kümmern?«, fragte Morelli.

»Nein. Ich habe mich an meine Verfolger gewöhnt. Ich glaube, im Grunde sind sie harmlos.«

Morelli küsste mich auf die Stirn. »Du weißt ja, wo ich zu finden bin.«

»Mehr oder weniger.«

Bevor ich zu Joyce fuhr, beschloss ich, noch einen letzten Versuch bei Lahonka zu starten. Ich parkte vor ihrem Haus und sah zu dem leeren Garten. Kein Spielzeug weit und breit. Ich klopfte an die Tür, und sie schwang an provisorischen Angeln auf. Die Wohnung war ebenfalls leer. Keine Möbel, kein Großbildschirm, keine Lahonka.

Lancer und Slasher hatten sich mit ihrem Town Car hinter meine Karre gestellt, verhielten sich still, beobachteten jedoch alles genau. Ich klopfte an die Tür der Nachbarwohnung, ein alter Mann öffnete mir.

»Ich suche die Lahonka«, sagte ich.

»Die ist nicht mehr da. Seit heute Morgen. Ist mit einem Pick-up Truck vorgefahren, hat alles eingeladen, und weg war sie.«

»Wissen Sie, wohin?«

»Richtung Süden. Mehr hat sie nicht gesagt. Eine Schwester von ihr lebt in New Orleans, eine andere in Tampa, Florida. Vielleicht ist sie zu einer von beiden gefahren.«

Ich bedankte mich und ging zurück zu meinem Wagen. Wenn ein Klient untertaucht oder sich absetzt, wird die Akte bei mir erst mal auf Eis gelegt. Bei hohen Kautionen übernimmt Connie die Suche per Internet. Spürt sie den Kautionsflüchtling auf, kann sie einen Agenten aus einem anderen Bundesstaat mit der Festnahme beauftragen oder schickt Vinnie oder Ranger los. Lahonkas Kaution war sehr niedrig.

Während meiner Fahrt durch die Stadt blieb der Lincoln eine halbe Autolänge hinter mir. Vor der Tasty Pastry Bakery in der Hamilton hielt ich an und kaufte eine Tüte Croissants für Joyce. Ich hätte auch meinen Beschattern etwas mitgebracht, doch ich hatte ihnen ja schon eine Pizza spendiert, und ich schwamm nicht gerade in Geld. Sie verfolgten mich bis vor die Haustür, parkten aber in einer Seitenstraße. Ich setzte zurück, schloss zu ihnen auf, bis ich direkt neben dem Lincoln stand, und kurbelte mein Fenster herunter.

»Wie sieht's aus?«, fragte ich Slasher.

»Das wissen Sie doch. Wir verfolgen Sie. Wir warten darauf, dass Sie uns zu dem Foto führen, und dann schlagen wir zu.«

»Woher wollen Sie wissen, dass sich das Foto nicht in meiner Wohnung befindet?«

»Sie haben gesagt, Sie hätten es nicht.«

»Und Sie glauben mir?«

Slasher bekam rote Bäckchen. »Kann sein.«

Ich kurbelte das Fenster wieder hoch und glitt auf den Parkplatz. Diesmal schien Remmi Demmi mir nicht aufzulauern. Das angeschossene Bein ließ ihn wohl etwas langsamer treten.

Joyce sah sich gerade Trickfilme im Wohnzimmer an. Ich gab ihr die Tüte mit den Croissants und schaltete den Fernseher aus.

»Eilmeldung. Ich habe Morelli getroffen. Korda war kein Pink Panther. Die Panthers sind Diamantendiebe, die in Europa tätig sind, und eigentlich sind sie auch keine richtige Organisation.«

»Vielleicht war er Mitglied bei einer anderen Pink-Panther-Gruppe«, sagte Joyce. »Wer sagt, dass es nur eine gibt?«

Dazu fiel mir nichts ein. »Das spielt keine Rolle. Du musst trotzdem gehen. Du kannst hier nicht mehr bleiben. Mir egal, ob dich jemand umbringen will oder nicht. Noch einen Tag, und *ich* bringe dich um.«

Joyce stand auf, hielt die Tüte mit den Croissants fest. »Ich halte es auch nicht mehr aus. Jede weitere Minute in deinem Badezimmer ist eine zu viel. Lieber tot als dein Badezimmer. Und dein Fernseher ist grottig. Ich mache dir einen Vorschlag. Ich haue ab, aber du musst mir versprechen, morgen nach der Schatzkiste zu suchen.«

»Auf keinen Fall.«

»Versprich es mir, oder ich bleibe. Wenn du mit dem Badezimmer und dem Fernseher leben kannst, dann kann ich das auch.«

Du meine Güte! »Ich versuch's«, sagte ich. »Aber ich kann nichts versprechen.«

Fünf Minuten später waren Joyce und die Tüte mit den Croissants verschwunden; aus den Augen, aus dem Sinn. Ich holte Rex aus seiner Verbannung, stellte den Käfig wieder auf die Theke, füllte das Wassernäpfchen nach, gab dem Hamster eine Handvoll Pop-Tarts und aß den Rest der Packung selbst. Dann zog ich den Laptop unter der Matratze hervor, baute ihn auf dem Esstisch auf und schloss ihn an. Ich machte Fortschritte.

20

Frank Korda und seine Frau Pat wohnten in einem weißen Haus – Kolonialstil, schwarze Fensterläden, Mahagonitür, Doppelgarage – am Ende einer Sackgasse in Hamilton Township, einem Wohnviertel der Mittelklasse. Der Trauergottesdienst für Korda sollte um neun Uhr beginnen. Im Anschluss an die Beisetzung waren Freunde und Angehörige noch zu einem Imbiss bei den Kordas geladen. In aller Frühe war ich an dem Haus vorbeigefahren. Alles ruhig. Alles dunkel. Die Witwe anscheinend keine Frühaufsteherin.

Auch ich war keine Frühaufsteherin, doch heute galt es einen Auftrag zu erledigen. Ich musste Joyce von meiner Wohnung fernhalten und dafür die Schatztruhe finden. Sie hatte mich neugierig gemacht. Ich wollte unbedingt wissen, was sich in der Kiste befand.

Ich bat Lula, Schmiere zu stehen, und wir verabredeten uns für halb neun im Coffeeshop. Ich hatte zu passender Trauerkleidung geraten, damit wir nicht auffielen, falls uns Nachbarn beim Herumschnüffeln beobachteten. Keine Ahnung, wie ich in das Haus einbrechen sollte. Ein Fenster auf der Rückseite einschlagen? Falls eine Alarmanlage losschrillte, wäre ich in null Komma nichts wieder draußen, und Joyce würde ohne die Kiste leben müssen.

Ich trug meinen üblichen schwarzen Hosenanzug, Heels und um die Schulter gehängt einen bauchigen schwarzen Lederbeutel, in der eine kleine Piratenkiste ohne Weiteres Platz hatte.

Ich parkte vor dem Coffeeshop, und Lulas Firebird schloss hinter mir auf. Lula stieg aus und kam zu mir.

»Sollen wir nicht lieber meinen Firebird nehmen?«, sagte sie. »Der passt sich der Umgebung besser an als dein Pickup Truck.«

Ich sah zu dem Auto hinter mir. »Das kann man so nicht sagen. Dein Firebird ist knallrot.«

»Ja, schon, aber mein Süßer passt nicht in deinen Truck. Und hinten auf der Pritsche, und in Anzug, würde er nur auffallen.«

»Dein Süßer?«

»Ja. Ein bisschen Muckibegleitung können wir gut gebrauchen, deswegen habe ich ihn mitgebracht. Ihn sogar in einen richtigen Anzug gesteckt. Gestern Abend habe ich seine Mutter kennen gelernt. Sie hat nicht viel gesagt, aber ich glaube, sie mag mich.«

»Er darf auf gar keinen Fall mitkommen«, sagte ich. »Wir wollen in ein Haus einbrechen, Lula. Das ist bekanntlich verboten.«

»Schon okay. Er macht andauernd verbotene Sachen.«

»Darum geht es nicht. Ich will keinen Zeugen dabeihaben.«

»Verstehe. Aber wie bekommen wir ihn jetzt aus meinem Auto raus?«

»Gar nicht. Er soll drin sitzen bleiben. Wir nehmen meinen Wagen. Sag ihm, wir seien in einer Stunde wieder da.«

Lula trottete zum Firebird, redete kurz mit Buggy, trottete wieder zurück und stieg ein.

»Alles klärchen.«

Ich fädelte mich in den Verkehr ein, Buggy hinter mir her.

»Hm«, sagte Lula mit einem Blick in den Seitenspiegel. »Da muss er was missverstanden haben.«

Ich schlängelte mich durch Neben- und Querstraßen, doch Buggy blieb an meiner Stoßstange kleben.

»Wir verlieren Zeit, wenn wir ihn abschütteln wollen«, sagte ich. »Ruf ihn auf seinem Handy an. Sag ihm, er soll abhauen.«

»Er hat kein Handy«, sagte Lula. »Seine Mutter will ihm das Geld dafür nicht geben. Und Handtaschendiebstahl bringt nicht genug ein, um sich ein eigenes zu kaufen. Die Leute haben falsche Vorstellungen von Handtaschendieben. Gar nicht so einfach, davon zu leben.«

»Warum sucht er sich nicht einen Job?«

»Man tut, was man am besten kann«, sagte Lula. »Buggy folgt der Stimme seines Herzens.«

Ich bog in die Sackgasse, und eine schwarze Trauerlimousine rollte uns entgegen. Sie brachte Pat Korda zum Trauergottesdienst, was bedeutete, dass sich im Haus vermutlich gerade niemand aufhielt. Ich parkte am Straßenrand und beobachtete für ein paar Minuten den Eingang. Es standen keine anderen Autos vorm Haus, und drinnen rührte sich nichts, jedenfalls sah man nichts. Ich hatte vorher bei Giovichinni's einen Nudelauflauf bestellt, den ich als Vorwand benutzen wollte. Meine Ausrede, falls ich eine brauchte: Ich hätte die Uhrzeit verwechselt und wäre zu früh zum Leichenschmaus gekommen.

Ich ging mit dem Auflauf zur Tür, klingelte, keiner da. Ich lauschte angestrengt auf Geräusche im Haus, aber es war ruhig.

Lula und Buggy standen neben mir. Lancer und Slasher parkten hinter Lulas Firebird. Lula trug einen schwarzen Elastan-Minirock, eine schwarze seidige Elastan-Wickelbluse, ein Jäckchen aus künstlichem Leopardenfell, eigentlich für eine sehr viel kleinere Person gedacht, dazu zehn Zentimeter hohe, schwarze Stöckelschuhe, und das Haar aus diesem Anlass sonnenblumengelb gefärbt. Buggy sah aus wie Shamu, der Killerwal, in einem gebrauchten, russischen Anzug.

»Soll mein Süßer die Tür eintreten?«, fragte Lula.

»Nein!«

»Wir können auch hinten ein Fenster einschlagen.«

»Nein! Keine Sachbeschädigung.«

»Na gut, aber wie sollen wir dann ins Haus kommen?«, sagte Lula.

»Ich habe das Warten satt«, sagte Buggy. »Ich gehe jetzt rein.« Er schob mich beiseite und machte einfach die Tür auf, sie war nicht abgeschlossen.

Ich schlich auf Zehenspitzen hinein und schaute mich um. »Das Buffet ist schon aufgebaut. Buggy soll ja nichts anrühren!«

»Hast du gehört, Schnucki?«, wandte sich Lula an Buggy. »Nichts von dem Trauerschmaus essen, verstanden? Wenn wir hier fertig sind, lade ich dich zum Frühstück ein.«

»Hm, lecker Frühstück!«, knurrte Buggy.

Ich stellte meinen Auflauf auf der Küchentheke ab. Es gab noch mehr Aufläufe, dazu Tüten mit frischen Bäckerbrötchen und diverse Kaffeekuchen. Ein Kaffeespender stand startklar, daneben war eine gut bestückte Bar aufgebaut. Ich überflog mit einem Blick die Küche, ging über zum Esszimmer, danach zum Wohnzimmer.

Lula war mir gefolgt. »Wonach suchst du?«

»Eine kleine Kiste. Eine Piratenkiste.«

»So eine wie die da vorne auf dem Kaminsims?«, fragte sie.

Ach, du Scheiße! Tatsächlich, es war die Kiste! Genau so wie von Joyce beschrieben.

Lula nahm sie vom Sims und untersuchte sie. »Was soll daran Besonderes sein? Was ist drin?« Sie drehte sie um und las vor, was auf der Unterseite stand. »Miss Kitty R.I.P.«

Der Deckel der Kiste klappte auf, Asche fiel heraus und rieselte auf den Wohnzimmerteppich.

»Was ist denn jetzt los?«, sagte Lula.

Ich schlug die Hände vor den Mund. Ich wusste nicht, ob ich lachen oder weinen, würgen oder kreischen sollte? »Miss Kitty wurde eingeäschert, das sind ihre Überreste.«

Lula starrte an sich herab. »Soll das eine Verarsche sein? Ich bin allergisch gegen Katzen. Es schnürt mir schon die Kehle zu. Ich kriege keine Luft. Ich muss rotzen. Ein Notarzt! Schnell!«

Sie rannte in die Küche, schnappte sich den an der Wand neben der Speisekammer hängenden Tischstaubsauger und saugte die Asche von ihrer Kleidung.

»Verdammte Mistkatzen!«, schimpfte sie.

So viel zu Miss Kittys letzter Ruhestätte.

Lula tastete ihr Gesicht ab. »Habe ich Nesselausschlag?«

»Nein. Es ist nichts zu sehen«, sagte ich. »Gegen Katzenasche kann man gar nicht allergisch sein. Asche ist steril. Also keine Gefahr.«

»Ich spüre den Ausschlag. Irgendwas Pickliges bahnt sich an.«

»Das bildest du dir ein«, beruhigte ich sie.

»Ich bin leicht zu beeinflussen«, entgegnete Lula. »Meine Familie ist anfällig für Hysterie.«

Ich suchte die Kiste nach einem doppelten Boden oder einer Geheimbotschaft ab, konnte aber nichts dergleichen entdecken und stellte sie zurück auf den Sims.

»Bekomme ich jetzt mein Frühstück?«, fragte Buggy.

»Ich laufe rasch durchs Haus, ob nicht noch woanders solche Kisten stehen«, sagte ich zu Lula. »Halt die Augen auf, falls die ersten Gäste kommen. Und kannst du bitte Kittys Staub vom Teppich absaugen?«

Ich schaute nur flüchtig in die anderen Räume, stieß auf nichts Kistenähnliches, und zehn Minuten später waren wir alle aus dem Haus. Lula und Buggy fuhren mit dem Firebird zum nächsten Café mit Frühstücksbuffet, ich fuhr zwei Straßen weiter und wartete auf die Rückkehr der Trauergäste vom Friedhof.

Lancer und Slasher stellten sich hinter mich. Sie schienen vorerst keine große Gefahr darzustellen, doch das konnte sich ändern, wenn ihr Boss sein Okay gab. Und obwohl ich mich im Moment nicht unmittelbar bedroht fühlte, erinnerten mich die beiden Herren beständig daran, dass ich ein fettes Problem hatte. Das machte mir Angst.

Erst gegen Mittag rollte die Fahrzeugkolonne wieder an mir vorbei. In einem der Wagen saß ganz sicher auch Grandma. Das letzte Geleit für Frank Korda würde sie sich niemals entgehen lassen. Ich wartete noch zehn Minuten ab, bevor ich mich unters Volk mischte. Meine blauen Flecken hatte ich, so gut es ging, mit Make-up getarnt, mal abgesehen davon, dass nach zehn Minuten alle Trauergäste bereits ein, zwei Gläser gekippt und für was anderes als den Krabbensalat sicher keinen Blick mehr haben würden.

Ich schlüpfte ins Haus und stieß sofort auf Grandma, die auf dem Sofa neben Esther Philpot saß. Sie tranken Portwein, vor ihnen ein Teller Plätzchen. Ich sagte Hallo und klaute mir eins.

»Ich habe dich auf der Feier gar nicht gesehen«, sagte Grandma.

»Ich habe es nicht mehr geschafft«, log ich. »Ein Termin ist dazwischengekommen.«

»Sie ist selbstständig«, sagte Grandma zu Esther. »Und sie hat eine Pistole. Nicht so groß wie meine, aber sie ist ziemlich gut.«

»Was hast du denn für eine?«, wollte Esther von ihr wissen.

»Eine 45er mit Lauf«, sagte Grandma. »Und du?«

»Ich habe eine kleine Beretta Bobcat. Die hat mir mein Enkel letztes Jahr zu Weihnachten geschenkt.«

Die beiden sahen mich an.

»Und Sie, meine Liebe?«, fragte Esther.

»Eine Glock.«

»Ist das die Möglichkeit«, sagte Grandma. »Seit wann trägst du eine Glock? Zeig!«

»Ich hätte nichts gegen eine Glock«, sagte Esther. »Vielleicht kaufe ich mir nächstes Jahr eine.«

Sie beugten sich vor und äugten in meine Tasche.

»Edles Stück«, sagte Grandma.

Ich sah mich um. »Ich sollte mich mal unter die Leute mischen.«

Grandma lehnte sich zurück. »Im Esszimmer ist ein Tablett mit winzigen Küchelchen, der Alkohol steht in der Küche. Da findest du bestimmt auch die Witwe. Sie hatte schon beim Gottesdienst einen in der Krone. Ich werfe es ihr nicht vor. Armes Ding. So eine Beerdigung ist stressig.«

»Von wegen armes Ding«, stellte Esther klar. »Eine lustige Witwe. Sie feiert. Sie ist doch sowieso nur wegen dem Haus bei Frank geblieben. Und alle haben es gewusst. Ihr Mann ist ein bisschen fremdgegangen. Mitchell Mentons Frau, Cheryl. Betsy Durham. Deren Mann ist im Stadtrat. Aber bestimmt gab es noch andere Frauen.«

»Frank hatte wohl eine Midlife-Crisis, oder wie man das nennt«, sagte Grandma.

»Eine Affäre mit einem Juwelier kann ja auch praktische Vorteile haben«, spekulierte Esther.

Ich spazierte in die Küche, wo Pat Korda Schinkenröllchen in sich hineinstopfte und eine klare Flüssigkeit trank.

»Wodka?«, fragte ich sie.

»Aber hallo!«, witzelte sie.

Ich goss mir etwas in ein hohes schlankes Glas. »Sag ich auch.«

»Prost«, sagte Pat. »Ich weiß zwar nicht, wer Sie sind, aber da hat Sie wohl jemand ganz schön zugerichtet.«

»Ja. In dieser Woche ging so einiges schief.«

Pat verdrehte die Augen und wankte ein bisschen nach links. »Wem sagen Sie das.«

»Übrigens, mein Beileid.«

»Danke. Möchten Sie ein Schinkenröllchen? Kommt gut mit dem Wodka. Aber mit Wodka kommt alles gut.«

»Mir ist die kleine Kiste auf dem Kaminsims aufgefallen. Die wie eine Piratenkiste aussieht.«

»Miss Kitty meinen Sie«, sagte Pat. »Das war unsere Katze. Frank hatte die Kiste in seinem Geschäft aufbewahrt, aber nachdem er hopsgegangen ist, habe ich sie hierher ins Haus gebracht.«

»Eine interessante Kiste. Gibt es noch eine andere?«

»Frank hat sie im Tierkrematorium gekauft.«

Wenn also weder die Pink Panthers noch Joyce unseren Frank Korda getötet hatten … wer dann? Etwa seine Frau?

»Tragen Sie manchmal Pink?«, fragte ich sie.

»Nein. Ich mag kein Pink.« Sie süffelte ihren Wodka. »Frank war schon eher für Pink zu haben. Er hatte sogar ein richtiges Faible dafür. Seinen Betthäschen hat er erzählt, er sei ein Pink Panther. Ha! Dass ich nicht lache!«

»Wussten Sie das?«

»Ehefrauen wissen so manches, meine Liebe. Frank hat vor ihnen gerne seine Schwarzenegger-Nummer abgezogen, wie in dem Film *Wahre Lügen*. Schwarzenegger spielt darin einen Spion. Seine Frau weiß aber nichts von seiner Tätigkeit. Sie findet ihn irgendwie langweilig. Sie ist scharf auf einen anderen Mann, der nur vorgibt, ein Spion zu sein. Sie will unbedingt mit dem angeblichen Spion ins Bett. Als Frank diesen Film zum ersten Mal sah, ist er ausgeflippt. Er muss ihn danach an die hundert Mal gesehen haben. Haben Sie zufällig eine Zigarette für mich?«

»Tut mir leid. Ich rauche nicht.«

»Kein Mensch raucht mehr. Wenn ich schon mal eine Zigarette haben will, gibt's keine mehr.«

»Wie war das mit der Schwarzenegger-Nummer?«

Pat wechselte vom Schinken zum Käse. »Frank sah nicht gerade rasend gut aus. Klein, kahl, Brille, keine Muskeln. Aber man stelle sich vor: Wenn er sich als Juwelendieb ausgab, liefen ihm die Frauen hinterher.«

»Woher wissen Sie das? Hat er es Ihnen erzählt?«

»Ich wusste, dass er mit anderen rummacht, deswegen habe ich einen Privatdetektiv engagiert. Er hat die Puzzlestücke für mich zusammengesetzt.«

»Aber scheiden lassen wollten Sie sich nicht von ihm.«

»Ich habe daran gedacht. Aber wozu? Ich bin abgesichert. Ich mag das Haus hier. Ich hatte jemanden, der den Müll rausbringt und im Winter Schnee schippt. Das Beste war jedoch, dass sich die Betthäschen um Franks Bedürfnisse gekümmert haben. Am liebsten hätte ich mich mit Präsentkörben bei ihnen bedankt, aber man will sich ja nicht verraten.« Sie sah in ihr leeres Glas. »Huch! Da hat doch glatt jemand meinen Wodka ausgetrunken. Das heißt, Moment, das war ja ich!« Sie gickerte wie eine verrückte Lady, halb hysterisch.

»Haben Sie eine Ahnung, wer Frank getötet haben könnte?«, fragte ich sie.

»Wahrscheinlich eine von seinen Pink-Panther-Häschen, die entdeckt hat, dass der Schmuck, den er ihr geschenkt hat, unecht war. Ich bin alles andere als glücklich. Jetzt muss ich den Müll selbst raustragen.«

Ich ließ Pat Korda allein und kehrte zurück zu Grandma.

»Ich mache mich wieder an die Arbeit«, sagte ich. »Soll ich dich nach Hause bringen?«

»Nein, danke. Ich fahre mit Esther. Schade, dass du die Zeremonie am Grab verpasst hast. Der Friedhof ist himmlisch. Der Verstorbene wurde neben einem kleinen Waldstück zur letzten Ruhe gebettet. Er muss das Gefühl haben, als würde er jetzt für immer im Freien campieren. Ich schwöre euch, es roch nach Lagerfeuer.«

Esther nickte. »Ja, es roch tatsächlich nach Lagerfeuer. Ein heimeliger Geruch.«

Im Geiste machte ich mir eine Notiz, auf dem Friedhof mal nach Magpie zu suchen.

21

Ich fuhr nach Hause, mich umziehen, und machte eine traurige Entdeckung: Joyce war zurückgekehrt.

»Jetzt reicht es«, sagte ich. »Ich erschieße dich und vergrabe deine Leiche, wo sie niemand findet.«

»Immer mit der Ruhe. Ich will nur die Kiste abholen. Du warst doch heute Morgen bei Korda.«

»Genau. Und ich habe gute und schlechte Nachrichten. Die gute Nachricht: Die Pink Panthers wollen dich nicht töten. Wahrscheinlich will niemand dich töten. Die schlechte Nachricht: Ich habe die Schatztruhe gefunden. Aber keinen Schatz. Nur die kalte Asche von Miss Kitty, Kordas Katze.«

Joyce erbleichte. »Das glaube ich nicht.«

»Glaub, was du willst. Es stimmt trotzdem. Frag Pat Korda. Die Kiste steht auf Ihrem Kaminsims. Und nur so, aus reiner Neugier: Was hattest du eigentlich mit der Kiste vor?«

Joyce kniff die Lippen zusammen. Sie brauchte ein paar Takte, um sich zu fassen. »So ein verdammter Flop«, brachte sie schließlich hervor. »Aber ich muss dir wohl glauben. Dir so was Scheußliches auszudenken, dazu hättest du gar nicht die nötige Fantasie.«

»Meinst du, die Kiste als Urne zu benutzen?«

»Egal, das spielt jetzt auch keine Rolle mehr. Frank hat mir nur gesagt, er bewahre die Kombination für das Zahlenschloss am Safe darin auf. Die eine Hälfte sei auf meinem Schlüssel eingraviert, die andere liege in der Kiste.«

»Hattest du vor, den Safe auszurauben?«

»Nein. Aber die Zahlenkombination zu verkaufen. Hätte ich den Safe selber ausgeraubt, hätte ich mir einen Hehler suchen müssen. Auf die Pink Panthers wäre da kein Verlass gewesen. Ich habe versucht, das Schloss der Ladentür zu knacken, ist mir aber nicht gelungen. Dann bist du mir eingefallen. Ich dachte, die ist so blöd und kriegt Ranger rum, die Tür für sie zu öffnen.«

»Und der Typ, der die Kombination gekauft hätte? Wie wäre der reingekommen?«

»Nicht mein Problem«, sagte Joyce. »Von mir aus mit einem Bulldozer durchs Schaufenster.«

Joyce war sich ihrem korrupten Charakter treu geblieben. Ein tröstlicher Gedanke. Mein Leben war teilweise so außer Kontrolle, dass ich Beständigkeit bei anderen als Wohltat empfand.

»Da nun alles geklärt wäre«, sagte ich, »kannst du wieder verduften. Und komm ja nicht wieder.«

»Keine Angst. Aber ich brauche jemanden, der mich fährt. Mein Auto wurde in der Autopresse auf Kompaktmaß gebracht, falls du das vergessen hast.«

»Wie bist du hier hergekommen?«

»Taxi. Aber jetzt muss ich ohne Taxi auskommen. Meine Einkommensquelle ist soeben versiegt.«

Eine Dreiviertelstunde später setzte ich Joyce vor ihrem Townhouse ab.

»Und du bist dir ganz sicher, dass die Pink Panthers nicht hinter mir her sind?«, fragte sie.

»Absolut. Korda hat alles nur erfunden. Eine Masche, mit der er Frauen rumgekriegt hat, mit ihm ins Bett zu gehen. Du warst nicht die Einzige. Und wenn er dir Schmuck geschenkt hat, dann wahrscheinlich unechten.«

»Ach, ne? Das durfte ich auch schon herausfinden, als ich meine Halskette versetzen wollte. Einen Dreck habe ich dafür bekommen.«

Ich fuhr schnell wieder los, schon aus Angst, Joyce könnte hinter mir herlaufen, wenn ich in den Rückspiegel blickte.

In meiner Kuriertasche steckte ein ganzer Stapel Akten, die ich eigentlich hätte abarbeiten müssen, um mir die Miete zu verdienen. Aber nachdem die Fälle Lahonka, Buggy und Joyce gelöst schienen, wollte ich meine Energie lieber darauf verwenden, am Leben zu bleiben, und das hieß, die Fotojäger abzuwimmeln. Remmi Demmi fiel mir als Erster ein, doch wie an ihn rankommen? Brenda würde an ihrer dürftigen Verlobten-Geschichte festhalten, jedenfalls vorerst. Blieben noch Lancer und Slasher als das schwächste Glied. Sie kannten nur ihren Befehl, mich auf Schritt und Tritt zu verfolgen. Warum, wieso, weshalb, das wussten sie auch nicht, davon war ich überzeugt. Um an verwertbare Informationen zu kommen, musste ich die Befehlskette zurückverfolgen.

Unterwegs rief ich Berger an. »Gibt es was Neues über die Foto-Geschichte?«

»Nichts von Bedeutung.«

»Was Unbedeutendes?«

»Zwei von drei Befragten sind der Ansicht, dass das zweite Phantombild wie Ashton Kutcher aussieht.«

»Was Neues über Lancelot und Larder?«

»Nein.«

»Würden Sie es mir sagen, wenn doch?«

Eine Sekunde Schweigen in der Leitung. »Selbstverständlich.«

Aus der Länge der Pause entnahm ich das Gegenteil. Ich legte auf und rief Morelli an.

»Joyce ist weg«, sagte ich. »Ich habe meine Wohnung wieder für mich alleine.«

»Ist das eine Einladung?«

»Nein. Nur eine Feststellung. Möchtest du, dass ich dich einlade?«

»Vielleicht.«

»Nur vielleicht?«

»Hier ist die Hölle los. Wir stehen kurz vor einer Festnahme im Fall Korda.«

»Wirklich? Wen?«

»Das kann ich dir nicht sagen.«

»Willst du mich scharf machen?«

»Wenn du scharf bist, atmest du flach und kannst nicht genug kriegen, Pilzköpfchen.«

»Davon kann jetzt keine Rede sein. Ich knirsche mit den Zähnen und kneife die Augen zu.«

»Ich muss los.«

»Moment noch! Tust du mir einen Gefallen?«

»Wenn's ums Scharfmachen geht, immer.«

»Es geht um das FBI, und dass womöglich drei Leute mich töten wollen.«

»Ich bin ganz Ohr.«

»Berger ist absolut keine Hilfe. Ich glaube, dass er mehr weiß, als er zugibt. Könntest du ihm mal auf den Zahn fühlen?«

»Ich melde mich wieder.«

Während Morelli die Sache auf seine Weise anging, wollte ich einen anderen Weg einschlagen. Ich fuhr ein paar hundert Meter die Broad Street entlang, bog rechts ab in eine Querstraße, dann wieder rechts und fand einen Parkplatz direkt vor unserer Kautionsagentur. Connies Auto war da, aber kein Vinnie und keine Lula.

Connie blätterte in der neuesten *Star*.

»Was ist los?«, fragte ich sie. »Wo sind die anderen?«

»Vinnie hält sich zu Hause versteckt. Er hat Angst, DeAngelo könnte seinen Ferrari einfordern. Lula schmiert gerade ihrem Putzibärchen Honig ums Maul. Und ich sitze in diesem Drecksloch fest. Im Stockwerk über mir rumoren Ratten. Ich sage dir, die planen einen Überfall. Ohne Scheiß!«

»Könntest du für mich ein bisschen im Netz stöbern? Wir haben doch neulich zu Mortimer Lancelot und Sylvester Larder recherchiert, aber ich brauche noch mehr. Ich möchte wissen, für wen die beiden arbeiten. Wahrscheinlich jemand, den sie beim Casino-Sicherheitsdienst kennen gelernt haben.«

»Das schränkt die Suche auf etwa fünfzigtausend Menschen ein«, sagte Connie.

»Ich suche eine Person mit dunkler Vergangenheit.«

»Okay, macht neunundvierzigtausend.«

»Hast du eine Idee?«

»Ich kann noch mal einen Bonitätscheck durchführen, aber der sagt natürlich nichts aus, wenn sie für ihre Arbeit in bar bezahlt werden. Besser wäre es, du fährst zum Casino und sprichst mit den Leuten.«

»Ich würde gerne Lula mitnehmen. Wenn ich sie nur von ihrem Putzifimmel befreien könnte.«

»Buggy ist ihre große Liebe, sagt sie. Es hätte was mit einem Zaubertrank zu tun.«

Kann ich verstehen, dass Lula ihre große Liebe finden wollte. Und auch, dass sie sich alle Mühe gab, aus Abschaum Schaumwein zu machen. Ich würde nicht mal abstreiten, dass Buggy vielleicht tatsächlich ihre große Liebe war, denn ich hatte einige ihrer früheren Kandidaten für diesen Posten erlebt, und von denen unterschied sich Buggy nicht allzu sehr. Trotzdem: Wahre Liebe oder nicht, ich hatte genug von ihm. Buggy musste abtreten. Wenn Lula sich einreden konnte, dass ein Zaubertrank dieses Desaster ausgelöst hatte, dann konnte sie es sich genauso gut wieder ausreden.

Ich rief Grandma an. »Ich muss unbedingt Annie Hart sprechen.«

»Sie holt mich heute Abend zum Bowling ab«, sagte Grandma. »Wenn du willst, lade ich sie noch mal zum Abendessen ein.«

»Das wäre nett. Und sag Mom Bescheid, noch drei Teller zusätzlich hinzustellen.«

Als Nächstes rief ich Lula an.

»Wo bist du gerade?«

»Mit meinem Süßen in der Shopping-Mall. Er hatte Entzugserscheinungen, brauchte ganz dringend ein Dairy-Queen-Eis. Bei der Gelegenheit haben wir uns gleich nach einer neuen Lederjacke umgesehen. Gar nicht so einfach, eine Lederjacke für ihn zu finden. Das viele Leder, was dafür nötig ist! So viel trägt nicht mal eine ganze Kuh mit sich rum. Gut, dass ich mein Kreditkartenlimit gerade heraufgesetzt habe.«

»Vor Kurzem hast du noch gedacht, du bist ein Vampir, dabei hattest du nur einen Zahn-Abszess. Weißt du noch?«

»Ja.«

»Und heute Morgen hast du gedacht, du wärst allergisch gegen Katzenasche, in Wirklichkeit war aber alles okay.«

»Ja. Und?«

»Jetzt bist du in Buggy verknallt. Vielleicht bildest du dir das ja auch nur ein.«

»Wie schon gesagt, ich bin leicht zu beeinflussen. Aber dass Shrek meine große Liebe ist, da bin ich mir ganz sicher.«

»Du meinst Buggy.«

»Natürlich meine ich Buggy. Was habe ich denn gesagt?«

»Du hast gesagt, Shrek sei deine große Liebe.«

»Na ja, Buggy hat doch was Shrek-haftes, findest du nicht.«

»Jetzt kommen wir der Sache näher«, sagte ich. »Könnte es sein, dass du in Wahrheit in Shrek verknallt bist?«

»Ich denke mal drüber nach«, sagte Lula.

»Ich muss heute Abend für eine Recherche nach Atlantic City. Bist du dabei?«

»Und ob! Atlantic City ist geil. Ich und Buggy wollen da auch mal recherchieren.«

»Wir treffen uns um sechs bei meinen Eltern zum Essen. Danach fahren wir los.«

Jeans und T-Shirt als Outfit sind eigentlich völlig ausreichend für Atlantic City, es sei denn, man will einem Kerl ein paar Informationen aus dem Kreuz leiern. Kommen zu den Infos noch freie Getränke oder ein Dinner, kann ein tiefer Ausschnitt nicht schaden.

Ich fuhr nach Hause, zog mir Designer-Jeans, einen roten Stretchpullover mit großem runden Ausschnitt und hohe Riemchensandalen an und pimpte mein Äußeres noch mit langen baumelnden Ohrringen und ein paar Strichen Wimperntusche auf. Ich lud den Elektroschocker, meine Glock, die Handschellen und den ganzen anderen Frauenkram in eine elegantere Handtasche, und so konnte ich zur Arbeit gehen.

Kurz vor sechs kam ich bei meinen Eltern an und stellte mich mit meinem Pick-up hinter Annies Auto. Lancer und Slasher parkten ein paar Häuser weiter. Es herrschte sonst kein Verkehr. Die Rentner saßen noch beim Happy-Hour-Dinner in ihrem Lieblingsrestaurant. Die Kinder kamen gerade vom Fußballtraining oder der Klavierstunde nach Hause. Die berufstätigen Frauen standen in der Küche, stopften sich mit Chips voll, kippten Fusel und kochten dabei hektisch Abendessen. Ihre Männer hockten geistesabwesend vor der Glotze. Hier standen keine *Zu-Verkaufen*-Schilder in den Vorgärten. In diesem Viertel wohnten Leute mit Sitzfleisch. Fleißige Leute, Krisen-Überlebende, denen es egal ist, ob ihr Haus überschuldet ist oder nicht. In Burg läuft man nicht davon.

Grandma wartete vor der Haustür auf mich.

»Du hast heute Morgen auf der Totenfeier was verpasst«, sagte sie. »Die Witwe war ganz schön beschippert und ist ohnmächtig kopfüber in den Hähnchensalat gekippt. Sie musste nach oben ins Schlafzimmer gebracht werden. So was kriegt man nicht alle Tage zu sehen.«

»Ist Annie schon da?«

»In der Küche. Deiner Mutter helfen.«

In der Küche stibitzte ich mir als Erstes einen Muffin aus dem Brotkörbchen.

»Es gibt ein Problem«, sagte ich zu Annie. »Du hast mir doch ein Fläschchen mit so rosa Zeug gegeben.«

»Ja?«

»Lula hat es ausgetrunken, und jetzt braucht sie ein Gegenmittel.«

»Du lieber Gott. Hat sie allergisch darauf reagiert?«

»Wie man's nimmt. Sie hat sich in einen Sandsack verliebt.«

»Sehr ungewöhnlich«, sagte Annie nachdenklich. »Es war ein handelsübliches, rezeptfreies Magensäuremittel. Du hattest Verdauungsprobleme.«

»Hast du noch was davon?«

»Ich habe noch welches«, sagte Grandma. »Sie hat mir auch was gegeben. Ich wollte es mir aufheben, falls eines Tages mein Schwarm vorbeikommt.«

»Dein Schwarm?«, wollte Annie wissen.

»Ich bin ganz scharf auf George Clooney«, sagte Grandma. »Aber der kommt wohl nie aus Hollywood heraus.«

»Ich möchte Lula noch mal etwas von dem rosa Zeug geben und ihr sagen, es sei ein Gegenmittel zu dem Zaubertrank«, erklärte ich.

»Das behagt mir nicht«, sagte Annie. »Ich käme mir vor wie eine Betrügerin. Angenommen, er ist wirklich ihre große Liebe?«

»Ja«, sagte Grandma. »So wie bei den Zeitreisenden, die sollen sich auch nicht in den Lauf der Geschichte einmischen.«

»Huhu!«, rief Lula von der Haustür. »Hier bin ich! Ich habe meinen Süßen mitgebracht.«

Grandma, Annie und meine Mutter taperten in den Flur, um Lulas Süßen zu begutachten.

»Darf ich vorstellen? Mein Zuckerhengst Buggy«, sagte Lula, die ihre Arme um ihn geschlungen hatte, soweit das bei seiner Körperfülle möglich war.

»Jau«, ließ sich Buggy vernehmen.

Mein Vater saß im Wohnzimmer vorm Fernseher und las Zeitung. Er sah kurz zu Buggy, verzog das Gesicht und widmete sich wieder der Lektüre.

Mom und Grandma huschten zurück in die Küche, um das Essen zu holen, und wir alle nahmen am Tisch Platz.

»Kennen Sie beide sich schon lange?«, fragte Annie.

»Seit ungefähr einer Woche«, gestand Lula.

»Was machen Sie beruflich?«, wandte sich Annie an Buggy.

»Ich bin Handtaschendieb.«

Lula sah ihren neuen Freund von der Seite an. »Und kein schlechter! Er ist echt einschüchternd, weil, er ist so groß.«

Meine Mutter stellte Dad den Braten hin, Grandma kam mit einen großen Topf Kartoffelbrei herein. Mein Vater schnitt das Fleisch an, Mom und Grandma brachten noch grüne Bohnen, Bratensauce und Apfelkompott.

Buggy gingen die Augen über, sein Blick schoss von Schüssel zu Schüssel. Er saß da, Gabel in der Faust, beobachtete meinen Vater, der noch das Tranchiermesser in der Hand hielt, und wartete nur auf das Haut-rein-Signal.

Mein Vater suchte sich eine Scheibe aus und legte das Messer beiseite.

»Greifen Sie zu, Buggy«, forderte meine Mutter ihn auf.

»Jau!« Buggy stürzte sich förmlich auf die Fleischplatte und packte sich gleich mehrere Stücke auf den Teller.

In Sekundenschnelle hatte er einen Berg aus Fleisch und Kartoffeln, Bohnen und Kompott aufgehäuft. Er übergoss den Berg mit Soße, bis sie über den Tellerrand floss und auf das Tischtuch kleckerte. Er schaufelte sich das Essen ins Maul, kaute, schluckte, grunzte und schmatzte. Soße quoll zwischen seinen Lippen hervor und tropfte ihm vom Kinn. Wir waren wie versteinert vor Entsetzen.

»Ist er nicht ein Wonneproppen?«, sagte Lula. »Eine wahre Freude, so einem Mann beim Essen zuzugucken.«

»Hol das Gegenmittel für Stephanie«, sagte Annie zu Grandma. »Das Fläschchen mit der rosa Flüssigkeit.«

»Mach ich«, sagte Grandma. »Er soll bloß mein Essen nicht anrühren, solange ich oben bin.«

»Was für ein Gegenmittel?«, fragte Lula.

»Ich habe Stephanie neulich einen Liebestrank gemischt«, sagte Annie. »Leider hat er Nebenwirkungen, die gesundheitsschädigend sind. Deswegen habe ich ein Gegenmittel bereitet.«

Grandma kam mit dem Fläschchen wieder und stellte es auf den Tisch. »Hier ist es.«

»Ich habe den Liebestrank getrunken, der für Stephanie gedacht war«, sagte Lula. »Was sind denn die Nebenwirkungen?«

Annie wurde blass. Auf diese Frage hatte sie keine Antwort.

Grandma sprang ihr zur Seite. »Man kriegt Würmer davon«, sagte sie. »Wenn man nicht schnell das Gegenmittel nimmt, kriegt man Würmer, und es fallen einem die Haare aus.«

»Also keine wahre Liebe?«

»Sie müssen sich entscheiden: Wahre Liebe oder Würmer.«

Lula schauderte. »Ich will keine Würmer kriegen. Ist es zu spät? Sehe ich schon wurmzerfressen aus? Hilft das Gegenmittel noch?«

»Es gibt nur eine Möglichkeit das herauszufinden«, sagte Grandma.

Lula setzte das Fläschchen an, trank es in einem Zug aus und fuhr sich gleich danach über den Kopf. »Fallen mir jetzt die Haare aus? Habe ich Würmer? Ich fühle mich so wurmig. Irgendwas kriecht und kreucht in meinem Bauch.«

»Sonst noch was?«, erkundigte sich Annie. »Ein Frösteln?«

»Ja, kann sein«, sagte Lula.

»Ein Zeichen, dass das Gegenmittel wirkt«, sagte Annie.

Lula saß regungslos da. »Ich fühle mich auf einmal gar nicht mehr so wurmig.«

Buggy klaute sich eine Scheibe Rindfleisch von Lulas Teller und stopfte sie sich in den Mund.

»Was soll das denn?«, empörte sich Lula. »Du hast gerade meinen Braten gegessen.«

»Schnuckiputzi hat Hunger«, sagte Buggy.

»Shrek hätte Prinzessin Fiona niemals den Braten vom Teller genommen«, sagte Lula.

»Ich bin ja auch nicht Shrek«, sagte Buggy. »Ich bin dein Schnuckiputzi.«

»Du bist nicht mein Schnuckiputzi«, sagte Lula. »Wer sagt, dass du mein Schnuckiputzi bist?«

»Du!«

»Da liegst du falsch«, sagte Lula.

»Ich will Nachtisch«, sagte Buggy.

»Wie kann man sich nur so benehmen?«, sagte Lula. »Absolut ungezogen. Man geht nicht zu anderen Leuten und fragt, ob es Nachtisch gibt. Was ist überhaupt mit dir los? Ich sehe dich auf einmal mit ganz anderen Augen. Hat dir deine Mutter keine Manieren beigebracht?«

»Ich brauche keine Manieren. Dafür bin ich viel zu süß«, sagte Buggy.

»Da täuschst du dich«, stellte Lula klar.

»Wenn ich keinen Nachtisch kriege, gehe ich nach Hause. Gib mir deine Autoschlüssel.«

Lula sah ihn mit zusammengekniffenen Augen an. »Ich höre wohl nicht recht?«

»Ich fahre nach Hause. Ich will dein Auto haben.«

»Hast du irgendwas Komisches geraucht? Du bekommst mein Auto nicht. Du kannst von Glück sagen, dass ich dir nicht einen Tritt in den Arsch gebe.« Lula blickte in die Tischrunde. »Entschuldigt. Ich meine natürlich in den Hintern.«

Mein Vater lachte. Meistens aß er rasend schnell, den Kopf gesenkt, nur so hielt er Grandmas Geschwafel aus. Heute Abend hatte er seine helle Freude daran, wie Lula den dicken Buggy kleinmachte.

Buggy wandte sich fragend an meine Mutter. »Gibt es noch Nachtisch?«

»Ich habe einen Obstkuchen gebacken.«

Buggy richtete sich kerzengerade auf. »Obstkuchen esse ich für mein Leben gern.«

»Du bist so ein Hornochse, und Obstkuchen hast du gar nicht verdient«, sagte Lula.

»Als du heute Nachmittag schmusipusi mit deinem Schnuckiputzi gemacht hast, war ich noch kein Hornochse«, sagte Buggy.

Mein Vater prustete vor Lachen, und meine Mutter goss sich vor Schreck einen Whiskey hinter die Binde.

»Da hatte ich ja auch das Gegenmittel noch nicht eingenommen«, klärte Lula uns auf. »Ich stand unter dem Einfluss der Liebesdroge.«

»Schmusipusi schön und gut«, sagte Buggy, »der Braten hier schmeckt besser.«

Meine Mutter sah mit glasigen Augen über den Tisch zu Buggy. »Vielen Dank auch, mein Lieber.«

»Sie gehen jetzt besser«, riet ich Buggy.

»Erst wenn ich meinen Obstkuchen bekommen habe.«

»Gehen Sie auch, wenn ich Ihnen den halben Kuchen gebe?«

»Jau.«

Minuten später war er mit seinem Kuchen draußen und machte sich zu Fuß auf den Weg nach Hause.

»Die Würmer machen mir Angst«, sagte Lula. »Ich glaube, sie kringeln sich noch im Bauch.«

22

»Wie bin ich bloß auf den Gedanken gekommen, ich könnte diesen Idioten Buggy gern haben?«, überlegte Lula laut. »Man muss aufpassen, was man heutzutage trinkt.«

Ich kurvte in dem Casino-Parkhaus herum und suchte einen freien Platz, unweit des Aufzugs. Lancer und Slasher hatte ich unterwegs Richtung Süden abgehängt, doch irgendwo lauerte ja immer noch Remmi Demmi und vielleicht noch jemand anders.

Ich fand einen brauchbaren Platz, und Lula und ich fuhren mit dem Aufzug in die Etage, wo sich das Casino befand. Ich bin kein großer Zocker, schnuppere nur gerne Casinoluft. Mir gefallen die blinkenden Lichter, die klimpernden Automaten, die Energie der Leute, die ganze Atmosphäre, wie in einem Fantasy-Freizeitpark. Auch wenn ich bereit bin, ein paar Münzen in die Schlitze zu werfen, gebe ich mich keinerlei Illusionen hin. Für Blackjack reicht das Kopfrechnen nicht, fürs Roulette fehlt mir die Kohle und fürs Pokern die Coolness.

Bei Lula zeigte die Atmosphäre Wirkung. »Ich muss erst mal an die Spielautomaten«, sagte sie.

»Wir machen hier einen Arbeitsbesuch«, erinnerte ich sie. »Und an Spielautomaten verlierst du sowieso.«

»Ja, aber heute habe ich eine Glückssträhne.«

»Das sagst du immer.«

»Ich habe eben eine positive Lebenseinstellung. Mein Glas ist halb voll. Du gehörst zu dem Halb-leeren-Typ.«

»Tu dir keinen Zwang an«, sagte ich. »Ich melde mich, wenn ich dich brauche.«

Es war mein erster Besuch in diesem speziellen Casino. Es befand sich am Ende der Promenade, und es gab sonst keinen zwingenden Grund, warum man diesen weiten Weg zurücklegen sollte. Ich schlenderte herum, verschaffte mir einen Überblick, beobachtete die Security-Fuzzis. Wie in jedem Casino gab es uniformiertes Sicherheitspersonal und Männer in Zivil, die mit glasigem Blick gelangweilt herumstanden. Ein Ohrstöpsel verband sie mit der Kommandozentrale, und nur die Aussicht auf einen Drink am Ende ihrer Schicht hinderte sie daran, sich vor Langeweile die Kugel zu geben.

Ich guckte mir einen der Uniformierten aus, der, nach seiner Miene zu urteilen, lieber eine Hundehütte gereinigt hätte als seine Schicht abzustehen, und betrat sein Gesichtsfeld.

»Hallo«, sagte ich. »Wie läuft's?«

»Schleppend.«

»Ja, sind nur wenige Leute da. An Wochenenden ist wohl mehr los. Ich war lange nicht mehr hier. Seit einiger Zeit gehe ich lieber ans andere Ende der Promenade.«

»Da sind Sie nicht die Einzige.«

»Früher habe ich mich öfter mit einem der Wachschutzleute unterhalten. Echt netter Kerl, aber heute Abend scheint er nicht hier zu sein. Mortimer Lancelot.«

»Morty?«, sagte er. »Der arbeitet nicht mehr hier. Den haben sie eingespart.«

»Mist. Was macht er denn jetzt? Ist er in einem anderen Casino untergekommen?«

»Nein. Die Casinos stellen kein Personal mehr ein. Morty ist auswärts untergekommen. Ich habe gehört, er hätte in irgendeinem Laden Arbeit als Nachtwächter gefunden. Ein Scheißjob. Hier war er immerhin Gruppenleiter.«

Ein echter Aufstieg!

»Wer hat ihn eingestellt? Was bewacht er denn? Spielautomaten? Münzautomaten? Alkohol?«

»Weiß ich nicht. Wollen Sie was von Morty?«

»Ich will mich nur unterhalten.«

»Ich habe in ein paar Stunden Feierabend. Dann können wir unsere Unterhaltung fortsetzen, wenn Sie wollen.«

»Klar. Toll. Man sieht sich.«

Ich ging zur Bar am anderen Ende des Raums und erklomm einen Hocker. Zwei Männer standen hinter dem Tresen. Der eine hielt die Cocktail-Kellnerin auf Trab, der andere bediente die Barkunden. In erster Linie mich. Ich bestellte einen Cosmo und lächelte dankbar, als er kam.

»Ist ja nicht gerade viel los«, sagte ich.

Der Barkeeper sah mich lange an. »Suchen Sie Action?«

»Nein. Eigentlich suche ich einen alten Freund. Einen ehemaligen Kollegen, schon einige Jahre her. Ich habe gehört, er soll hier arbeiten. Ich finde ihn aber nicht. Morty Lancelot.«

»Da kommen Sie ein halbes Jahr zu spät. Morty und einen Haufen anderer hat es bei einer Umstrukturierung erwischt. Auf Nimmerwiedersehen.«

»Schweinerei.«

»Ja. Die haben einfach alle an der Spitze der Gehaltsskala abgestoßen. Ich bin nur noch hier, weil ich praktisch für einen Hungerlohn schufte.«

Aus einer Schublade unterm Tresen löffelte er Peanuts auf ein Glastellerchen und stellte es mir hin.

»Als es noch Wasabi gab, war meine Ernährung ausgeglichener, aber die Snacks haben sie mit Morty gleich mit eingespart.«

»Wissen Sie, wo Morty jetzt steckt?«

»Er soll bei Billings arbeiten.«

»Billings?«

»Ein Lebensmittellieferant. Ich sehe den Truck jeden Morgen, wenn ich zur Arbeit gehe, an der Laderampe.«

Ich trank meinen Cosmo aus und hinterließ dem Kellner ein großzügiges Trinkgeld, damit er sich ein paar Nüsse kaufen konnte. Danach schlenderte ich weiter durch die Räume und landete schließlich wieder bei den Spielautomaten. Lula hörte nicht auf, sie mit Geld zu füttern.

»Und? Wie sieht's aus?«

»Ich habe zwanzig Dollar gewonnen.«

»Wie viel hast du ausgegeben?«

»Siebzig. Die Maschinen sind manipuliert. Das ist Betrug.«

»Ich habe mein Ziel erreicht«, sagte ich. »Ich habe eine Spur, was die Typen betrifft, die mich verfolgen. Können wir gehen?«

Kurz vor Mitternacht trudelte ich in Burg ein. Etwas früher – und ich hätte auf dem Friedhof noch nach Magpie gesucht. Doch Lula schlief bereits, und ich trug High Heels. Nicht die besten Voraussetzungen, um im hohen Gras und zwischen Grabsteinen Kautionsflüchtlinge zu jagen. Ich setzte Lula vor dem Haus meiner Eltern ab, wartete, bis sie in ihren Firebird gestiegen war, und fuhr weiter zu meinem Haus. Ein Blick auf den Parkplatz, kein Lincoln Town Car, kein Toaster-Auto, kein klappriger Kombi, einzige Überraschung: Morellis SUV. Ich stellte mich neben ihn, stieg aus und sah hoch zu meiner Wohnung. Licht brannte. Morelli besaß einen Schlüssel, Überbleibsel aus der Zeit unserer festen Beziehung.

Wenigstens brauchte ich jetzt nicht zu befürchten, Remmi Demmi könnte sich in der Küche verstecken. Oder Joyce. Und Morelli im Küchenversteck? Welche Gefühle überkamen mich da? Schöne. Warme. Wie gruselig ist das denn?

Ich schloss die Tür auf, und Bob stürzte mir entgegen. Ich umarmte ihn und kraulte ihn hinter den Ohren. Dann begrüßte ich Rex und ging ins Wohnzimmer. Morelli, in Jeans, T-Shirt und Strümpfen, schlief vor dem Fernseher. Sein Bartschatten war finster wie die Nacht, die Haare zu lang, und er war zum Knuddeln sexy. Ich holte eine Decke aus dem Kleiderschrank und warf sie über ihn, schaltete den Fernseher aus, löschte das Licht und ging zu Bett.

Am nächsten Morgen wachte ich in Morellis Armen auf. Den Blick unter die Bettdecke konnte ich mir ersparen,

Morelli war nackt. Ich fuhr mit der Hand seinen Körper entlang, und er schlug die Augen auf.

»Überraschung«, murmelte er.

Eine halbe Stunde später stand er unter der Dusche, und ich bereitete in der Küche das Frühstück. Morgendlicher Sex mit Morelli macht Spaß und ist befriedigend, auch ohne Marathonlänge. Morgens hat Morelli Wichtigeres zu tun. Er muss Morde aufklären.

Ich schüttete Trockenfutter in Bobs Fressnapf, füllte frisches Wasser nach und sagte ihm, Morelli werde jeden Moment aus der Dusche steigen und mit ihm Gassi gehen. Ich setzte Kaffee auf und schnitt den Babka-Hefekuchen an, den meine Mutter mir gestern Abend mitgegeben hatte.

Morelli kam in die Küche geschlurft, als der Kaffee durchgelaufen war. Er küsste mich und goss sich Obstsaft in ein Glas.

»Ich bin gestern Abend noch vorbeigekommen, weil ich dir sagen wollte, dass wir im Zusammenhang mit dem Fall Korda jemanden festgenommen haben. Wo warst du?«

»Auf Spurensuche in Atlantic City. Ich wollte mehr über das Vorleben meiner Verfolger erfahren.«

»Und?«

»Ich habe es noch nicht nachgeprüft, aber ich glaube, sie arbeiten für einen Lebensmittellieferanten, der auch das Casino zum Kunden hat. Billings.« Ich nahm mir eine dicke Scheibe von Moms Babka. »Und wen habt ihr festgenommen? Wer ist der Verdächtige?«

»Carol Baumgarten aus Lawrenceville. Du wirst sie nicht kennen. Sie hat sich bei dem Verhör als sehr kooperativ erwiesen. Behauptet, sie habe gar nicht die Absicht gehabt, jemanden zu töten. Barnhardt hatte sie von ihrem Platz verdrängt, und sie wollte sich nur an ihnen rächen. Ihr Plan war, die beiden in den Kofferraum zu sperren, das Auto auf dem Schrottplatz abzustellen und Kordas Frau anzurufen, sie könne ihren Mann und seine Freundin abholen. Es gab nur eine Problem: Kordas Frau hat die Mailbox auf ihrem Handy nicht abgehört. Und Korda selbst erlitt einen Herzinfarkt. Baumgarten bekam es mit der Angst und ist zum Schrottplatz zurückgekehrt, um Korda zu retten. Zu spät. Das Auto samt Inhalt war schon zusammengepresst worden. Jetzt bekam sie richtig Panik und hat sich höllisch mit Stolichnaya betrunken.«

»Wie habt ihr sie ausfindig gemacht?«

»Über das Fahrtenprotokoll des Taxis. Sie hat sich nämlich vom Schrottplatz zum Schmuckgeschäft kutschieren lassen, wo ihr Auto abgestellt war. Vermutlich hat sie Korda tagelang verfolgt, um einen günstigen Zeitpunkt abzupassen.«

»Ich bin erstaunt, dass du diese Information weitergibst.«

»Wir haben ihr Geständnis auf Band, die Beweislast ist erdrückend. Ihre Fingerabdrücke sind in Joyce' Auto, und sicher gibt es auch DNA-Spuren. Die Frau haart wie eine Katze. Und wie üblich in dieser Stadt sickert jedes Detail durch und wird in Mabel's Hair Salon und bei Giovichinni's Delicatessen breitgetreten. Ich weiß auch nicht, wo die undichte Stelle ist, aber es passiert jedes Mal.«

»Hast du schon mit Berger gesprochen?«

»Nein. Wir erwischen gegenseitig immer nur den Anrufbeantworter. Ich versuche es heute noch mal bei ihm.«

Morelli ging; ich setzte mich an den Computer und suchte im Netz nach Informationen über Billings. Ich fand das Unternehmen und scrollte die Seiten herunter. Billings vertrieb Gourmetspeisen, Spezialitäten und Qualitätsfleisch, Lager und Hauptbüro befanden sich nördlich von Bordentown. Das Unternehmen war in Privatbesitz, sein Besitzer Chester Billings kein unbeschriebenes Blatt. Vor drei Jahren war er wegen Steuerhinterziehung angeklagt worden, doch er hatte nachgezahlt, und das Verfahren wurde eingestellt. Ein anderer Vorwurf lautete auf Hehlerei, aber auch daraus war nichts geworden.

Ich gab den Namen Chester Billings in ein neues Suchprogramm für mehr biografische Daten ein. Chester Billings, geboren in New Brunswick, Eltern Mary und William Billings, Schwester Brenda. Nanu. Brenda?

Ich gab Brenda Schwartz in dasselbe Programm ein und las mich durch die Einträge. Da war sie: Brenda Billings. Bruder Chester.

Na also, jetzt tat sich endlich eine Verbindung auf. Hochinteressant. Trotzdem wusste ich immer noch nicht, warum das Foto so wichtig war. Beziehungsweise, was ich tun musste, um mir meine Verfolger vom Hals zu schaffen.

Ich klappte den Laptop zu, duschte, zog mich an und verließ die Wohnung. Auf der Hamilton schlossen sich Lancer und Slasher an und folgten mir bis zum Kautionsbüro. Dort hielten wir an, ich stieg aus und ging zu ihnen.

»Ich weiß jetzt, für wen Sie arbeiten«, sagte ich zu Lancer.
»Von mir wissen Sie das nicht.«
»Nein. Ich habe es selbst herausgefunden.«

»Dann ist es ja in Ordnung.«

»Sie scheinen nicht sonderlich erpicht darauf, Informationen von mir zu erpressen.«

»Befehl ist Befehl«, sagte Lancer. »Wir beobachten Sie aufmerksam und melden unserem Auftraggeber, wo Sie sich aufhalten und mit wem Sie Kontakt haben.«

»Remmi Demmi ist aggressiver.«

Lancer schnaubte. »Remmi Demmi ist ein Freak. Früher hat er sich im Casino herumgetrieben, bis sie ihn rausgeworfen haben. Er hatte einen Trick, die Spielautomaten zum Sprudeln zu bringen. Er arbeitet für irgend so einen Spinner aus Somalia. Und er hat immer damit geprahlt, dass er mit einem einzigen Messerstreich einen Finger abtrennen kann.«

Connie, Lula und Vinnie standen schweigend in Habtachtstellung, als ich eintrat.

»Was ist denn hier los?«

»Wir lauschen«, sagte Connie. »Hörst du auch was?«

Ich legte den Kopf schief und konzentrierte mich. »Was soll ich denn hören?«

»Das Fiepen«, sagte Connie. »Sie haben sich versammelt.«

»Wer?«

»Die Ratten.«

Ach, du liebe Güte.

»Ich höre sie nicht mehr«, sagte Lula. »Vielleicht habe ich sie auch gar nicht gehört. Das Fiepen könnte auch nur von Vinnies Keuchen kommen.«

»Ich keuche nicht«, sagte Vinnie. »Ich bin kerngesund.«

»Ich mache mich mal wieder vom Acker«, sagte ich. »Ein Lager in Bordentown überprüfen.«

»In Bordentown ist ein Flohmarkt, da kann man gut shoppen«, sagte Lula. »Kann ich mitkommen?«

»Ich hatte nicht vor zu shoppen.«

»Man kann nie wissen, wann einen die Kauflust packt. Außerdem gibt es da ein Restaurant mit sagenhaften Spareribs.«

23

Ich hängte Lancer und Slasher in Midtown Trenton ab und raste zur Broad Street. In Whitehorse bogen wir auf die Route 295, Richtung Süden.

»Ich habe den Eindruck, die beiden Typen meinen es nicht so richtig ernst mit der Beschattung«, sagte Lula. »Hochmotiviert sind sie jedenfalls nicht.«

»Zwei Wachschutztrottel, die über das Level ihrer Inkompetenz hinaus befördert wurden.«

»Warum willst du dir eigentlich das Lager in Bordentown angucken?«

»Lancer und Slasher wurden von Chester Billings engagiert. Billings vertreibt Gourmetspeisen, das Lager in Bordentown gehört ihm. Seine Schwester ist Brenda Schwartz.«

»Hunh. Und wie hängt das alles zusammen?«

»Keine Ahnung.«

»Und jetzt willst du in dem Lagerhaus herumschnüffeln.«

»Ich will nicht rumschnüffeln. Eigentlich nur vorbeifahren. Mir ein Bild von dem Betrieb machen.«

Billings' Lager und Hauptbüro befanden sich in einem großen Gewerbegebiet. Ich fand die Anliegerstraße, schlängelte mich durch das Gelände und stieß endlich in einer

Sackgasse auf Billings Gourmet Food. Der ganze Komplex war relativ neu, das Grün drum herum schmucklos, aber gepflegt. Das Büro schloss sich direkt an das Warenlager an, knapp 200 qm Fläche. Das Lager war natürlich wesentlich größer, auch der Parkplatz war entsprechend weitläufig. Ich fuhr auf die Rückseite, um mir die Ladedocks anzusehen. Zwei Docks, zwei Rolltore. Dahinter Wald. Ich dachte an die Anklage wegen Hehlerei. Das hier war die perfekte Tarnung.

»Alles klar«, sagte ich. »Ich habe genug gesehen.«

»So schnell?«

»Ja.«

»Deswegen sind wir den weiten Weg gefahren? Willst du nicht reingehen oder so?«

»Nö.«

Was hätte ich dem großen bösen Chester Billings schon zu sagen gehabt? Zwar besäße ich das Foto nicht, aber der Mann darauf sähe so aus wie Tom Cruise oder Ashton Kutcher? Und ich würde es sehr begrüßen, wenn er mich in Ruhe ließe? Chester Billings hätte dafür wohl kaum den nötigen Humor.

»Falls es dich interessiert«, sagte Lula, »ich habe die Nummer von dem Spareribs-Restaurant im Handy.«

Anderthalb Stunden später und zwei Kilo schwerer waren wir wieder unterwegs.

»Das war ausgezeichnet«, sagte Lula. »Es geht doch nichts über Ribs und Fritten zu Mittag. Ich fühle mich, als wäre ich ein neuer Mensch.«

Ich hatte jede Beherrschung verloren, hatte alles gegessen, was man mir vorsetzte, außer der Serviette. Ich fühlte mich nicht, als wäre ich ein neuer Mensch, sondern zwei neue Menschen.

»Auf was für ein Himmelfahrtskommando schickst du uns als Nächstes?«, fragte Lula.

»Ich möchte in Brendas Haus einbrechen.«

»Endlich mal was Vernünftiges! *Zack! Zack!* Aber Einbruch am helllichten Tag? Und was machen wir mit neugierigen Nachbarn?«

»Wir kommen getarnt.«

»Verdeckte Ermittlung?«, sagte Lula. »Das gefällt mir.«

Ich fuhr zurück nach Trenton, machte kurz Halt bei meiner Mutter und lieh mir Eimer, Wischlappen und einen mit diversen Reinigungsmitteln bestückten Putzwagen aus.

»Wie sexistisch ist das denn?«, sagte Lula. »Warum müssen wir unbedingt Putzfrauen spielen?«

»Weil wir wie Putzfrauen aussehen. Hast du eine bessere Idee?«

»Ich mein ja nur. Reg dich bloß ab. Sonst machen wir doch immer auf Nutte, wenn wir undercover arbeiten. Nutte kann ich gut.«

»Ich glaube, Nutte wäre hier nicht angebracht.«

»Da könntest du recht haben.«

Ich parkte in der Einfahrt von Brendas kleinem grünen Haus, und wir klingelten. Keine Reaktion. Ich tastete den Türpfosten ab. Kein Schlüssel. Suchte den Boden nach einem künstlichen Hundehaufen oder Stein ab. Ebenfalls nichts.

Wir zuckelten mit unserem Eimer und Wischlappen los und probierten den Hintereingang. Abgeschlossen. Ich schaute unter die Fußmatte, und siehe da, ein Schlüssel. Wir schlossen auf und traten in die Küche. In der Spüle ein paar Schüsseln und Kaffeebecher, auf dem Tresen eine Schachtel Cornflakes.

»Wonach suchen wir eigentlich?«, fragte Lula.

»Weiß ich auch nicht.«

»Umso besser.«

Es war ein herkömmliches Haus im Ranch-Stil. Zwei Schlafzimmer, ein Bad. Vollgestellt mit Möbeln, wahrscheinlich alles, was Brenda noch rasch auf einen Truck hatte verladen können, ehe der Gerichtsvollzieher sie aus ihrem alten Haus vertrieb. Auf einem Beistelltisch im Wohnzimmer ein Foto, Brenda mit einem jungen Mann, konnte ihr Sohn sein. Schlank, schulterlanges braunes Haar, Jeans, abgewetzte Sneakers, braunes T-Shirt. Die beiden machten einen glücklichen Eindruck.

Brendas Schlafzimmer sah aus, wie ich es erwartet hatte. Der Kleiderschrank quoll über, an der Wand aufgereiht Schuhe, eine Kommode mit Unterwäsche, schicken T-Shirts und Sweatern. In der oberen Schublade Haarpflegemittel, Nagellack, Profi-Schminkköfferchen und Duftkerzen. Modeschmuck in einer Schatulle, kein Ehering. Bis jetzt auch kein Foto von ihr und Crick.

Weiter ging es mit dem Badezimmer. Das Arzneischränkchen war gut gefüllt mit rezeptfreien Magentabletten, Schmerztabletten, Abführmitteln, Säureblockern, Schlaftabletten und Diätmitteln. Auf der einen Seite des Waschbeckens verstreut

Make-up-Artikel. Haarbürste, Haarspray. Elektrische Zahnbürste. Auf der anderen Seite noch eine Zahnbürste, kleine Zahnpastatube, Rasierapparat und Reise-Rasiergel. Männerkram. Klobrille hochgeklappt. Auf dem Boden vor der Badewanne und der Dusche ein feuchtes Handtuch. Ganz klar, ein Mann im Haus.

Das zweite Schlafzimmer war in Benutzung. Das Bett ungemacht. Laptop auf dem Bett. Auf dem Boden Herren-Flip-Flops und Boxershorts mit tropischen Motiven. In der Ecke ein Rucksack, teilweise mit Kleidung gefüllt. Kleine Kommode, leer.

»Brenda lebt mit einem Mann zusammen«, sagte Lula.

»Jason, ihrem einundzwanzigjährigen Sohn. Wahrscheinlich eine Stippvisite. Sieht nicht aus wie ein längerer Aufenthalt.«

»Trotzdem nett, dass er seine Mutter besucht. Muss hart sein für eine Mutter, wenn das Kind aus dem Haus ist.«

Ich sah Lula an. Sie sprach sonst nie über Kinder.

»Möchtest du eines Tages mal Kinder haben?«, fragte ich sie.

»Ich glaube, ich kann keine Kinder kriegen«, sagte sie. »Du weißt, ich wurde schwer verletzt als Nutte. Wenn du mich damals nicht gefunden hättest, wäre ich gestorben.«

»Du könntest Kinder adoptieren.«

»Das würde man mir wohl kaum erlauben.«

»Du wärst eine wunderbare Mutter.«

»Ich liebe Kinder heiß und innig. Ich würde mich krummlegen für sie. Meine eigene Mutter habe ich kaum gekannt. Sie war eine cracksüchtige Nutte, sie starb an einer Überdosis Heroin, als ich noch klein war. Ich war eine bessere Nutte als sie, weil, Drogen habe ich nie genommen.«

Ich verließ das Schlafzimmer, vorbei an einem Kabuff mit Waschmaschine und Trockner, dann ein paar Schritte den Flur entlang – und gelangte an eine Tür. Ich öffnete sie und spähte durch den Spalt. Garage. Unter einer Plane stand ein Auto. Ich schaltete das Licht ein, schlug die Plane zurück und staunte nicht schlecht.

»Ein Ferrari«, sagte Lula. »Und kein gewöhnlicher Ferrari. Eine Special Edition. Sauteuer. Brenda muss beim Fahren einer abgehen.«

»Sie kann gar nicht mit dem Auto fahren«, sagte ich. »Es hat kein Nummernschild.«

»Dann geht ihr eben schon vom drin Sitzen einer ab.«

Wir packten unsere Eimer und Wischlappen zusammen, verließen das Haus, schlossen wieder ab und stiegen in meinen Pick-up.

»Ich bin diese Affenspielchen leid«, sagte ich zu Lula. »Ist doch Bullshit. Ich fahre jetzt zu Brenda und frage sie ganz direkt.«

»*Zack! Zack!*«, sagte Lula. »Super!« Ich düste los, ließ Brendas Viertel hinter mir, rutschte auf die Route 1, fuhr in Princeton wieder ab und bog auf den Parkplatz des Hair Barn.

»Ich komme mit«, sagte Lula. »Das will ich mir nicht entgehen lassen.«

»Was soll dir da groß entgehen. Ich möchte mich nur mit Brenda unterhalten.«

»Ja, aber wenn sie nicht reden will, müssen wir handgreiflich werden.«

»Wir werden auf keinen Fall handgreiflich!«

»Meine Fresse! Du immer mit deinen Regeln! Kein Wunder, dass du so griesgrämig rumläufst.«

Brenda saß auf dem Frisierstuhl, als wir den Laden betraten.

»Ach, sieh an!«, sagte sie. »Haben Sie sich jetzt doch dazu durchgerungen, was für Ihr Haar zu tun?«

»Nein«, sagte ich. »Ich wollte Sie nur mal in Ruhe sprechen.«

»Nicht mehr nötig. Das Foto ist mir egal. Sie können es behalten.«

»Ich habe es doch gar nicht.«

»Also gut: Wenn Sie es hätten, könnten Sie es behalten. Es hat keine Bedeutung mehr für mich.«

»Und Ritchy?«

»Bitte, wer?«

»Ihr verstorbener Verlobter.«

»Ach so, ja, der arme Ritchy.«

»Erzählen Sie mal. Was wollte er mit dem Foto?«

»Er hatte es eben bei sich. Und dann hatte er es nicht mehr, weil er es Ihnen gegeben hat.«

»Und warum hat er es mir gegeben?«

»Gute Frage. Ich glaube, da gibt es nur eine Antwort: Weil er ein Idiot war.«

»Das ist nur die halbe Wahrheit.«

Brenda stand auf. »Ich kann mich nicht mit Ihnen unterhalten. Ich muss dabei ständig Ihre Frisur angucken. Das irritiert mich. Nehmen Sie sich ein Beispiel an Ihrer Freundin. Die hat eine tolle Frisur.«

Lula trug einen gigantischen Tuttifrutti-Zuckerwattebausch auf dem Kopf.

»Ich pflege mein Haar ja auch besonders gut«, sagte Lula.

»Blödsinn!«, sagte ich. »Du pflegst dein Haar doch gar nicht, tauchst es nur alle vier Tage in ein anderes Farbbad. Dein Haar ist unverwüstlich. Ein Streichholz dranhalten, und es würde nichts passieren.«

»Ich verstehe nicht, wie Sie beide es miteinander aushalten«, sagte Brenda.

»Ja, manchmal ist es echt peinlich«, sagte Lula. »Von Mode versteht sie leider auch nichts.«

»Setzen Sie sich auf den Stuhl hier«, sagte Brenda. »Ich mache Sie zurecht. Heute kommt sowieso keine Kundschaft mehr.«

»Vielen Dank, aber das ist wirklich nicht nötig«, sagte ich.

»Geht auf's Haus«, sagte Brenda.

»Geld ist nicht das Problem«, sagte ich. »Eigentlich gefällt mir meine Frisur ganz gut so.«

»Sie meinen nur, Sie hätten eine Frisur, Honey«, sagte Brenda. Sie schielte hinüber zu Lula. »Habe ich recht?«

»Und wie!«

Brenda fuhr mit der gespreizten Hand durch mein Haar. »Als Erstes brauchen Sie Strähnchen. Nein, dicke, fette Strähnen.«

»Noch mal zurück zu dem Foto...«

»Binden Sie sich einen Frisierumhang um, während ich die Mixtur ansetze«, sagte sie. »Über das Foto können wir uns nachher unterhalten.«

Gott, steh mir bei! Musste ich mir das bieten lassen?

Strähnchen, nein, Strähnen, um sie zum Reden zu bringen?

»Ich traue ihr nicht«, sagte ich zu Lula. »Sie ist verrückt. Wenn sie mir nun die Haare vergiftet?«

»Ich passe schon auf«, versprach Lula. »Mit Haaren und Pharmaprodukten kenne ich mich aus. Setz dich hin, und mach dir keine Sorgen.«

Kurz darauf kamen die beiden zurück. Brenda strich irgendein klebriges Zeug in mein Haar und wickelte einzelne Strähnen in Folie.

»Das Foto ist nicht der Rede wert. Ich dachte, ich brauche es für was Geschäftliches, aber das war gar nicht nötig.«

»Was ist mit Ihrem Bruder? Hat der mich jetzt auch abgehakt?«

»Ach, Sie kennen Chester?« Sie zuckte mit den Schultern. »Ich weiß nicht, was bei dem los ist. Er ist ein Arschloch. Wir reden nicht miteinander. Ist sowieso nur mein Stiefbruder. Irgendwann haben wir herausgefunden, dass meine Mutter was mit dem Metzger hatte.«

Sie klaubte etwas Paste aus einem anderen Napf, strich das neue klebrige Zeug auf ein Haarbüschel neben die erste Strähne und wickelte es ebenfalls in Folie.

Ich kniff die Lippen zusammen und schickte ein Stoßgebet gen Himmel.

»Schade«, sagte Lula. »Ich hatte auf einen kleinen Zickenkrieg gehofft. Aber der scheint ja nun abgebogen. Dann mache ich es mir halt gemütlich und blättere so lange in Ihren Illustrierten.«

»Sie haben mir immer noch nichts erzählt«, sagte ich zu

Brenda. »Chester hat zwei Schnüffler auf mich angesetzt. Warum? Und wer ist der Mann auf dem Foto?«

»Den Mann gibt es nicht. Es ist eine Montage. Von dem einen die Nase, von einem anderen die Augen.«

»Zusammengesetzt aus Tom Cruise und Ashton Kutcher!«

»Weiß ich nicht. Ich habe das Foto nie gesehen. Jedenfalls clever gemacht. Sieht aus wie ein Foto, ist aber in Wahrheit ein Computerprogramm. Man scannt es ein, und der Computer zerlegt es in winzig kleine Segmente und erkennt einen Code, mit dem man dann irgendwas machen kann. Zum Beispiel ein Auto knacken.«

»Was soll daran Besonderes sein? Ein Auto öffnet man mit einem normalen Schlüssel. Oder mit einem Funkschlüssel.«

»Schon klar. Aber dieser Code kann Autos knacken, die den allerneuesten Schnickschnack haben, GPS, Alarmanlage, was weiß ich. Ich meine, das Auto muss einem nicht unbedingt gehören. Wenn Sie verstehen...«

»Also Autodiebstahl.«

»Genau. Und hat man das Auto geknackt, kann man alles Mögliche damit anstellen, starten und Gas geben, bremsen und lenken, ohne selbst hinterm Steuer zu sitzen!«

Lula blickte von der Illustrierten auf. »Mit dem Foto kann ich also jedes x-beliebige Auto auf einem Parkplatz starten und fernlenken. In Ihr Schaufenster zum Beispiel.«

»Vielleicht nicht jedes Auto, aber theoretisch ja«, sagte Brenda.

»Nett«, sagte Lula und vertiefte sich wieder in ihre Lektüre.

Allmählich erahnte ich den Wert des Fotos. Anscheinend

beinhaltete es ein Computerprogramm, mit dem man sich von Ferne in das Betriebssystem eines Autos hacken konnte. Insofern war es auch für Diebe äußerst interessant. Man konnte aber auch kontrollierte Zusammenstöße mit anderen Fahrzeugen herbeiführen, mit Fußgängern oder Gebäuden. Gefüllt mit Sprengstoff verfügte man über eine fernzündbare Bombe.

»Ist diese Technik weit verbreitet?«, fragte ich.

»Vermutlich haben schon viele davon gehört, doch nicht viele haben Zugang zu ihr. Das ist Spitzentechnologie.«

Ich dachte an den schweineteuren Ferrari in ihrer Garage.

»Sie haben damit ein Auto gestohlen, nicht?«

»Mir mein Auto wiederbeschafft, würde ich eher sagen. Kennen Sie Sammy das Schwein?«

»Klar. Den kennt in Jersey jedes Kind. Er ist berühmt. Er führt die Mafia von North Jersey an.«

»Mein genialer Mann, der jetzt tot ist, wollte sein Geschäft erweitern, deswegen hat er sich Geld von Sammy geliehen. Eigentlich hatten wir ausgesorgt. 35 Autowaschanlagen, großes Haus, Platinkreditkarten. Ich wollte das Geschäft nicht erweitern. Aber er hat nicht auf mich gehört. Er wollte Autowasch-King werden. Landesweit. Autowaschanlagen auf dem Mond, das war sein Ziel. Also leiht er sich Geld von Sammy und fängt an, noch mehr Autowaschanlagen zu bauen. Dann plötzlich bricht die Wirtschaft ein. Die Leute waschen ihre Autos wieder selbst. Andere Probleme kommen hinzu, auf dem Bau und mit den Arbeitern, und Bernie kann den Kredit nicht mehr tilgen. Um es kurz zu machen: Am Ende hatte Sammy das Schwein meinen Bernie in der Tasche. Wir haben alles verloren. Die Waschanlagen, das Haus, die Teilnutzung einer Immobilie in Jamaika, die wir nie in Anspruch genommen haben. Und vor drei Monaten hat er mir mein Auto genommen. Dazu hatte Sammy kein Recht. Es war ein Geburtstagsgeschenk von Bernie. Zwei von Sammys Leuten sind in den Salon gekommen, haben sich die Schlüssel aus meiner Handtasche gefischt und sind mit dem Auto weggefahren.«

»Was für ein Auto war es?« Als wüsste ich es nicht längst.

»Ein Ferrari. Rot. Echt teure Karre.«

»Warum haben Sie es sich nicht auf legalem Weg wiederbeschafft?«

»Ich habe die Autopapiere nicht gefunden. Bernie hat ein einziges Chaos hinterlassen, nachdem er sich vom Acker gemacht hat. Und der Fahrzeugschein lag im Handschuhfach. Was hätte ich der Polizei also sagen sollen? Mein Mann hat sich mit Sammy dem Schwein eingelassen, und jetzt hat Sammy sich seinen Anteil abgeholt? Ich bin jedenfalls rüber zu Sammy und habe versucht, das Auto zu klauen. Mein eigenes Auto, wohlgemerkt. Doch mein Schlüssel funktionierte nicht. Die Alarmanlage ging los, und ich kriegte die Tür nicht auf. Das Schwein hatte wahrscheinlich ein neues Schloss einbauen lassen, vielleicht sogar eine neue Identifikationsnummer. Er besitzt mehrere illegale Werkstätten zum Ausschlachten gestohlener Fahrzeuge. Aber ehrlich, das Auto war bestimmt schon heiß, als ich es bekam. Bernie hatte es bei einem Pokerspiel gewonnen.«

Brenda wickelte ein Folienröllchen aus und sah sich die Strähne an. »Braucht noch Zeit.«

»Aber Sie haben das Auto dann trotzdem zurückbekommen, oder?«

»Ja. Ich hatte mich bei einem Bekannten ein bisschen ausgeheult. Er meinte, er könne das System austricksen und mir das Auto wiederbeschaffen. Nur, dieser Bekannte lebt in Hawaii, und er scheute sich, mir Informationen zu schicken. Kurz darauf kreuzte mein Stammkunde Ritchy mal wieder hier auf, um sich einen Haarschnitt abzuholen. Der wiederum erzählte mir, er würde zu einer Tagung nach Hawaii fahren. In dem Moment kam ich auf die brillante Idee, Ritchy könnte diese Information für mich bei meinem Bekannten abholen und mitbringen.«

»Warum hat Ihnen Ihr Bekannter die Info nicht einfach gemailt?«

»Der elektronische Weg war ihm zu unsicher. Aber wie sich gezeigt hat, war der postalische auch nicht sicherer. Wenigstens war er so clever, den Code auf ein Foto zu bannen. Er soll ja nicht in falsche Hände geraten.«

»Ihrem Bruder zum Beispiel.«

»Ja. Der würde ihn an die Russen verkaufen, an Aliens oder wer immer der Feind ist. Ich komme da nicht mehr nach. Vielleicht würde er ihn auch dazu benutzen, selbst Autos zu entführen.«

Ich sah in den Spiegel und versuchte, gute Miene zu machen. Mein Kopf war vollständig in Alufolie gehüllt.

»Und jetzt die Frage aller Fragen«, sagte ich zu Brenda. »Warum hat Richard Crick das Foto in meine Tasche gesteckt?«

»Reiner Zufall. Er war flugkrank, vielleicht eine Grippe

im Anzug, irgendwas. Jedenfalls ist er während des Zwischenstopps von Bord gegangen und fühlte sich dann zu krank, um wieder einzusteigen. Er hat in seiner Tasche nach der Bordkarte gesucht, für eine Umbuchung, und dabei gemerkt, dass mein Umschlag weg war. Er sagte noch, er könne sich erinnern, dass Sie genau die gleiche Tasche hätten. Eine schwarze Tumi-Kuriertasche. Da wurde ihm klar, dass er den Umschlag in der Eile beim Verlassen des Flugzeugs in Ihre Tasche gesteckt hatte. Sie lag auf dem Boden zwischen den Sitzen, so wie seine. Deswegen rief er an und hat alles auf meinen AB gesprochen. Wenn er es sich recht überlegte, müsste es genauso abgelaufen sein, meinte er. Ich könne Sie ja vom Flughafen abholen. Aber ich habe die Nachricht nicht rechtzeitig abgehört. Und dann auf einmal hieß es, er sei tot.«

»Und wie ist Ihr Bruder dahintergekommen?«

»Er war dabei, als ich den AB abgehört habe. Woher sollte ich wissen, dass er so ein Arschloch ist?«

»Haben Sie ihm von dem Foto mit dem verdeckten Code erzählt?«

»Ich hatte ein paar Apple Martinis getrunken. Die haben mich redselig gemacht.«

»Apple Martinis?«, mischte sich Lula wieder ein. »Da könnte ich drin baden!«

»Los, rüber zum Waschbecken«, sagte Brenda zu mir. »Sie sind fertig. Das wird der helle Wahn.«

Wie das Leben so spielt. Eine kleine Entscheidung, und man tritt eine Reise ohne Wiederkehr an. Richard Crick hatte sich bereit erklärt, einer Bekannten einen Gefallen zu tun und damit sein eigenes Todesurteil gefällt. In Gang gesetzt wurde diese hässliche Kette von Ereignissen, als Bernie Schwartz sich Geld von Sammy dem Schwein lieh. Und was war das Ergebnis? Strähnchen in meinen Haaren.

Mit nassen Haaren lässt sich schwer erkennen, was der Friseur des Vertrauens auf deinem Kopf angerichtet hat. Als ich vom Waschbecken aufstand und wieder auf dem Friseurstuhl Platz nahm, gab es noch Hoffnung. Dann waren die Haare geföhnt, toupiert und mit Haarspray gefestigt, und ich wollte mich nur noch betrinken. Knallrote und gelbe Strähnen. Es sah aus, als stünde mein Kopf in Flammen, und ich war mindestens zwanzig Zentimeter größer.

Brenda hatte Tränen in den Augen. »Das ist das Fantastischste, was ich je hervorgebracht habe. Es soll ›Sonnenaufgang an der Route 1‹ heißen.«

»So was habe ich noch nie gesehen«, sagte Lula. »Das hat Niveau. Das hebt sie von den anderen ab. Nicht mehr die gewöhnliche kleine Zicke. Ab jetzt Superzicke. Mit Feuerkopf.«

»Ist Ihnen der Auftrieb in der Frisur aufgefallen?«, sagte Brenda. »Er verleiht ihrem Stil eine gewisse Dramatik.«

»Unbedingt«, sagte Lula.

»Was meinen Sie?«, fragte mich Brenda.

»Ich bin sprachlos.«

Brenda hielt sich die Hand aufs Herz. »War mir eine Freude. Man hilft doch gern.«

Lula und ich verließen den Salon und stiegen in meinen

Pick-up Truck. Ich setzte mich hinters Steuer, doch meine Haare verhakten sich am Dach.

»Ich kann so nicht fahren«, sagte ich. »Mein Haar klemmt fest.«

»Du brauchst ein passendes Auto zu deinem neuen Look.«

Ich rutschte tiefer in den Sitz, fuhr an den Rand des Parkplatzes, wo Brenda mich nicht sehen konnte, holte eine Bürste aus meiner Tasche und fuhr mir damit über den Kopf.

»Ich kriege die Bürste nicht durchgezogen.«

»Das ist eben so bei Haar mit Volumen. Brenda hat deinem Haar Auftrieb gegeben. *Zack!*«

»Würdest du deinen *Zack*-Fimmel bitte ein bisschen zurückschrauben?«, sagte ich. »Ich bin nicht in Zack-Laune.«

»Wie kannst du mit deiner tollen Frisur nur so stinkig sein?«

»Das ist nicht meine Frisur!«

»Ja, könnte aber deine werden! Ein ganz neues Ich.«

Ich wollte auch kein neues Ich. Ich verstand ja nicht mal das alte.

24

Ich stand immer noch auf dem Parkplatz des Shopping-Centers und versuchte, meine Haare zu zähmen, als Morelli anrief.

»Ich habe Berger gesprochen«, sagte er. »Das FBI hat Videomaterial von Überwachungskameras am Flughafen Los Angeles ausgewertet. Auf einem Film ist auch Remmi Demmi zu sehen. In unmittelbarer Umgebung des Tatorts gibt es keine Kameras, aber eine hat Remmi Demmi beim Verlassen deines Gates erwischt. Das FBI hat die Passagierliste überprüft. Zwei Passagiere sind nach dem Zwischenstopp in Los Angeles nicht wieder an Bord gegangen. Crick und ein somalischer Staatsbürger, Archie Ahmed.«

»Archie Ahmed? Remmi Demmi?«

»Ja. Der Mann besitzt 46 verschiedene Identitäten. Die somalische Regierung setzt ihn als Geheimagent ein, für alle Dienste. Von Waffenhandel über Nachwuchsbeschaffung bis hin zu Auftragsmord. Die Regierung versorgt ihn wahrscheinlich monatlich mit einem ganzen Stapel gefälschter Pässe. Berger hat Remmi Demmi auf Videobändern beim Passieren der Sicherheitsschleuse am Flughafen Honolulu identifiziert. Er muss in deiner Maschine gesessen haben.«

»Ich kann mich nicht an ihn erinnern.«

»Mit Mütze sieht er beinahe menschlich aus.«

»Hat Berger seine Quelle verraten? Wie hat er von dem Foto erfahren?«

»Ein ausländischer Agent hat ihn informiert, ein Kurier habe ein Foto an dich weitergeleitet. Berger geht davon aus, dass der Mann auf dem Bild ein vom FBI gesuchter Hacker ist.«

»Na, toll. Sonst noch was?«

»Sei vorsichtig.«

Ich fuhr auf der Route 1 zurück nach Trenton, bog in der Broad Street ab und hielt vor dem Kautionsbüro. Lancer und Slasher in ihrem Lincoln standen wie gewohnt gegenüber, auf der anderen Straßenseite, und schliefen tief und fest. Connie saß mit Mundschutz am Schreibtisch.

»Wozu der Mundschutz?«, fragte ich sie.

»Riechst du nichts? Es stinkt bestialisch.«

Lula legte den Kopf in den Nacken und schnupperte. »Rattenpups«, sagte sie. »Die haben den Müllcontainer des Delishops gekapert und Sauerkraut gefressen.«

»Du bist wohl Expertin auf dem Gebiet, was?«, fragte ich sie.

»Rattenpupse rieche ich zehn Meilen gegen den Wind. Und auf dem Dachboden pupst nicht nur eine Ratte. Da oben muss ein ganzes Rattennest sein. Ich persönlich mag Ratten nicht. Die haben Knopfaugen, dünne Schwänze, und sie übertragen die Pest!«

Connie starrte meine Frisur an. »Apropos Rattennester.«

»Brenda meinte, ich brauche eine Aufhübschung«, sagte ich.

»Es sah tierisch gut aus. Aber Miss Proper musste ihre Haare wieder unbedingt glattbürsten!«, sagte Lula. »Das hat die dramatische Wirkung der neuen Frisur absolut ruiniert.«

»Die Farben gefallen mir«, sagte Connie.

»Brendas Spezialerfindung«, sagte Lula. »Sie heißt Sonnenaufgang auf der Route 1.«

Connie rückte ihre Atemschutzmaske zurecht. »Damit das blaue Auge nicht mehr so auffällt, was?«

»Ich verschwinde«, sagte ich. »Die Rattenpupse vernebeln mir die Sinne.« Ich wandte mich an Lula. »Ich will mich heute Abend auf die Lauer nach Magpie legen. Kommst du mit?«

»Klaro. Wenn wir früh genug fertig sind, gehen wir anschließend in einen Club. Mal sehen, wer auf deine Frisur anspringt.«

Oh, Boy.

Ich brauchte eine halbe Flasche Conditioner, um meine Haare wieder zu entwirren. Ich duschte und zog schwarze Jeans und ein schwarzes T-Shirt an, um kleidungsmäßig nicht mit dem Sonnenuntergang zu konkurrieren.

Um halb acht schnappte ich mir meine Tasche und ein schwarzes Kapuzenshirt und wartete unten in der Eingangshalle auf Lula. Normalerweise hätte ich draußen gewartet, aber Remmi Demmi lief noch immer frei herum, und nach einem Zusammenstoß mit ihm in der Dunkelheit stand mir jetzt nicht der Sinn.

Lulas Firebird kam angeschnurrt, hielt vor der Tür, und ich sprang hinein.

Luls sah mich an. »Wohin geht's?«

»Friedhof Allerheiligen, hinter der katholischen Kirche in der Nottingham Road.«

»Den kenne ich. Schöner Friedhof. Mit Hügeln und Wald und allem.«

Zwanzig Minuten später lenkte Lula ihr Auto auf den Parkplatz der Kirche, schaltete die Scheinwerfer aus und rollte bis nach hinten an den Rand des Platzes durch, wo eine einspurige Straße auf den Friedhof führte. Wir stiegen aus und warteten, bis sich die Augen an die Finsternis gewöhnt hatten.

»Es riecht nach Lagerfeuer«, sagte Lula. »Magpie kocht seinen Bohneneintopf. Wie ein Penner.«

Meine Handschellen steckten in der Jeanstasche, der Elektroschocker im Sweatshirt, die Glock in meiner Umhängetasche. Ich hatte eine Maglite-Stablampe in der Hand, wollte aber Magpie nicht unnötig erschrecken. Hinter lockeren Wolken stand eine silberne Mondsichel. Genug Licht, um einen Meter weit zu sehen. Die Kirche war nur vorne beleuchtet, die Rückseite dunkel, so wie der Friedhof.

Lula hielt sich dicht hinter mir. »Unheimlich«, flüsterte sie. »Ich gehe nachts nicht gerne auf Friedhöfe. Nachts kommen die Geister zum Vorschein. Ich spüre ihren Atem im Nacken.«

Wir waren schon weit vorgedrungen, als auf dem Parkplatz zwei Autoscheinwerfer aufleuchteten und umgehend wieder erloschen. Lancer und Slasher. Der Gedanke hatte etwas Beruhigendes.

Wir folgten der Straße, und ich erkannte vor uns eine

dunkle Silhouette. Magpies Crown Vic. Dahinter war ein knisterndes Feuer zu hören, glühende Aschefunken stiegen auf. Ich verhaftete Magpie nicht zum ersten Mal. Unsere Beziehung war alles in allem einigermaßen warmherzig. Magpie war nicht gewalttätig.

Ich trat vor und rief nach ihm.

»He, Magpie! Ich bin's, Stephanie Plum.«

Das Feuerchen reichte gerade, um eine Dose mit Bohnen zu erhitzen oder einen Hotdog zu braten. Magpie war kein schwerer Brocken, nur knapp 1,65 m groß und schlank, wie magisch angezogen von allem Glitzerzeug, und er war ein geschickter Dieb. Wenn die angehäuften Schätze seine Vorratsmöglichkeiten überstiegen, verkaufte er sie für jeden Preis, den er bekam.

Magpie sah uns über die Flammen hinweg an. »Wie haben Sie mich gefunden?«

»Glücksfall«, sagte ich. »Hübsches Fleckchen haben Sie sich da ausgesucht.«

»Mein Lieblingsplatz. Ist friedlich hier.«

Er trug wie üblich Baggy Jeans, kariertes Baumwollhemd und Goldketten im Wert von 30.000 $.

»Sie haben Ihren Prozesstermin versäumt«, sagte ich.

»Wirklich?«

»Ja. Sie müssen mit mir zum Gericht, um einen neuen zu vereinbaren. Sie haben doch schon zu Abend gegessen, oder?«

»Ja. Ich genieße nur noch das Feuerchen.«

»Ein feines Feuerchen«, sagte Lula. »Hält die bösen Geister und Leichenfresser fern. Übrigens, Ihr Halsschmuck ist wirklich ausgesucht apart. Nicht jeder Mensch hat ein Gespür für korrekte Accessoires.«

»Mein Kofferraum ist voll mit dem Zeug«, sagte Magpie. »Ich kann es schlecht alles gleichzeitig tragen. Zu schwer. Sie können es haben, wenn Sie wollen.«

»Danke für das Angebot«, mischte ich mich ein. »Sehr nett, aber wir dürfen leider nicht. Ich lege Ihnen jetzt die Handschellen an. Lula und ich löschen das Feuer, und dann bringen wir Sie in die Stadt. Sollen wir Sie in Ihrem Crown Vic hinbringen, oder möchten Sie lieber mit Lulas Firebird fahren?«

»Lieber im Firebird!«

Gerade wollte ich Magpie die Handschellen anlegen, da sprang Remmi Demmi mit gezücktem Messer aus dem Schatten hervor. Im Mondlicht sah er vollkommen irre aus, die Flammen spiegelten sich in den Augen, und die Haare standen wild zu Berge.

»Ihhhh!«, kreischte Lula. »Der leibhaftige Teufel! Satan!«

»Blödsinn!«, sagte ich. »Das ist Remmi Demmi!«

Remmi Demmi stürzte sich auf mich. »Nuttenschlampe! Ich brenn dich ab mit meinem Feuerstab, bis du mir alles verrätst.«

»He! Wie haben Sie meine Freundin genannt?«, sagte Lula, stemmte die Fäuste in die Hüften und reckte das Kinn vor. »Passen Sie auf, was Sie sagen. Wir lassen uns so was nicht gefallen.«

»Klappe!«, fauchte er Lula an. »Sonst zerlege ich dich wie ein Schweinebraten.«

»Er hat mich mit einem Schweinebraten verglichen!«, sagte

Lula. »Das ist eine Beleidigung. Ich werde nicht gerne mit einem Schwein verglichen. Und was soll eigentlich das Messer? Wer benutzt denn heute noch ein Messer zum Zerlegen?«

Remmi Demmi hielt das Messer in der rechten Hand und zog mit der Linken eine Halbautomatik aus der Hosentasche. »Ich habe auch noch eine Knarre«, sagte er. »Zuerst schieße ich dir ein Auge aus, dann zerlege ich dich und mache Schinken aus dir und brate dich.«

Er feuerte einen Schuss ab.

»Lauf weg!«, schrie Lula. »Er hat eine Pistole! Satan ist bewaffnet!«

Lula rannte davon und wurde umgehend von der Finsternis verschluckt. Sie schlug sich krachend durchs Gebüsch, prallte auf dem Weg zum Parkplatz gegen wer weiß wen oder was, und ihre Rufe »Aua! Scheiße! Arschloch!« reichten bis zu uns.

Remmi Demmi richtete die Pistole auf mich und drückte ab. Ich konnte mich noch gerade rechtzeitig mit einem Sprung hinter einen Grabstein retten, da feuerte Remmi schon den nächsten Schuss ab. Mit einem schrillen *Pling* prallte die Kugel von dem Marmor ab. Ich flüchtete in ein Stück Wald unmittelbar hinter mir. In meiner Tasche steckte die Glock, doch es blieb keine Zeit, nach ihr zu suchen. Ich sah Remmi Demmi im flackernden Schein der Flammen vorwärtstaumeln, gehandicapt durch eine Schusswunde in dem einen, einer Schnittwunde im anderen Bein.

Vorsichtig, die Straße meidend, ging ich auf das Licht an der Vorderseite der Kirche zu. Hinter mir vernahm ich Remmis schlurfende Schritte.

»Miezi, Miezi, Miezi!«, rief er. »Gleich habe ich dich, Miezi!«

Oben auf dem Hügel sprang ein Motor an, Scheinwerfer flammten auf, und der Crown Vic, vermutlich mit einem wiederbelebten Magpie an Bord, röhrte mit unbekanntem Ziel die Straße hinunter.

Meine Füße wollten schneller voran, doch eine innere Stimme sagte mir: langsam, schön langsam. Nichts riskieren, sonst läufst du noch gegen einen Grabstein oder Baum und fällst um. Die Pistole hatte ich mittlerweile aus der Tasche gekramt und hielt sie fest umklammert. Ich war fast da, schon konnte ich die beiden Autos erkennen. Ich hörte weder Lula vor mir noch Remmi Demmi hinter mir, nur mein rasendes Herz.

Ich trat aus dem Wald, sah Lula vor einem Auto stehen und mir zuwinken und sprintete über das offene Gelände. Als ich vor ihr stand, musste ich erst mal verschnaufen.

Ich sah zu dem Camry neben Lulas Firebird. »Ist das sein Auto?«

»Sehr wahrscheinlich. Keiner drin. Auf dem Vordersitz liegt ein Ersatzmagazin für seine Pistole.«

Ich versenkte zwei Kugeln in jeden Reifen des Camrys, bevor Lula und ich in den Firebird sprangen. Lula fuhr vom Parkplatz auf die Straße und blieb in Wartestellung. Ich rief Berger an, erwischte ihn endlich auf seinem Handy und sagte ihm, Remmi Demmi sei auf dem Friedhof, sein Auto defekt.

»Gib zu, im ersten Moment sah er doch wie der Teufel aus«, sagte Lula.

»Du bist total ausgerastet. Hast gekreischt wie ein kleines Mädchen.«

»Ich war völlig überrascht. Die ganze Atmosphäre hat mir zugesetzt. Du weißt, wie sensibel ich auf solchen Scheiß reagiere.«

»Du hast geschrien: Lauf weg! Was sollte das denn?«

»Das war klug«, sagte Lula. »Er wollte mich zu Schinken verarbeiten. Der Mann ist wahnsinnig. Nur gut, dass er mit links miserabel schießt.«

Ich gab ihr recht, Remmi Demmi war wirklich wahnsinnig. Und seine Schießperformance mit links war schwach.

»Ich würde hier gerne auf die Polizei warten«, sagte ich. »Remmi Demmi soll uns nicht entkommen. Ich will, dass er festgenommen wird.«

»Klar. Pass nur auf, dass er sich nicht an uns heranschleicht. Und halt die Pistole schussbereit. Ich will nicht auf seinem Frühstücksteller landen.«

Nach einigen Minuten glaubte ich Remmi Demmi zu erkennen, der über das offene Gelände auf sein Auto zuging. Ich an seiner Stelle hätte sofort die Reifen überprüft. Auf dem dunklen Parkplatz war er jedoch nicht zu sehen. Wir kurbelten die Fenster herunter, legten die Pistolen an und horchten auf Schritte.

»Zickenscheiße! Scheißzicken!«, hallte es herüber.

»Jetzt hat er die platten Reifen bemerkt.«

Hinter uns leuchteten Scheinwerfer auf, ein Polizeiauto näherte sich und bog auf den Parkplatz, gefolgt von zwei weiteren Polizeiautos und einer Limousine mit aufgepflanztem Blaulicht.

Mein Handy klingelte. Berger.

»Sind Sie das in dem Firebird am Straßenrand?«

»Ja. Ich habe Remmis Autoreifen zerschossen, er ist zu Fuß weitergelaufen. Ich habe ihn vor wenigen Minuten zu seinem Auto gehen sehen. Er ist bewaffnet.«

»Danke«, sagte Berger. »Ab jetzt übernehmen wir.«

»Willst du noch bleiben? Abwarten, was passiert?«, fragte mich Lula.

»Nein. Ich will nach Hause.«

In Wahrheit hatte ich Schiss, Remmi Demmi könnte umkehren und mich erschießen.

25

Brendas Auto stand auf dem Mieterparkplatz hinter meinem Haus, als Lula mich absetzte.

»Das ist ja Brendas Karre«, sagte Lula. »Und Brenda steht vorm Hauseingang. Wartet offenbar auf dich. Wie das blühende Leben sieht sie nicht gerade aus.«

Brenda stand da mit gesenktem Kopf und hochgezogenen Schultern, die Arme um sich geschlungen.

Lula schaltete den Motor aus. Wir gingen zu Brenda, die sich eine Zigarette an der anderen anzündete. Der Boden um sie herum war übersät mit Kippen.

»Was gibt's?«, fragte ich sie.

»Ich brauche Ihre Hilfe. Ich weiß nicht, an wen ich mich sonst wenden soll. Es geht um meinen Sohn Jason. Er wurde entführt. Ich war dabei, als sie ihn sich packten und verschleppten.«

»Mein Gott«, sagte ich. »Schlimm. Haben Sie die Polizei benachrichtigt?«

»Das geht nicht. Unter den gegebenen Umständen.«

»Und die wären?«

»Jason wird von der Polizei gesucht. Er hat nichts verbrochen. Ich meine, keinen Mord oder so.«

»Was dann?«

Brenda zündete sich die nächste Zigarette an, rauchte jetzt zwei auf einmal.

»Er ist Computerhacker.«

»Mit denen kenne ich mich aus«, sagte Lula. »Die reinsten Virenschleudern. Und sie klauen Sarah Palins E-Mails.«

»So einer ist Jason nicht«, sagte Brenda. »So was Gemeines würde er nie machen. Ihn interessiert nur der technische Aspekt. Das sei wie Schach, sagt er, und er tritt gegen den Computer an. Ein kluges Kerlchen. Ein Genie.«

»Warum wird er dann von der Polizei gesucht?«, fragte ich.

»Seine Freunde sind wie er, ein Club kleiner Streber. Sie sind in Computer von Regierungsbehörden eingebrochen und haben witzige Nachrichten hinterlassen. Nur so. Aus Jux. Sie haben keine Informationen geklaut, aber die Regierung mag es natürlich nicht, wenn man ihre Computersysteme hackt.«

»Beamte haben keinen Sinn für Humor«, sagte Lula.

»Jedenfalls sind Jason und seine Freunde vor einem Jahr untergetaucht. Jason behauptet, dass sie keine witzigen Nachrichten mehr verschicken, trotzdem sucht das FBI weiter nach ihnen. Nur weiß das FBI nicht, wer die Täter sind und wie sie aussehen. Wenn Jason sich bedeckt hält, könnte er davonkommen.«

Ich trat einen Schritt zurück, um dem Zigarettenqualm auszuweichen. »Ist Jason der Freund aus Hawaii, der Ihnen das Foto geschickt hat?«

»Er wollte, dass ich wieder zu meinem Auto komme. Jason ist ein feiner Kerl.«

»Kennen Sie sich denn so gut mit Computern aus, dass Sie das Foto als verschlüsselten Datenträger nutzen können?«

»Nein. Ein Freund von Jason, der hier wohnt, wollte mir helfen.«

»Dann ist Jason wohl aus seinem Exil heimgekehrt«, sagte Lula. »Warum, wenn das FBI nach ihm sucht? Wieso hat er Ihnen das Foto nicht noch mal geschickt?«

»Remmi Demmi hat irgendwas mit dem Mord an Ritchy zu tun, und als wir das herausfanden, war uns klar, dass Jason in Gefahr ist. Remmi Demmi ist seit über einem Jahr hinter ihm her. Manche Terroristen würden Jason liebend gerne zwischen die Finger bekommen. Und Remmi Demmi würde ihn, ohne zu zögern, an sie ausliefern.«

»Das irritiert mich«, sagte Lula. »Was wollte Remmi Demmi mit dem Foto? Warum hat er sich Jason nicht einfach so geschnappt?«

»Er kennt Jason nur über seinen elektronischen Imprint. Ich verstehe davon nichts. Remmi Demmi sei nur ein durchschnittlicher Hacker, nicht clever, sagt Jason. Remmi Demmi hat ihn schließlich aufgespürt, kennt aber seine reale Identität nicht, weiß also auch nicht, wie Jason aussieht. Vielleicht hat er sich gedacht, Ritchy hätte ein Bild von Jason. Das mit dem Code wird ihm entgangen sein. So jedenfalls erklärt Jason es sich. Und da er Hawaii sowieso verlassen musste, ist er gleich nach Hause gekommen, um mir bei der Wiederbeschaffung des Autos zu helfen und mich zu besuchen. Morgen sollte er zurückfliegen, aber er wurde entführt.«

Mein Herz setzte aus. »Von Remmi Demmi?«

»Nein. Von meinem Bruder. Jason und ich saßen gerade beim Abendessen, da platzt mein Arschlochbruder mit zwei Schlägertypen rein und schnappt sich den Jungen. Woher hat er gewusst, dass Jason sich bei mir aufhält? Vielleicht hat er zufällig mitbekommen, dass Schweinesammy der Ferrari gestohlen wurde, und er hat sich seinen Reim darauf gemacht.«

Ruhig bleiben. Durchatmen. »Wenigstens wird Ihr Bruder dem armen Jason nichts antun.«

»Nein, das nicht. Aber Chester könnte ihn so lange festhalten, bis Jason einwilligt, ihm zu zeigen, wie man einen Computer hackt. Dann wäre er unmittelbar an einem Verbrechen beteiligt. Und wenn Jason sich zu lange in Jersey aufhält, findet Remmi Demmi ihn am Ende noch oder das FBI. Und da sind Sie mir eingefallen. Leute aufspüren, das ist doch praktisch Ihr Beruf. Sie könnten mir helfen. Ich glaube, Chester hält Jason in seinem Warenlager fest.« Brenda sah mich durch den Zigarettenqualm an. »Was ist denn mit Ihren Haaren passiert? Sie sind ja wieder glatt und zu einem Pferdeschwanz zusammengebunden.«

»Das war der Regen«, log ich. »Ich bin in einen Regenschauer geraten.«

»Bei mir hat es nicht geregnet.«

»Das muss ein Irrläufer gewesen sein. Eine Wolke zog über mich hinweg. Ein *Wusch!*, und ich war pitschnass!«

»Und? Planen wir jetzt die große Rettungsaktion?«, sagte Lula. »Stürmen wir die Bude? Bis an die Zähne bewaffnet? Hätte ich das gewusst, wäre ich im Ranger-Outfit gekommen?«

Lula hatte Schwarz gegen ein leuchtendes Gold eingetauscht. Goldenes Tanktop, pinkfarbenes Spandexröckchen und goldene Spike-Heels. Ein Wunder, dass Remmi Demmi sie nicht mit dem ersten Schuss niedergestreckt hatte. Sie war eine lebende Zielscheibe.

»Wir stürmen die Bude nicht bis an die Zähne bewaffnet«, sagte ich. »Wir haben es nicht mit abgebrühten Schwerverbrechern zu tun.«

»Chester ist zwar kein Schwerverbrecher, aber abgebrüht ist er schon«, gab Brenda zu bedenken.

»Siehst du!«, sagte Lula. »Wir wissen nicht, was uns erwartet. Das heißt, wir fahren mit meinem Firebird, weil, im Kofferraum liegt noch Ersatzmunition.«

»Gute Idee«, sagte Brenda. »Munition kann man nie genug haben.«

Wir quetschten uns in den Firebird, und von der Broad Street aus rief ich Ranger an.

»Ich wollte mich nur kurz melden«, sagte ich. »Ihr habt mich nicht mehr auf eurem Schirm, weil ich in Lulas Auto sitze. Wir sind unterwegs zu einer Verhaftung nördlich von Bordentown. Ein bisschen illegal, aber ich mache es aus Mitleid. Vielleicht brauche ich deine Hilfe.«

»Keine Sorge, Babe. Wir haben dich auf dem Schirm. Du trägst doch meine Uhr. Ich weiß genau, wo du bist.«

Ich sah auf meine Armbanduhr. »Das hatte ich ganz vergessen.«

»Ich schicke dir jemanden hinterher. Sag Bescheid, wenn er eingreifen soll.«

»Danke.«

»Gut, dass es Ranger gibt«, sagte Lula. »Dein persönlicher Spiderman.«

Vor dem Lagerhaus der Firma Billings angekommen zögerte Lula. Zwei Autos standen auf dem Parkplatz. Der verbeulte Lincoln und ein Mercedes. Im Bürotrakt brannte Licht.

»Hast du einen Plan?«, fragte sie mich. »Wir können hier nicht so tun, als würden wir für die Pfadfinderinnen sammeln. Gute Pfadfinderinnen liegen um diese Zeit brav im Bett.«

»Stell dich hinten hin, wo dein Firebird nicht so auffällt«, sagte ich. »Wir probieren es zuerst am Vordereingang. Wenn das nicht klappt, versuchen wir, durch die Laderampe einzusteigen.«

Lula stellte den Wagen ab, wir stiegen aus.

»Moment«, sagte Lula. »Ich hole nur eben meine Munition.«

Ich nahm meine Glock aus der Tasche. »Ich glaube nicht, dass wir noch mehr Waffen brauchen.«

»Meine ist aber unschlagbar«, sagte Lula und öffnete den Kofferraum.

Mir blieb die Spucke weg. »Ein Raketenwerfer!«

»Ja«, sagte Lula. »Fettes Teil, was? Den habe ich auf einem Garagenflohmarkt erstanden. Voll geladen. Siehst du das Rohr, das am Ende herausragt? Wenn das abgeht, bleibt kein Stein mehr auf dem anderen.«

»Keine Raketenwerfer!«, sagte ich. »Auf gar keinen Fall. Wir sind hier nicht in Afghanistan.«

»Wir müssen ihn ja nicht unbedingt benutzen«, sagte Lula. »Wir klopfen an die Tür und zeigen Chester und seinen Kumpanen, was wir so im Gepäck haben. Die machen sich in die Hose vor Schreck und liefern uns Jason aus.«

»Das könnte funktionieren«, sagte Brenda. »Ich hätte mir ja schon allein von dem Anblick beinahe in die Hose gemacht.«

Zugegeben, das war ein Argument. Im ersten Moment war es mir auch so gegangen. »Okay. Solange er nur zur Abschreckung dient.«

»Das nennt man Anschauungsunterricht«, sagte Lula.

Sie schulterte den Raketenwerfer, ich klammerte mich an meine Glock, Brenda zückte ihr Damenpistölchen. Wir marschierten zum Haupteingang von Billings Gourmet Food, und ich drückte die Klinke. Abgeschlossen. Wir gingen um das Gebäude herum und versuchten es an den Ladedocks und Rollgaragentoren. Alle abgeschlossen.

»Ich verlasse den Ort nicht ohne Jason«, stellte Brenda klar. »Ich gehe jetzt rein.«

»Ich auch«, sagte Lula. »Ich folge Ihnen auf dem Fuß.«

»Und wie wollt ihr das machen?«, fragte ich sie.

Brenda begab sich zum Büroeingang. »Ganz einfach: Ich klingele am Haupteingang und frage nach Jason.«

»Und wenn sie ihn nicht herausgeben, schiebe ich ihnen dies hübsche Rohr in den Arsch«, sagte Lula.

Ich musste mich beeilen, um mit ihnen Schritt zu halten. Unterwegs suchte ich rasch den Parkplatz ab, kein Rangeman-Fahrzeug zu sehen. Sehr schlecht. Die Katastrophe war im Anzug.

Brenda ging schnurstracks zum Eingang und drückte die Klingel. Nach ein paar Minuten öffnete sich die Tür, und Lancer steckte den Kopf durch den Spalt.

»Ach, du Scheiße!«

Er wollte uns die Tür vor der Nase zuknallen, doch ich hatte bereits meinen Fuß dazwischen.

»Wo ist Jason?«, fragte Brenda. »Ich will meinen Sohn zurück!«

»Weiß nicht«, sagte Lancer. »Hier ist er jedenfalls nicht.«

Brenda drängte sich an ihm vorbei ins Büro. »Natürlich ist er hier. Wo sonst? Meine Schwägerin würde ihn niemals bei sich zu Hause dulden.«

»He!«, sagte Lancer. »Was soll das? Sie können hier nicht einfach so reinmarschieren. Halten Sie sich gefälligst an die Öffnungszeiten.«

Lula, die an Brendas Fersen klebte, schob ihn beiseite. »Entschuldigung. Gehen Sie uns aus dem Weg!«

Beim Anblick des Raketenwerfers wurde Lancer kreidebleich. »Da hilft nur hartes Durchgreifen. Ich muss Sie zwingen zu gehen.«

Lula tätschelte ihr Raketenbaby. »Haben Sie so was auch in Ihrem Arsenal?«

»Nein.«

»Wie wollen Sie uns dann zwingen zu gehen?«

»Ich habe eine Pistole.« Lancer richtete eine Waffe auf Lula.

»Ich mag es nicht, wenn auf mich angelegt wird«, sagte Lula. »Es macht mich nervös. Und es ist unhöflich. Richte ich etwa den Raketenwerfer auf Sie? Ich wüsste nicht.«

»In fremder Leute Privatbesitz einzudringen ist auch nicht gerade höflich«, sagte Lancer.

»Und meinen Sohn zu entführen? Was ist das?«, fragte Brenda.

Wir befanden uns in einer kleinen Eingangshalle, nach rechts ging ein Flur ab.

»Jede Wette, dass er hier irgendwo ist«, sagte Brenda und schritt mit gezückter Damenpistole langsam den Flur ab.

So gingen wir drei im Gänsemarsch, erst Brenda gefolgt von Lula, gefolgt von Lancer, ich bildete die Nachhut.

Brenda öffnete die erste Tür und sah hinein. »Lager«, sagte sie und ging weiter.

Ich warf einen hastigen Blick in den höhlenartigen Raum. Reihen gestapelter Kartons, Blechkanister Olivenöl in Metallregalen. Kein Jason.

Brenda öffnete eine Tür am hinteren Flurende. »Jason!«

Wir liefen hin und sahen in den Raum. Jason arbeitete an seinem Laptop, Slasher und noch ein Mann lümmelten auf einem Sofa und guckten fern.

»Tut mir leid, Boss«, sagte Lancer. »Ich konnte sie nicht aufhalten.«

»Nicht aufhalten?«, sagte der Mann. »Wozu haben Sie eine Pistole? Schießen Sie!«

Lancer zögerte.

Chester stand auf, zog eine Pistole und richtete sie auf Jason. »Was jetzt, Brenda? Ich erschieße deinen Jungen, wenn du nicht verschwindest. Weil er gute Arbeit für uns leistet, schieße ich ihm nur ins Bein.«

Brenda bekam glänzende Augen. »Was bist du nur für ein

Arschloch, Chester. Wenn hier einer erschossen wird, dann du.«

Bevor sich jemand rühren konnte, drückte sie ab und traf ihn am Arm.

»Tötet sie!«, brüllte Chester. »Tötet sie!«

Lancer zielte auf Brenda, ich warf mich von hinten auf ihn. Wir gingen zu Boden, und seine Pistole gab zwei Schüsse ab. Einer zischte haarscharf an Lula vorbei, der andere kappte einen ihrer Zehn-Zentimeter-Stiletto-Absätze um die Hälfte.

»Verdammte Hacke!« Von dem Höhenunterschied aus dem Gleichgewicht geraten fing sie an zu taumeln. »Hilfe! Ich bin getroffen!«, kreischte sie. »Der Dreckskerl hat auf mich geschossen. Frau in Not! Frau in Not! Ruft den Notarzt!«

»Nichts passiert!«, beruhigte ich sie. »Du bist nur aus den Latschen gekippt.«

»Finsternis«, sagte Lula. »Finsternis umgibt mich. Ich sehe einen Lichttunnel. Engel. Nein, Moment, keine Engel. Scheiße, es ist Tony Soprano.«

Es war nicht Tony Soprano. Es war Chester Billings, der brüllend wie ein verwundeter Elefantenbulle auf Lula und Brenda losging. Er schlug Brenda die Damenpistole aus der Hand und griff sich den Raketenwerfer. Im Getümmel löste sich die Rakete von allein aus, raste durch den Raum, durchstieß die Wand am anderen Ende und verschwand außer Sicht. Dann eine Explosion, die das Gebäude erschütterte. Mörtel fiel auf uns herab. Alle schrien durcheinander, suchten Deckung. Eine zweite, nicht so gewaltige Explosion verrückte die Möbel, Flammen züngelten an dem Loch in der Wand.

»Das Lager brennt«, sagte Lancer. »Die Rakete muss in den Propangastank eingeschlagen sein.«

Qualm drang in den fensterlosen Raum. Jetzt hieß es nur noch, rette sich wer kann. Alle rannten hinaus auf den Flur und zerstreuten sich. Lancer, Slasher und Billings in die eine, Lula, Brenda und Jason in die andere Richtung. Ich verließ als Letzte den Raum. Ich trat auf den Flur, da erlosch das Licht. Die Dunkelheit irritierte mich, der Rauch nahm mir den Atem. Ein Arm legte sich um mich, hob mich hoch, in die entgegengesetzte Richtung. Es war Ranger.

»Hier lang«, sagte er und schob mich durch den Flur zu einem Notausgang.

Er drückte die Tür auf, und wir waren außerhalb des Gebäudes. Von der Zufahrtsstraße hörte ich Sirenengeheul.

»Wie viele Personen befanden sich in dem Gebäude?«, fragte Ranger.

»Sechs, außer mir.«

Ranger hatte Funkverbindung mit Tank in dem anderen Rangeman-SUV. »Komm schon«, sagte er.

Ich hörte Tank über die Freisprechfunktion. »Lula ist im Wald hinter uns abgetaucht. Ich habe noch hinterhergerufen, aber sie blieb stur. Fünf Leute sind aus dem Gebäude herausgekommen und in alle Richtungen gerannt, eine Frau und ein junger Mann in Panik weggelaufen, als ein brennendes Stück vom Dach direkt vor ihnen auf den Boden fiel. Die Frau ging hinter dem Müllcontainer in Deckung. Wir wollten sie uns greifen, aber sie hat auf uns geschossen. Der junge Mann ist noch irgendwo da draußen. Ich glaube, er hatte einen Computer dabei. Die anderen drei waren Männer, sie sind in einen Mercedes gesprungen und abgehauen.«

»Es sind alle aus dem Gebäude raus«, sagte Ranger. »Und wir hauen jetzt auch ab. Es sei denn, du willst auf die Polizei warten.«

»Nein!«

Er packte meine Hand und zog mich hinter sich her; ein einziger Sprint über das Gelände, einen grasbewachsenen Mittelweg entlang, der Billings Gourmet Food von dem Nachbarunternehmen, Dot Plumbing, trennte. Im Schatten des Dot-Plumbing-Gebäudes warteten zwei Rangeman-SUVs. Ranger setzte sich hinter das Steuer des einen, der andere Wagen folgte uns mit ausgeschalteten Scheinwerfern bis zum Rand des Gewerbegebiets.

Flammen loderten aus dem Dach des Gourmet-Lagers. Polizeiwagen kamen mit quietschenden Reifen auf dem Gelände zum Stehen, Feuerwehrfahrzeuge rollten heran.

»Hast du Polizei und Feuerwehr gerufen?«, fragte ich Ranger.

»Nein. Nicht nötig. Die Explosion hat das Dach weggesprengt. Das war meilenweit zu sehen. Und in meiner Kommandozentrale ging der Feueralarm aus Billings' Überwachungssystem ein.«

»Lulas Firebird steht nicht mehr auf dem Parkplatz.«

»Ich habe Hal gesagt, er soll ihn holen. Er fährt uns voraus.«

Ranger bog in die Anliegerstraße, und plötzlich sprang

Lula schreiend und mit wedelnden Armen aus einem Gebüsch hervor. Einen Schuh am Fuß, den anderen in der Hand, Blätter in den matschverschmierten, pinkfarbenen und gelben Haaren. Ihr mit Gold-Pailletten besetztes Tanktop im Scheinwerferlicht blendete uns.

Ranger hielt an. »Lula, mein Sonnenscheinchen!«

»Scheiße, verdammte. Das war knapp«, sagte Lula. »Hatte ich einen Schiss. Guckt euch an, was der Idiot mit meinen Schuhen gemacht hat! Das sind echte Louboutins. Wo soll ich jetzt ein passendes Einzelstück herbekommen?«

Ranger glitt auf die Route 295, und Lula rutschte auf ihrem Sitz nach vorne.

»Was ist mit meinem Auto? Wir können mein Baby nicht einfach hier stehen lassen. Die ganze Asche rieselt doch drauf. Ich sage euch, die Rakete ist abgegangen wie – wie heißt das noch mal? Richtig, wie ein Inferno.«

»Hal bringt den Firebird gerade zurück nach Trenton«, sagte Ranger.

»Echt? Wow. So ein Süßer«, sagte Lula. »Ich muss ihm unbedingt bald was Gutes tun.«

Rangers Mundwinkel zuckten, ein Schmunzeln zeichnete sich ab.

»Schleimer!«, sagte ich.

Das Schmunzeln erweiterte sich zu einem Lächeln.

Ein Polizeiauto mit Blaulicht fegte vorbei.

Lula drückte sich die Nase an der Scheibe platt. »Ich glaube, Brendas Sohn saß am Steuer!«

Eine halbe Stunde später standen Ranger und ich auf dem Parkplatz hinter meinem Haus. Lula war schon weg, ihren Firebird abholen. Sie hatte sich mit Hal in einer Bar in der Stadt verabredet, um ihm was Gutes zu tun.

»Danke für die Rettung«, sagte ich zu Ranger.

»Ich hatte Hal und Tank auf dich angesetzt, ich selbst wollte nach Whitehorse, bei einem Firmenkunden vorbeischauen. Dann rief Rafael an, Lula sei mit einem Raketenwerfer angerückt. Ich habe meinen Termin in Whitehorse sausen lassen und bin auf dem Parkplatz von Billings Foods aufgelaufen, Sekunden bevor der Laden in die Luft flog.«

»Es war ein Unfall«, sagte ich.

Er sah meine Frisur an. »Und?«

»Beruflich bedingt. Ich brauchte Informationen von einer Friseuse.«

»Interessante Erklärung. Muss ich mir merken.« Er sah auf die Uhr. »Ich würde ja gerne bleiben und dich verführen, aber ich muss zurück nach Whitehorse. Die Alarmanlage in einem Computergeschäft wurde gehackt, der Laden ausgeräumt. Wir sind für das Sicherheitskonzept verantwortlich.«

Ich versuchte, keine Miene zu verziehen, hatte ich doch einen konkreten Verdacht, wer der Hacker war.

»Sind Hacker wirklich so raffiniert?«, sagte ich. »Angenommen, das Foto, hinter dem alle her waren, trägt einen verborgenen Code. Der Mann darauf sieht aus wie Ashton Kutcher, aber scannt man das Bild ein, löst der Computer es in digitale Komponenten auf. Diese Komponenten bilden einen Code, mit dem ein Hacker zum Beispiel ein Auto knacken könnte. Ist so was denkbar?«

»Durchaus. Die Technik ist vorhanden. Und sie stellt eine zunehmende Bedrohung für meine Branche dar. Es sind eigentlich keine Codes, vielmehr Instruktionen für einen anderen Computer, eine bestimmte Funktion auszuführen – ein Auto zu starten oder ein Sicherheitssystem zu deaktivieren.«

Am nächsten Morgen wachte ich auf, und Remmi Demmi fiel mir wieder ein. Ich hatte schon mein Handy in der Hand, um Morelli anzurufen, da brummte die SMS-Funktion.

Besprechung bis Mittag. Rufe später an. Remmi gestern Abend entkommen. Sei vorsichtig.

Die Ausrüstung in meiner Tasche war geladen und griffbereit. Aufmerksam überquerte ich den Parkplatz, stieg in meinen Truck und blickte während der Fahrt ständig in den Rückspiegel.

Als ich ins Büro kam, waren schon alle da. Connie saß wie immer hinterm Schreibtisch, Lula auf einem Klappstuhl über das Tagesrätsel in der Zeitung gebeugt, Vinnie ging auf und ab und checkte die Mails auf seinem Smartphone.

»Gibt's was Neues?«, fragte ich.

»Vinnie hat gerade eine Kaution für Brenda ausgestellt«, sagte Connie. »Im Warenlager ihres Bruders gab es eine Explosion, und Brenda wurde am Tatort verhaftet.«

»Nur weil sie sich dort aufgehalten hat?«, fragte ich. »Hat sie die Explosion ausgelöst?«

»Nein. Anscheinend ist ein defekter Tank explodiert«, sagte Connie. »Ich habe den Polizeifunk abgehört.«

Lula schaute von ihrer Rätselseite auf, verdrehte die Augen und bekreuzigte sich.

»Brenda war zufällig da, als die Polizei eintraf. Ein Wort gab das andere, und dann hat sie einen Polizisten zusammengehauen.« Connie sah zur Decke. »Irgendwas tropft auf meinen Schreibtisch.«

Wir folgten ihrem Blick. Große nasse Flecken an der Decke, die sich nach außen wölbten.

Lula schnupperte. »Ratten! Hunderte. Sie erleichtern sich, und es suppt durch. Das Problem kenne ich. Als Nutte habe ich früher öfter in einem chinesischen Restaurant angebandelt. Da hat es immer in die Sauerscharfsuppe getropft.«

»Hier gibt es keine Ratten«, sagte Vinnie. »Wahrscheinlich nur ein geplatztes Rohr. Wir müssen den Vermieter anrufen.«

»Ratten rieche ich zehn Meilen gegen den Wind«, sagte Lula. Sie holte einen Besen aus dem Schrank und stieß mit dem Stiel an die Decke. »Husch! Husch!«

Kaum hatte der Stiel die Decke berührt, löste sich ein Stück Putz und fiel auf Connies Schreibtisch. Ein Riss entstand, ein Splittern und Ächzen war zu hören. Der Riss verlängerte sich bis zur Wand, die Decke hing durch, der Riss weitete sich, und tausend Ratten purzelten auf uns herab. Dicke Ratten, kleine Ratten, fette Ratten. Aufgeschreckt, glupschäugig, quiekend. Sie strampelten mit ihren hässlichen Rattenfüßchen in der Luft, hielten die Schwänze stocksteif, schlugen dumpf auf Connies Tisch und dem Boden auf, stutzten für einen Moment und stoben davon.

»Ratten!«, schrie Lula. »Es regnet Ratten.«

Sie stieg auf ihren Stuhl und hielt die Zeitung über ihren Kopf.

Connie stellte sich auf ihren Schreibtisch, trat mit dem Fuß nach den Ratten, und sie flogen wie Bälle durch den Raum. »Mach doch mal einer die Tür auf, damit sie rauslaufen können!«

Vor lauter Angst, auf eine Ratte zu treten, rührte ich mich nicht vom Fleck. Ich glaube, ich schrie wie am Spieß, aber gehört habe ich nichts.

Vinnie sprang zur Tür, stürzte hinaus, die Ratten hinterher.

Kurz darauf standen wir auf dem Bürgersteig und sahen ins Büro. Die meisten Ratten waren auf und davon, nur die dummen, die den Ausgang nicht gefunden hatten, duckten sich in den Ecken.

»Ich glaube, ich habe Rattenläuse«, sagte Lula. »Flöhe, oder so was. Und eine Ratte hat mich gerade in den Knöchel gebissen.«

Ich untersuchte Lulas Knöchel. Keine Bisswunde zu erkennen.

»Muss eine von den unsichtbaren Wunden sein«, sagte Lula. »Ich habe mir irgendwas zugezogen. Das spüre ich ganz deutlich. Scheiße. Hoffentlich nicht die Pest. Da kriegt man Blasen und so. Sieht voll für'n Arsch aus.«

»Ich sehe keine Blasen an deinem Körper«, sagte ich.

»Die Krankheit ist ja auch erst noch im Frühstadium«, sagte Lula.

Lieber Blasen als Buggy, dachte ich und schulterte meine Kuriertasche. »Ich bin dann mal weg. Magpie suchen.«

»Ich komme mit«, sagte Lula. »Ich muss nur noch meinen Magen beruhigen. Am besten mit Hähnchen. Ich muss bei Kräften sein, falls die Pest ausbricht.«

Also schob ich mich in den Autoschalter von Cluck-in-a-Bucket, und Lula bestellte einen Bucket extraknusprige Schenkelchen, weiche Brötchen mit dicker, brauner Soße, einen Apple Pie und ein großes Root-Bier. Ich bediente mich gerade bei den Hähnchen, als ich eine SMS von Brenda bekam.

Danke für alles. Ich schicke Ihnen die Rezeptur für die Tönung.

Ich schrieb zurück und fragte sie, ob sie im Frisiersalon sei und mir die Haare machen könne.

Nein. Und tschü-hüs!

»Planänderung«, verkündete ich. »Brenda haut ab.«

»Woher weißt du das?«

»Ich weiß es eben. Ich will versuchen, es ihr auszureden.«

Vierzig Minuten später, ich wollte gerade von der Route 1 runter und weiter zum Hair Barn, scherte plötzlich vor mir Brendas Karre aus. Vier Autos waren zwischen uns.

»Soll ich sie anrufen?«, fragte Lula.

»Nein. Erst mal sehen, was sie vorhat.«

Sie fuhr weiter bis zur Kreuzung Route 18 und stieß dann auf den Turnpike Richtung Norden. Sie war auf dem Weg zum Flughafen, eindeutig. Und neben ihr saß Jason.

»Vielleicht bringt sie nur ihren Sohn hin«, sagte Lula. »Er ist doch noch auf der Flucht, oder?«

»Möglich.«

Ich folgte ihr zum Kurzzeitparkplatz und beobachtete sie aus der Ferne. Sie holten Gepäck aus dem Kofferraum und begaben sich zum Terminal. Anscheinend machte sie sich nicht mal die Mühe, das Auto abzuschließen. Jetzt war mir klar, dass sie sich absetzen, die Kaution verfallen lassen wollte.

Ich fand einen Parkplatz, und wir sprinteten los, um Brenda einzuholen. Wenige Meter vor uns ein Mann, der uns entgegenkam, braungebrannt, und er trug einen Kleidersack.

Der Fußabtreter. Simon Ruguzzi. Der Mann, der für alle meine Probleme in Hawaii verantwortlich war. Unsere Blicke trafen sich, er ließ den Sack fallen und machte auf dem Absatz kehrt.

Brenda war nur Kleingeld für Vinnie, der Fußabtreter dagegen fette Kohle.

Mitten im Parkhaus änderte ich meinen Kurs und nahm die Verfolgung auf. Hinter mir hörte ich Lulas klackernde Heels an Fahrt aufnehmen. Nur noch knapp einen Meter zwischen mir und Ruguzzi, da setzte ich zu einem Hechtsprung an und bekam seinen Hosenaufschlag zu fassen. Er stürzte. Lula eilte herbei und pflanzte sich auf ihn. Ich fesselte ihn mit Handschellen und stellte ihn auf die Beine.

»Warum sind Sie geflüchtet? Sie kennen mich doch gar nicht.«

»Sie sind berühmt. Ich habe mal Ihr Konterfei auf einem Bus gesehen. Eine Werbung für das Kautionsbüro.«

Das war Vinnies brillante Idee. Ich bin nicht stolz darauf.

Ich verfrachtete den Fußabtreter auf die Rückbank und fuhr zurück nach Trenton. Unterwegs rief ich Ranger an.

»Ich habe gerade den Fußabtreter geschnappt. Ich hatte irgendwie im Urin, dass Brenda sich absetzt, und bin ihr zum Flughafen gefolgt. Im Parkhaus lief mir zufällig der Fußabtreter über den Weg. Lula und ich haben ihn festgenommen.«

»Babe«, lautete Rangers Kommentar nur.

Es war schon später Nachmittag, als ich mich mit Vinnie im Coffeeshop traf.

»Tut mir leid wegen Brenda«, sagte ich. »Ich bin mir sicher, dass sie den Gerichtstermin platzen lässt.«

»Damit habe ich gerechnet«, sagte Vinnie. »Sie hat ihren Ferrari als Pfand geboten. Den kann ich jetzt DeAngelo geben.«

»Pass auf. Der ist heiß. Und es fehlen die Schlüssel.«

»Mir egal. Das ist DeAngelos Problem. Ich lasse die Kiste mit einem Tieflader zu ihm bringen.«

Ich bestellte mir einen Frappuccino zum Mitnehmen und stieg in meinen Pick-up Truck. Magpie konnte warten. Schließlich schwamm ich durch die Ruguzzi-Festnahme jetzt in Geld. Auf dem Weg nach Hause machte ich Halt bei meinen Eltern.

»Du hast dir die Knie an deiner Jeans aufgerissen«, sagte Grandma.

Ich folgte ihr in die Küche. »Berufsrisiko.«

»Bleibst du zum Essen?«, fragte meine Mutter.

»Nein. Ich muss nach Hause. Duschen. Mich umziehen.«

Ratten waren auf mich niedergeprasselt, und bei Ruguzzis Verfolgung war ich meterweit über Zementboden geschlittert. Die weiteren Details wollte ich ihr lieber ersparen.

»Ich würde gerne ein bisschen Sandwichbelag von dir schnorren, wenn du welchen dahast. Ich wollte einkaufen, trau mich aber mit dieser Frisur, den aufgeschlagenen Knien und dem blaugrünen Auge nicht zu Giovichinni's.«

»Grün ist gut«, sagte Grandma. »Das heißt, der Farbenzauber an deinem Auge ist bald vorbei.«

Meine Mutter packte eine Tüte mit Essen für mich und

gab sie mir, ging zum Küchenregal, wo sie ihre flüssigen Trostgeister versteckte, holte ein Foto hervor und hielt es hoch. Das Foto aus dem Flugzeug!

»Das habe ich heute bei deiner Oma im Zimmer gefunden«, sagte sie. »Als ich die Bettwäsche wechseln wollte.«

»Ist das nicht ein geiler Typ?«, schwärmte Grandma. »Ich habe das Foto aus dem Müll geholt. Ich wusste nicht, dass es dir gehört.«

Ich steckte das Foto in die Tüte. Später würde ich es Ranger übergeben, zur sicheren Verwahrung. Oder doch lieber Berger? Nur so, zum Spaß? Er würde glauben, endlich das Foto des Hackers in Händen zu halten, hinter dem er schon so lange her war. Soweit mir bekannt war, wussten Berger und Remmi Demmi nicht, dass das Foto eine Montage war und einen versteckten Computerbefehl enthielt.

»Ich muss los«, sagte ich. »Danke für das Essen und das Foto. Und für deinen heißen Kerl such dir einen Ersatz, Grandma.«

Grandma nahm ein Fläschchen mit rosa Inhalt vom Küchentresen. »Das hat Annie für dich hier abgegeben.«

»Noch mehr Abführmittel?«

»Nein, nein. Diesmal das echte.«

Morellis SUV hatte ich unten auf dem Parkplatz schon erkannt, daher war ich nicht sonderlich überrascht, dass Bob mich stürmisch begrüßte, als ich meine Wohnungstür aufschloss. Ich kraulte ihm das Fell hinter den Ohren und küsste ihn auf den Schädel. Morelli kam aus dem Wohnzimmer angeschlendert, der Fernseher lief.

»Du läufst hier in Strümpfen rum und guckst fern. Und wenn ich jetzt mit einem geilen Kerl nach Hause gekommen wäre? Was dann?«

»Heikel.«

Ich stellte die Tüte auf den Küchentresen und packte aus.

»Da war wohl jemand bei seiner Mutter schnorren«, sagte Morelli. »Oh, Mann, ist das etwa Schokoladenkuchen?«

»Ja. Und Sandwichbelag habe ich auch mitgebracht. Hast du Hunger?«

»Heißhunger.« Er riss eine Plastikverpackung auf und klaute eine Scheibe Schinken. »Gute Nachrichten: Berger hat Remmi Demmi geschnappt.«

»Ist nicht wahr!«

»Das heißt, Remmi Demmi war schon tot, aber gekriegt hat Berger ihn trotzdem!« Morelli machte die nächste Packung auf. »Corned Beef. Das Hauptgericht!«

»Wie ist Remmi Demmi zu Tode gekommen?«

»Er konnte fliehen, von dem Friedhof, hat aber irgendwann nachts ein Auto geknackt. Heute Morgen hat ein Kollege von der Polizei ihn gesichtet. Es kam zu einer Verfolgungsjagd, Remmi Demmi hat die Kontrolle über den Wagen verloren und ist gegen einen Brückenpfeiler gerast.«

»Ach, du Scheiße!«

Morelli sah auf meine Knie. »Ich habe gehört, du hast den Fußabtreter der Polizei übergeben. Und einen Kampf gab es auch, wie ich sehe.«

»Ja. Ich muss unter die Dusche. Das Blut verkrustet.«

»Beim Duschen könnte ich dir helfen.« Er legte das Corned Beef beiseite und griff sich Annies Fläschchen. »Deine

Mom denkt aber auch an alles. Ich hatte den ganzen Tag Sodbrennen.« Er drehte den Schraubverschluss ab, und bevor ich es verhindern konnte, trank er alles in einem Zug.

Ich starrte ihn an. »Und?«

Er überlegte. »Es geht mir schon besser«, sagte er nach einer Weile. »Mir ist so warm.« Die Augen wurden dunkler, der Blick sanfter, und die Mundwinkel hoben sich zu einem Lächeln. »So warmherzig.« Er streckte die Arme nach mir aus und zog mich an sich. »Na komm, Pilzköpfchen.«

Lust auf mehr turbulente Unterhaltung mit Janet Evanovich?

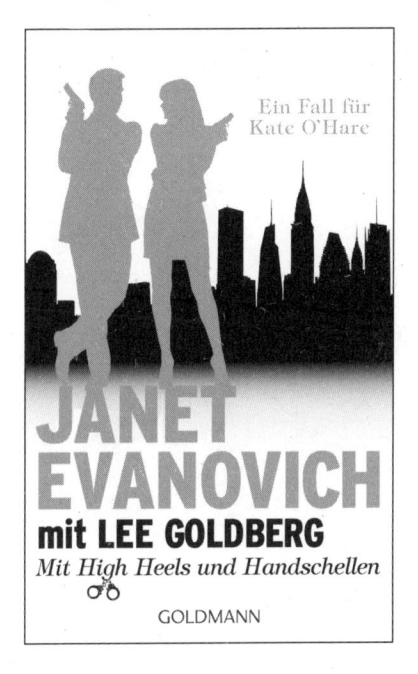

Gemeinsam mit Lee Goldberg hat Janet Evanovich eine neue Serie um die FBI-Agentin Kate O'Hare ins Leben gerufen. »High Heels und Handschellen« ist der erste Fall für Kate O'Hare,und ihren Gegenspieler Nick Fox.

Eine exklusive Leseprobe finden Sie auf den nächsten Seiten.

Viel Spaß damit!

1

Am liebsten hatte Kate O'Hare ihre blaue Windjacke mit dem gelben Schriftzug FBI auf dem Rücken an, darunter ein schlichtes schwarzes T-Shirt und ihre schusssichere Weste. Diese Kombination passte immer, vor allem, wenn sie dazu eine Jeans und als Accessoire ihre Glock trug. Die dreiunddreißigjährige Spezialagentin O'Hare war nicht gern ungeschützt und unbewaffnet, insbesondere im Dienst. Keine gute Voraussetzung für eine Undercover-Tätigkeit, also war ihr das nur recht. Sie bevorzugte tatkräftiges Handeln bei der Strafverfolgung. Und genau das wurde wieder einmal nur allzu deutlich, als sie an diesem fünfunddreißig Grad heißen Winternachmittag in Las Vegas in ihrer Lieblingskluft in das St.-Cosmas-Klinikum marschierte, hinter sich ein Dutzend ähnlich gekleideter Agenten.

Während ihre Kollegen ausschwärmten, um alle Ausgänge des Gebäudes abzuriegeln, drängte sich Kate an den Sicherheitsbeamten in der Empfangshalle vorbei und schoss wie eine ferngelenkte Rakete in das im ersten Stock liegende Büro des Klinikverwaltungschefs Rufus Stott. Sie fegte an Stotts verblüffter Assistentin vorbei und platzte in Stotts Büro. Stott fuhr zusammen, stieß einen Schrei aus und fiel beinahe von seinem verchromten Metallstuhl. Er war klein, pausbäckig und pummelig und sah aus wie eine Steckrübe, die ein gelangweilter Zauberer mit seinem Zauberstab in einen fünfundfünfzigjährigen Bürohengst verwandelt hatte. Offensichtlich hatte er ein Selbstbräuner-Spray verwendet; er trug eine Brille mit Schildpattgestell, und seine hellbraune Hose war im Schritt verknittert. Er presste die Hand auf die Brust und schnappte nach Luft.

»Nicht schießen«, brachte er mühsam hervor.

»Ich werde nicht schießen«, beruhigte ihn Kate. »Ich habe noch nicht einmal meine Waffe gezogen. Brauchen Sie ein Glas Wasser? Geht es Ihnen gut?«

»Nein, es geht mir nicht gut«, erwiderte Stott. »Sie haben mich fast zu Tode erschreckt. Wer sind Sie? Was wollen Sie?«

»Ich bin Agentin Kate O'Hare, FBI.« Sie knallte ein Blatt Papier auf seinen Schreibtisch. »Das ist ein Durchsuchungsbeschluss, der uns freien Zugang zu Ihrer Station für Privatpatienten ermöglicht.«

»Wir haben hier keine Station für Privatpatienten«, erklärte Stott.

Kate beugte sich zu ihm vor und heftete ihre strahlend blauen Augen auf ihn. »Sechs unverschämt reiche und verzweifelte Patienten sind heute aus allen Teilen der Welt hier angekommen. Sie wurden am Flughafen McCarran mit Limousinen abgeholt und hierhergebracht. Nach ihrer Ankunft auf Ihrer Station für selbstzahlende Patienten hat jeder von ihnen eine Million Dollar auf ein Offshore-Konto der St.-Cosmas-Klinik überwiesen und ist auf der Organspendeliste ganz nach oben gerückt.«

»Das ist doch wohl nicht Ihr Ernst«, protestierte Stott. »Wir haben keine Offshore-Konten und können es uns auch nicht leisten, Limousinen zu mieten. Wir stehen kurz vor einem Insolvenzverfahren.«

»Genau deshalb führen Sie illegale Organtransplantationen durch, für die Sie sich Organe auf dem Schwarzmarkt besorgen. Wir wissen, dass sich diese Patienten hier in der Klinik befinden und im Augenblick auf die chirurgischen Eingriffe vorbereitet werden. Das Gebäude wird derzeit abgeriegelt, und wir werden notfalls jedes einzelne Zimmer einschließlich der Besenkammern durchsuchen.«

»Nur zu.« Stott gab ihr den Durchsuchungsbeschluss zurück. »Wir führen keine Organtransplantationen durch, und es gibt hier keinen Trakt für Privatpatienten. Wir haben nicht einmal einen Geschenkartikelladen.«

Stott wirkte plötzlich nicht mehr verängstigt und sah auch nicht so aus, als würde er lügen. Kein gutes Zeichen, dachte Kate. Er sollte mittlerweile Blut und Wasser schwitzen und seinen Anwalt anrufen.

Vor achtzehn Stunden hatte Kate noch an ihrem Schreibtisch in Los Angeles gesessen und sich Geheimdienstinformationen über bekannte Kontaktpersonen eines flüchtigen Verbrechers zusammengesucht, als sie über einen Hinweis auf eine finanzschwache Klinik in Las Vegas stolperte, die Organtransplantationen gegen Höchstgebote offerierte. Sie ging der Sache nach und entdeckte, dass die Patienten bereits auf dem Weg nach Vegas waren, um sich dort operieren zu lassen. Also ließ sie alles liegen und stehen und organisierte rasch einen Einsatz.

»Schauen Sie sich das an.« Kate hielt Stott ein Foto auf ihrem iPhone vor die Nase.

Die Porträtaufnahme zeigte einen Mann etwa in ihrem Alter. Er trug ein locker sitzendes, nach vielen Jahren schlabberig gewordenes und ausgewaschenes Polohemd. Sein braunes Haar war vom Wind zerzaust, auf seinem Gesicht lag ein jungenhaftes Grinsen, und um seine braunen Augen zeichneten sich leichte Lachfältchen ab.

»Kennen Sie diesen Mann?«, fragte sie.

»Natürlich«, erwiderte Stott. »Das ist Cliff Clavin, der Bauingenieur, der sich um die Entfernung des Asbests in unserem alten Gebäude kümmert.«

Kate spürte, wie sich ihr Magen zusammenkrampfte, und das lag nicht an dem Burger mit Ei, den sie zum Frühstück gegessen hatte. Ihr Bauch, flach und straff trotz ihrer schrecklichen Essgewohnheiten, war der Sitz ihrer Ängste und Instinkte; er kommunizierte mit ihr in einer Sprache aus Krämpfen, Schmerzen, Übelkeit und allgemeinem Unwohlsein.

»Cliff Clavin ist eine der Figuren aus der TV-Serie Cheers«, stellte sie fest.

»Ja. Witziger Zufall, oder?«

»Welches alte Gebäude?«, hakte sie nach.

Er drehte sich zum Fenster um und deutete auf ein fünfstöckiges Haus auf der anderen Seite des Parkplatzes. »Dieses.«

Das Gebäude war ein architektonisches Artefakt aus den Sechzigerjahren mit Akzenten aus Lavastein, großen getönten Fensterscheiben und einem mit weißen Kieselsteinen verzierten Säulenvorbau im Eingangsbereich.

»Das war das ursprüngliche Klinikum«, erklärte Stott. »Wir sind vor einem Jahr dort ausgezogen. Das neue Haus wurde gebaut, weil wir fälschlicherweise glaubten, mehr Betten für Patienten zu brauchen ...«

Kate hörte ihm nicht zu, sondern rannte bereits zur Tür hinaus. In dem Augenblick, in dem sie das andere Gebäude gesehen hatte, begriff sie, wie sie und diese sechs reichen Patienten hinters Licht geführt worden waren. Der Mann auf dem Foto war nicht Cliff Clavin und auch kein Bauingenieur. Es war Nicolas Fox, der Mann, nach dem sie im Zusammenhang mit dem Organtransplantationsschwindel gesucht hatte.

Fox war ein internationaler Hochstapler und Dieb, bekannt für seine dreisten, hochriskanten Betrügereien und Coups, an denen er offensichtlich großen Spaß hatte. Gleichgültig, wie viel er abgeräumt hatte – und er konnte einige riesige Erfolge verzeichnen –, es schien ihm nie zu genügen.

Kate hatte es sich beim FBI zur Mission gemacht, ihn zu schnappen. Vor zwei Jahren war es fast so weit gewesen. Damals war sie Nick auf die Schliche gekommen, als er versuchte, dem selbsternannten »König der feindlichen Übernahmen«, einem Risikokapital-Anleger, sämtliches Barvermögen und Schmuck zu stehlen. Während der Unternehmer seiner Braut in seinem im zwanzigsten Stockwerk gelegenen Penthouse in Chicago das Ja-Wort gab, raubte Fox ihn aus.

Ein draufgängerischer Coup – typisch für Nick Fox. Er hatte sich als Hochzeitsplaner ausgegeben und eine zusammengewürfelte Mannschaft von Dieben als Mitarbeiter des Partyservice eingeschleust. Als Kate die Hochzeit mit einem Einsatzteam stürmte, stoben die Mitglieder von Nicks Trupp auseinander wie Kakerlaken, wenn das Licht angeht, und Nick entschwand mit einem Fallschirm vom Dach des Gebäudes.

Obwohl Hubschrauber eingesetzt, Straßen gesperrt, Blockaden errichtet und Häuser durchsucht wurden, entwischte Nick ihnen. Als Kate sich im Morgengrauen endlich in ihr Hotelzimmer schleppte, fand sie eine Flasche Champagner und einen Strauß Rosen vor. Von Nick. Und natürlich hatte er beides auf ihre Rechnung setzen lassen. Während sie auf der Suche nach ihm gewesen war, hatte er es sich in ihrem Hotelzimmer gemütlich gemacht, sich etwas vom Zimmerservice kommen lassen und die Schokoriegel aus ihrem Minisafe geklaut. Sogar die Handtücher hatte er mitgehen lassen.

Dieser Mistkerl hat viel zu viel Spaß auf meine Kosten, dachte Kate. Sie stürmte durch die Eingangshalle der Klinik an zwei verblüfften Agenten vorbei und über den Parkplatz.

Als sie vor dem Maschendrahtzaun ankam, den man um das alte Klinikgebäude gezogen hatte, schwitzte sie stark, und ihr Herz schlug so heftig, dass sie es beinahe hören konnte. Sie zog ihre Waffe und näherte sich langsam dem Eingang zur Lobby. Davor entdeckte sie einen roten Teppich und ein Schild, das im Schatten der Mauernischen unter dem Säulengang hing. Darauf stand:

Herzlich willkommen in der privatärztlichen Praxis der St.-Cosmas-Klinik. Bitte entschuldigen Sie den Staub. Wir sanieren, um Ihnen mehr Ungestörtheit, Luxus und Pflege auf dem neuesten Stand der Technik bieten zu können.

Kate tastete sich an den Mauern aus Lavastein entlang zur Eingangstür, riss sie auf und eilte mit gezogener Waffe in die Lobby. Aber hier war niemand, auf den sie hätte zielen können. Die Eingangshalle schmückten elegante, moderne Ledermöbel. Auf dem Travertinboden standen Töpfe mit üppig wuchernden Pflanzen, und an der Wand hinter der verlassenen Rezeption hingen Fotos des Chirurgenteams. Sie betrachtete die Aufnahmen und erkannte sofort zwei der Gesichter. Eines der Fotos zeigte Nick Fox; mit einem Stethoskop um den Hals strahlte er ärztliche Macht und Vertrauen aus. Auf dem zweiten Bild war sie mit einem dümmlichen, benebelten Grinsen zu sehen. Das Foto war schon einige Jahre alt und stammte von der Facebook-Seite ihrer Schwester Megan, die dort die Aufnahmen von ihrer Hochzeit eingestellt hatte. Offensichtlich war es zurechtgeschnitten und digital bearbeitet worden. Unter Nicks Foto stand in bronzefarbener Schrift »Dr. William Scholl« und unter ihrem »Dr. Eunice Huffnagle«.

Okay, und wo befand sich das »Chirurgenteam« jetzt? Und die sechs reichen Patienten, die von weither angereist waren, um sich transplantieren zu lassen?

Kate ging zu den Doppeltüren neben der Rezeption hinüber, stieß sie auf und betrat mit gezückter Waffe ein Foyer. Aber auch hier war niemand zu sehen. Direkt vor ihr waren noch drei Doppeltüren. Auf einer stand »Operationssaal 1«, auf der zweiten »OP-Nachsorge« und auf der dritten »OP-Vorbereitung«. Links von ihr entdeckte sie einen Aufzug, und rechts von ihr führte eine Treppe nach oben.

Sie öffnete vorsichtig die Tür zum Operationssaal. Der Raum war vollständig eingerichtet und sah aus, als hätte sich jemand bei dem Design in einem Apple Store beraten lassen. Alle Flächen waren glatt und weiß, und die Instrumente blitzten wie Neuwagen in einem Autosalon.

Sie schloss die Tür und warf einen Blick in das Nachsorgezimmer. Neben einem Krankenhausbett befanden sich ein Infusionsständer und die üblichen Überwachungsgeräte, aber damit endete die Ähnlichkeit mit einem normalen Krankenhauszimmer. Der Raum war mit luxuriösen französischen Möbeln ausgestattet. In den kunstvoll verschnörkelten Regalen standen ledergebundene Bücher und neben einem Flatscreen-Fernseher eine mit Alkoholika gut bestückte Bar.

Er geht sehr geschickt vor, dachte sie. Sich als Mitarbeiter einer Firma für Asbestbeseitigung auszugeben war die perfekte Tarnung für Nicks Gaunerei. Damit hatte er sichergestellt, dass sich alle von dem alten Klinikgebäude fernhielten, während Nick und seine Leute eine aufwendig gestaltete Umgebung schufen und alles für ihren Coup in Szene setzten.

Sie ging in den OP-Vorbereitungsraum. Die Tür führte zu einem langen Gang mit verlassenen Schwesternzimmern und einigen durch Vorhänge abgeteilten Bereichen. Sie trat näher und schob vorsichtig den ersten Vorhang zur Seite.

Auf einer fahrbaren Trage ausgestreckt lag ein Mann mittleren Alters in einem Krankenhaushemd. Er hing am Tropf und war bewusstlos. Kate fühlte seinen Puls. Er schlug kräftig und regelmäßig.

Sie ging durch die Abteilung, während sie einen Vorhang nach dem anderen zurückzog. Alle sechs Männer, die an diesem Tag vom Flughafen hierhergebracht worden waren, lagen im Tiefschlaf. Und, wie sie vermutete, waren alle um eine Million Dollar erleichtert worden.

Plötzlich vibrierten die Fenster des Gebäudes, und Kate hörte das unverkennbare Geräusch der Propellerflügel eines Hubschraubers. Nick Fox ist auf dem Dach, schoss es ihr durch den Kopf. Schon wieder!

Sie rannte aus dem Zimmer und lief die Treppe hinauf. Ihr Tempo war beachtlich für eine Frau, die sich hauptsächlich von Fastfood ernährte.

Als sie mit gezogener Waffe auf das Dach rannte, sah sie auf dem Landeplatz einen blauen Helikopter der Gesellschaft, die Rundflüge über Las Vegas anbot. Die Seitentür stand offen, und in dem Hubschrauber saßen die »Ärzte« und »Krankenschwestern«.

Nick Fox stand mit den Händen lässig in den Hosentaschen zwischen ihr und dem Helikopter. Der von den Rotorblättern erzeugte Luftstrom wirbelte sein Haar durcheinander und blähte seinen weißen Laborkittel auf wie das Cape von Superhero.

Schon mit zwölf hatte Kate eine genaue Vorstellung von ihrem Traummann gehabt, und an diesem Bild hatte sich nichts geändert. Ihr Held hatte weiches braunes Haar, wache braune Augen und ein jungenhaftes Lächeln. Er war etwa eins achtzig groß, schlank und geschmeidig. Und natürlich klug, sexy und humorvoll. Kate empfand es als schreckliche Ironie, dass sie in den vergangenen Jahren nach und nach hatte feststellen müssen, dass Nick Fox die lebendige Verkörperung ihres Traummannes darstellte.

»Dr. Scholl?«, brüllte sie, um den Hubschrauberlärm zu übertönen. »Soll das ein Witz sein?«

»Das ist ein bekannter Name im medizinischen Bereich«, rief Nick. »Gut, dass du vernünftige Schuhe trägst.«

Nick wusste, dass sie immer Einlagen von Dr. Scholl in ihren schwarzen Sneakers trug. Eines der vielen Dinge, die er im Lauf der letzten Jahre über sie erfahren hatte. Die meisten Informationen, die er über sie zusammengetragen hatte, hatten ihn neugierig gemacht. Manches hatte ihn auch erschreckt. Dies wurde jedoch durch ihre starke körperliche Anziehungskraft, die er sich nicht so recht erklären konnte, wieder wettgemacht.

Ihr braunes Haar war zu einem Pferdeschwanz zurückgebunden, und ihr makelloser Teint glänzte leicht, nachdem sie über den Parkplatz und die Treppen hinaufgerannt war. Sexy, aber er befürchtete, dass seine beim Anblick der feucht schimmernden Haut entstehende Fantasie besser war als die Realität. Sie lebte sicher nur für ihren Job. Wahrscheinlich trug sie selbst im Bett noch ihre schusssichere Weste. Trotzdem machten ihm die Spielchen mit ihr großen Spaß. Ihre großen blauen Augen, ihre süße kleine Nase und ihre schlanke, durchtrainierte Figur gefielen ihm, und er war beeindruckt von ihrem großen Engagement für die Einhaltung von Recht und Gesetz. Das machte seine Einsätze als Gesetzesbrecher noch viel reizvoller.

»Sie sind verhaftet!«, rief sie.

»Wie kommst du denn darauf?«

»Ich ziele mit meiner Waffe auf Sie, und ich bin eine ausgezeichnete Schützin.« Sie ging einen Schritt auf ihn zu.

Er wich zurück. »Davon bin ich überzeugt, aber du wirst nicht auf mich schießen.«

»Offen gesagt erstaunt es mich, dass ich noch nicht abgedrückt habe.« Sie näherte sich ihm noch ein Stück.

»Bist du immer noch sauer wegen der Schokoladenriegel?« Er trat einen weiteren Schritt zurück.

»Noch eine Bewegung, und ich lege Sie um.«

»Das kannst du nicht«, behauptete er.

»Ich kann einem Adler aus hundert Metern Entfernung die Eier abschießen.«

»Adler haben keine Eier.«

»Metaphern sind nicht meine Stärke, aber meine Treffsicherheit ist phänomenal.«

»Du kannst nicht auf mich schießen, weil ich unbewaffnet bin und für niemanden eine Bedrohung darstelle.«

»Ich kann auf den Hubschrauber schießen.«

»Und riskieren, dass er auf ein Krankenhaus voller Kinder stürzt? Das halte ich für keine gute Idee.«

»In dem Krankenhaus befinden sich keine Kinder.«

»Du verstehst offensichtlich nicht, worum es geht.« Er warf rasch einen Blick auf den Parkplatz und sah etliche FBI-Agenten auf das Gebäude zustürmen. Als er sich wieder ihr zuwandte, stellte er fest, dass sie sich ihm zwei weitere Schritte genähert hatte. »Es hat mich wirklich gefreut, dich wiederzusehen, Kate.«

»Für Sie immer noch Spezialagentin O'Hare«, wies sie ihn zurecht. »Und Sie werden nirgendwohin gehen.«

Er lächelte und rannte zum Hubschrauber.

»Verdammt!« Sie steckte ihre Waffe in das Halfter zurück und folgte ihm.

Obwohl sie gerade vier Stockwerke nach oben gelaufen war, verringerte sich rasch der Abstand zwischen ihnen, was Kate große Genugtuung bereitete. Höchstwahrscheinlich würde sie ihn einholen, bevor er in den Hubschrauber steigen konnte.

Anscheinend teilten der Pilot und Nicks Team ihre optimistische Einschätzung, denn der Helikopter hob plötzlich ab, flog über die Dachkante des Gebäudes, und der Anführer der Diebesbande blieb zurück. Nick beschleunigte das Tempo und rannte weiter, als wäre der Abgrund weitere hundert Meter und nicht nur noch wenige Schritte entfernt.

Kates Entsetzen wuchs, als sie begriff, was er vorhatte. Er würde vom Dach springen. Und dieses Mal hatte er keinen Fallschirm bei sich.

»Tun Sie das nicht!«, rief sie und stürzte sich auf ihn, in der Hoffnung, ihn zu Fall zu bringen, bevor er diesen selbstmörderischen Fehler begehen konnte. Zu spät. Sie verpasste ihn um wenige Zentimeter und krachte auf den Betonboden, während Nick über die Dachkante auf den schwebenden Hubschrauber zusprang. Ihr Herz blieb kurz stehen, während er sich in der Luft befand, und begann erst wieder zu schlagen, als Nick sich an der Landungskufe festklammerte.

Er hielt sich mit einer Hand fest und warf ihr mit der anderen eine Kusshand zu, bevor der Hubschrauber in Richtung Las Vegas Strip abdrehte.

Kate verlor keine Zeit. Sie versuchte, per Funk einen Polizeihubschrauber und einige Streifenwagen zu mobilisieren, um Nicks Helikopter zu verfolgen. Natürlich Zeitverschwendung und vergebliche Mühe, aber sie erledigte mechanisch, was in einem solchen Fall zu tun war.

Über dem Strip schwebten ein halbes Dutzend gleich aussehender Hubschrauber der Rundfluggesellschaft von Las Vegas, und obwohl nur an einem ein Mann an den Landungskufen hing, war genau dieser bereits verschwunden, bis Kate ihre Informationen weitergeben konnte. In der Aufregung hatte sie sich leider auch nicht die Registrierungsnummer des Hubschraubers gemerkt und konnte sie somit nicht dem Flugsicherungsleiter mitteilen. Aber das spielte ohnehin keine Rolle. Der Hubschrauber gehörte nicht zu der Flotte des Unternehmens – er war einfach nur entsprechend lackiert worden.

Kate eilte von der Klinik zurück zu ihrem Zimmer im Circus Circus, dem preisgünstigsten Hotel am Strip. Mit einer Hand an ihrem Pistolenhalfter näherte sie sich vorsichtig ihrer Zimmertür. Sie steckte die Schlüsselkarte in das Schloss und schob die Tür langsam auf. Vielleicht war Nick Fox so anmaßend gewesen und hatte es gewagt, den gleichen Trick zum zweiten Mal anzuwenden, und sie könnte ihn jetzt auf frischer Tat ertappen.

Aber sie hatte kein Glück. Das Zimmer war leer und roch wie ein frisch gechlorter Swimmingpool. Seufzend setzte sie sich auf die Bettkante. Das war nicht ihr Tag. Und sie würde sich einiges anhören müssen, weil sie Nick hatte entwischen lassen, anstatt eine Rechtfertigung zu finden, auf ihn zu schießen. Und das, obwohl es einige Gründe dafür gegeben hätte. Unter anderem das Bild von »Dr. Eunice Huffnagle«, das sie rasch von der Wand gerissen hatte, bevor jemand es entdeckte.

Kate starrte niedergeschlagen auf ihr Spiegelbild und zog ihre Weste aus. Und dann sah sie es. Zuerst konnte sie es nicht glauben. Sie warf einen Blick über ihre Schulter, um sich zu vergewissern. Tatsächlich: Auf ihrem Kopfkissen lag ein Schokoladenriegel.

Janet Evanovich

Die unangefochtene Meisterin turbulenter Komödien, stammt aus South River, New Jersey, und lebt heute in New Hampshire. Sie ist Stammgast auf den Bestsellerlisten und erhielt bereits zweimal den Krimipreis des Verbands der unabhängigen Buchhändler in den USA. Außerdem wurde sie von der Crime Writers Association mit dem »Last Laugh Award« und dem »Silver Dagger« ausgezeichnet.
Janet Evanovich ist verheiratet und hat einen Sohn und eine Tochter. Sie selbst hält sich allerdings noch lange nicht für erwachsen. Was sie zum Schreiben motiviert? »Ich gebe das Geld aus, bevor ich es verdient habe.«
Weitere Informationen unter
www.janetevanovich.de und www.evanovich.com

<u>Die Stephanie-Plum-Romane in chronologischer Reihenfolge:</u>
Einmal ist keinmal · Zweimal ist einmal zuviel · Eins, zwei, drei und du bist frei · Aller guten Dinge sind vier · Vier Morde und ein Hochzeitsfest · Tödliche Versuchung · Mitten ins Herz · Heiße Beute · Reine Glückssache · Kusswechsel · Die Chaos Queen · Kalt erwischt · Ein echter Schatz · Der Winterwundermann · Kuss mit lustig · Liebeswunder und Männerzauber · Kuss mit Soße · Glücksklee und Koboldküsse · Der Beste zum Kuss · Traumprinzen und Wetterfrösche · Küsse sich, wer kann · Kuss Hawaii · Küssen und küssen lassen (alle auch als E-Book erhältlich)

<u>Die Lizzy-Tucker-Romane:</u>
Zuckersüße Todsünden (auch als E-Book erhältlich) · Kleine Sünden erhalten die Liebe (auch als E-Book erhältlich)

<u>Zusammen mit Lee Goldberg:</u>
Mit High Heels und Handschellen. Ein Fall für Kate O`Hare (auch als E-Book erhältlich) Traummann auf Abwegen. E-Book Only Kurzgeschichte (als E-Book erhältlich)

<u>Zusammen mit Charlotte Hughes:</u>
Liebe mit Schuss. Ein Jamie-Swift-Roman · Total verschossen. Ein Jamie-Swift-Roman · Volle Kanne. Roman

<u>Außerdem lieferbar:</u>
Cheers, Baby

GOLDMANN
Lesen erleben

Janet Evanovich; Lee Goldberg
Mit High Heels und Handschellen

350 Seiten
ISBN 978-3-442-48064-7
auch als E-Book erhältlich

FBI Special Agent Kate O'Hare ist bekannt für ihren Verstand und – solange es nicht um Schokolade geht – ihre eiserne Disziplin. In den vergangenen Jahren hat die hübsche Dreiunddreißigjährige etliche Kriminelle hinter Gitter gebracht. Doch obwohl Kate sich längst einen Namen als Agentin gemacht hat, ist der einzige Name, der sie selbst interessiert: Nicolas Fox. International operierender Trickbetrüger und nicht nur kriminell, sondern vor allem kriminell attraktiv und gefährlich charmant. Und so fliegen, wenn O'Hare und Fox aufeinandertreffen, nicht nur die Fetzen, sondern auch die Funken...

www.goldmann-verlag.de
www.facebook.com/goldmannverlag

GOLDMANN
Lesen erleben